令嬢教師
静香の淫獄

水坂早希
挿絵／りゅうき夕海

KTC
KILL TIME COMMUNICATION

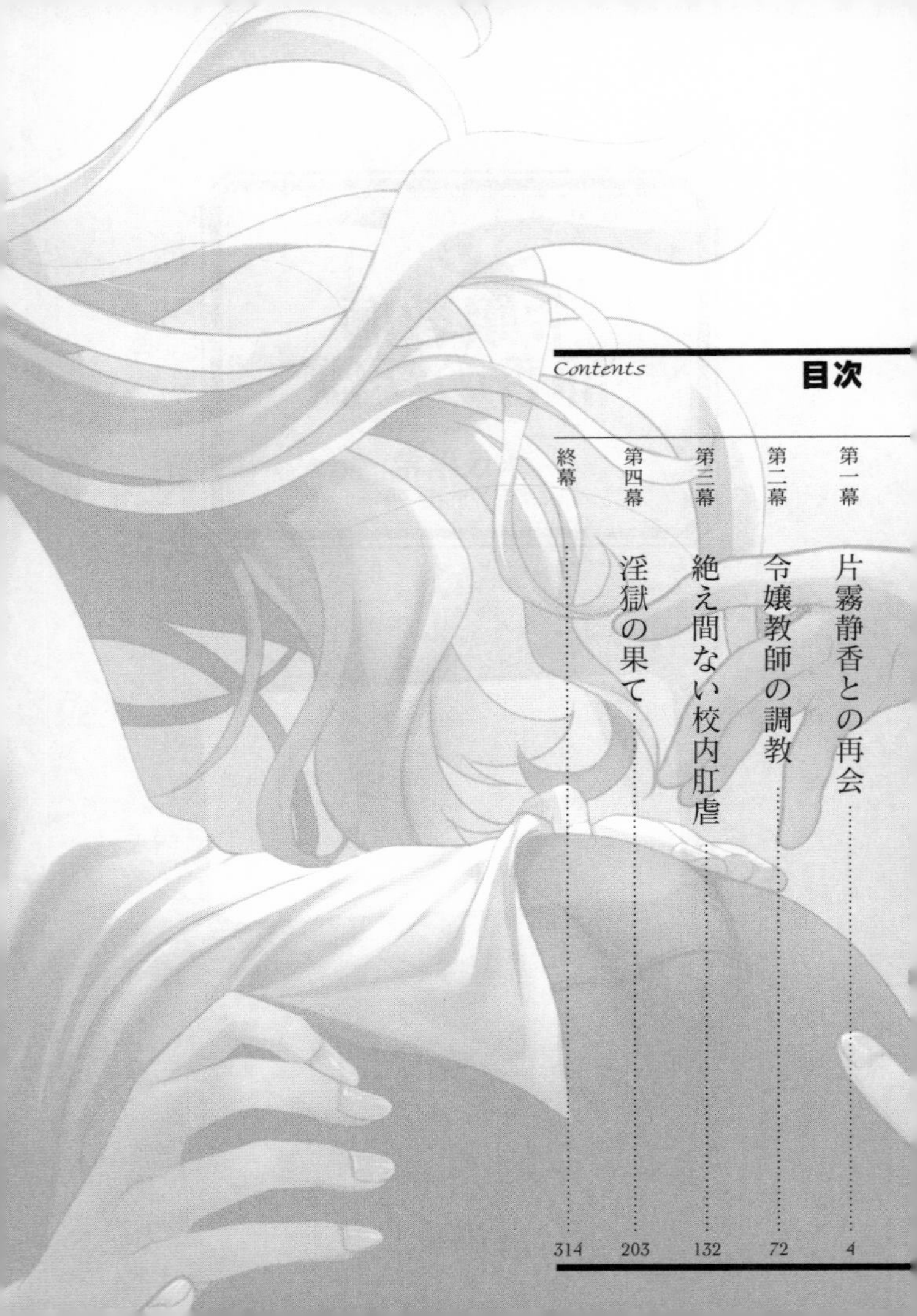

目次

Contents

登場人物　*Characters*

片霧 静香
（かたぎり しずか）

城蘭高校の三年Ａ組担任。腰まで届く亜麻色の髪と豊満な肉体を持つ美人教師。

壬生嶋 涼
（みぶしま りょう）

城蘭高校の番長格である、三年Ａ組生徒。体格が良く二枚目ではあるが、目つきは異様に鋭い。

壬生嶋 豪蔵
（みぶしま ごうぞう）

涼の父親であり、日本の裏社会を牛耳る壬生嶋家の現当主。

原田
（はらだ）

静香の同僚の体育教師。静香に好意を寄せている、筋肉質で醜悪な大男。

第一幕　片霧静香との再会

1

城蘭《じょうらん》高校へと続く坂道のアスファルトから、靴底が溶けそうな熱気を孕《はら》んだ陽炎《かげろう》が立ちのぼっている。汗が伝う顎《あご》を忌々しげに上向けると、眼球に色が染みるほど鮮明な青空に、朝らしくもなくぎらつく太陽が毒々しく浮かんでいた。

まだ夏休みまで丸一か月はあるのに、なんなんだこの暑さは。

壬生嶋涼《みぶしまりょう》は、この蒸し暑さを含めた今の自分を取り巻くすべての煩わしさに舌打ちして、学生服の白いシャツのボタンを一つ外した。逞《たくま》しく筋肉が乗った汗ばむ胸板が露わになり、通りかかった他校の女子生徒たちから黄色い声があがる。

背が高く体格もいい涼は、二枚目悪役俳優のようななかなかに整った容貌をしているため、こうして異性の目を惹くことも多い。だが、苛立《いらだ》った涼がギロリと睨み返すと、笑っていた女子生徒たちが熱気を忘れたように凍りついた。

涼の彫りの深い眼窩に収まったこの目は、異様なまでに鋭い力があるのだ。涼が睨みを利かせて夜の繁華街を闊歩《かっぽ》していると、どんな柄の悪いチンピラでも道を空けるほどである。高校三年生の少年らしからぬ、凶悪な眼光だった。

さらに涼があの『壬生嶋家』の御曹司だと知ったなら、チンピラどころか暴力団ですら尻ごみするだろう。

江戸中期に薬問屋『壬生嶋屋』として開業した壬生嶋家は、明治に入ると日本初期の製薬会社『壬生嶋製薬』を設立した。

以来、騒乱が起こるたびに規模を拡大させていった壬生嶋製薬だったが、第二次大戦後の財閥解体で財産のほとんどを剥奪されてしまった。しかし、日本におけるペニシリンの実用化と戦前の人脈を利用して、瞬く間に息を吹き返し、ついには世界有数の製薬会社にまで登り詰めるに至っていた。

涼の父である壬生嶋豪蔵《ごうぞう》が第十四代当主となった現在では、倫理に悖《もと》るあらゆる薬剤を開発するだけでなく、高級娼婦の調教斡旋まで行うなど、日本の裏社会にも君臨している。さらには権力者たちに娼婦の調教を公開、参加させるなどして肉欲を煽って弱みを握り、政財界にも絶大な影響力を築いていた。

今や壬生嶋家は、警察ですら立ち入れない日本暗部の象徴なのである。

「涼じゃねーか。珍しいな。涼が学校来るなんて、どういう風の吹き回しだよ」

後ろから涼の肩を気安く叩いてきた長身の痩せた男は、同じ三年A組の矢島だった。長い茶髪がかかる日焼け顔を崩して、白い歯を見せて笑いかけてくる。

こいつは見た目通りのちゃらちゃらした男だが、涼は矢島を嫌いではなかった。涼を恐れない数少ない人間でもある矢島は、とにかく物怖じしない男だ。相手が誰であろうと気の向くがまま振る舞い、その行いが許されてしまう天性の屈託のなさを持っていたる。気の短い涼ですら、この男に本気で腹を立てるのは難しい。

だがそんな矢島も、夜の街では涼に引けを取らない女遊びの手練《てだ》れだ。女を口説く術も鳴かせる術も一級品で、涼と二人で一匹の獲物の下半身を前後から責め立て、身も心もどろどろにしてやったのも、四十や五十ではきかないだろう。

「お、押忍。涼さん、久しぶりっす」

同じく三年A組の丸亀《まるがめ》が、肥満した身体を名前通り亀のごとく丸めて、おどおどと挨拶してきた。いかにも卑屈な態度だが、涼は気にもとめなかった。

これが涼に相対したほとんどの人間が取る、ごく普通の反応だからである。

その証拠に、三年や二年だけでなく涼の顔を知らない一年ですら、この強面《こわもて》の二枚目があの『壬生嶋家の御曹司』なのだと気付いたのか、みながみな怯《おび》えながらもぎこちない礼をしてくる。

もっともこの丸亀は、涼などの強者にこそ卑屈だが、女の前だと途端に気が大きくなる。女を性的に虐め抜くのがなにより好きなサディストであり、獲物が怪我をしないよう気遣える図体に似合わぬ繊細さも併せ持っているため、調子づいた娼婦に罰を与えるときなどに重宝していた。

涼は二人に顎先だけで挨拶して、熱気で揺らぐ坂の上へ目線を戻した。

「しかたねえだろ。これ以上休むと、来年も高三をやる羽目になっちまう。この俺が今日からは、くそったれな皆勤生徒ってわけだ。笑っちまうぜ」

とある理由で涼は、学年が上がってからずっと学校を休んでいた。今日が実に三か月ぶりの登校なのである。

「なんでだよ。わざわざ登校なんてしなくても、涼の家なら出席日数くらい簡単に改竄できんだろ?」

まったくもって、矢島のいう通りだ。

ましてや城蘭高校は政財界にも通じており、どんな問題児でも金とコネ次第で受け入れる私立男子校である。壬生嶋家が圧力をかければ、出席日数の水増しどころか、たとえ入学以来一度も登校していなくとも卒業証書を貰えるだろう。

だというのに昨日になっていきなり、父の豪蔵に明日から休まず登校するよう命令されたのだ。学校へ根回しすれば問題ないだろう、といっても聞き入れて貰えない。あらゆる汚い手段を使ってのしあがってきた壬生嶋家が、今さら体裁など気にするのか。涼はあまりの馬鹿馬鹿しさに突っぱねたが、豪蔵は頑《かたく》なだった。

「お前は、親の力を借りりんと高校すら卒業できんのか」

その言葉がとどめとなり、涼は学校へ通う承諾をしてしまったのだ。

一度した約束を覆すのは、涼のプライドが許さない。そんな経緯で、こうして渋々登校している次第である。

涼は豪蔵に手玉に取られた、昨日の場面を思い出して歯ぎしりした。

豪蔵の一人息子である涼は、壬生嶋家の跡取りとして相応しい男になろうと、随分と黒い経験を積んできたつもりだった。どんな汚い仕事もこなしたし、高校に入ってからは裏稼業である高級娼婦の調教にも積極的に荷担してきた。

だが豪蔵と相対すると、五十三の子会社に延べ五万人もの従業員を抱える巨大製薬会社の会長であり、日本の裏社会を牛耳る壬生嶋家第十四代当主としての迫力に、涼ですら気圧されてしまう。それに呑まれまいと気負って対峙していると、いつもああして思い通りに動かされてしまうのである。

豪蔵を乗り越えるには、いったいどれほどの年月と経験が必要なのかと考えると、涼は暗澹《あんたん》たる気分になった。

涼が仏頂面で黙っていると、矢島がまた白い歯を見せて笑った。

「ま、とにかく涼もようやく、あの片霧静香先生とご対面ってわけだ」

いきなり嫌な名前を出されて、涼は舌打ちした。苛立つがまま睨むと、丸亀が腹を揺らして震え上がったが、やはり矢島は涼しい顔をしている。

今年の四月から着任した片霧静香が、涼たちのクラスである三年A組の担任になったのはもちろん知っていた。その話を人づてに聞いたからこそ、涼は片霧静香に会わないために春から学校を休んでいたのだ。

「静香ちゃんから聞いたぜ？　涼って静香ちゃんと幼馴染みなんだろ？」

教師――しかもあの片霧静香を『ちゃん』づけするところが、いかにも矢島だ。

「ただ単に昔、家同士に付き合いがあっただけだ。それに幼馴染みっつっても、家同士が絶縁する頃には俺は八歳だったが、あいつはもう十五歳になってた。ようするに俺というガキのお守りを、あいつがさせられてただけだ」

静香の生まれた片霧家は、華族制度が廃止される前は祖母が公爵の位をもっていたほどの由緒正しい女系の名家だ。

金銭的な援助を求める片霧家と、社交界での地位が欲しい壬生嶋家。利害が一致した両家は戦後長らく繋がりがあったが、双方の祖父母が相次いで亡くなった十年前に、片霧家は黒い噂が絶えない壬生嶋家とは絶縁している。

それ以来、涼は静香と会っていないが、幼かった当時はなにかと世話を焼かれていた気恥ずかしさもあり、いまだに強烈《きょうれつ》な苦手意識があるのだ。

そもそもなぜ豪蔵が突然、息子に登校するよう命じたのかといえば、涼を心配した静香がついに昨日、壬生嶋の豪邸へ家庭訪問したからである。

片霧家の令嬢が職務上の理由とはいえ壬生嶋家の息子を案じ、十年も袂を分かっていた家の敷居をまたいでくれたのだ。居留守を使った涼に代わって直々に応対した豪蔵の立場からすれば、静香の心意気に応えないわけにはいかなかったのである。

もっとも豪蔵にしてみれば、片霧家との関係を再興したいだけなのだろうが。

どちらにしろ、涼にとって迷惑なことに変わりはなかった。


教室に入ると、凶暴な珍獣でも現れたように迎え入れられた涼だったが、すぐに騒ぎも収まった。三年A組の生徒とは、夜の街で頻繁に会っていたからだ。

涼は窓際の一番後ろに追いやられていた席に座って、組んだ脚を机に投げ出し、幼い記憶に残る静香を思い返していた。

当時から静香は公明正大な少女で、涼はことあるごとに優しくたしなめられていた記憶がある。静香の鮮烈な姿は涼の脳裏のフィルムにくっきりと焼きついているが、いざその姿を思い出そうとすると、記憶の中の彼女にすら目が眩《くら》み、どうしても実像がぼやけてしまう。

そうしているうちに、刷りこまれた強烈な苦手意識がこみ上げてきてなんとも嫌な気分になり、いつも途中で静香の姿を顧みるのをやめてしまう。

なぜこれほど不快になるのかといえば、涼の中ではいまだ静香が豪蔵と同じ位置に君臨しているからだ。壬生嶋家当主である豪蔵はともかく、単なる年上の女でしかない静香に、いつまでも心の高みに居座られている事実が、涼にはどうにも我慢ならないのである。

静香の話題を出すと涼が不機嫌になるのは周りの人間も知っているため、今の静香に関する噂はほとんど耳にしていない。だが公明正大な気質に磨きがかかって、さらにいけ好かない女に育っていることだけは間違いないだろう。

チャイムが鳴ると、異様なことが起こった。

涼には及ばないまでも不良揃いであるクラスの全員が、雑談しながらもいそいそと席についていくのだ。義務や恐れで行動しているのではなく、好きな女子に気に入られようとする小学生男子のような、子供じみた振る舞いだった。

涼が首をひねる間もなく、教室の前の扉が音もなく横に滑った。

そこから洗練された歩みで入ってきた女の姿を見た瞬間、——涼は息を呑んだ。

記憶の中の片霧静香を包む光の霧が晴れ、十年ぶりに焦点が合った幼馴染みの少女と眼前の女性が重なる。そうだった。静香は子供心にも呆れていたほど、

——類い稀な美人だった。

毛先だけをウェーブさせた艶《あで》やかな亜麻色の髪が、腰の下までふわりと長く流れている。この静香の日本人らしからぬ美しい髪は、染めているわけではなく、先天的に

髪の色素が薄いせいで形成された天然の美色だ。

幼い頃の涼はこのミルクティーのような髪の色がお気に入りで、ことあるごとに静香の背中を追いかけて髪に触っていた記憶がある。

グレーの上品なサマースーツに包まれた肢体は、十年の年月以上に成熟しきっていた。スーツと白いブラウスを形良く突っ張らせた豊満な胸元が、ゆったりとした歩みにすら反応して上下左右にたゆたっている。

見事にくびれた腰からは臀部《でんぶ》が急角度で迫り出しており、歩を進めるたびに鼠径部や尻房の凹みが、膝丈のタイトスカートに浮かんでは消えていく。

背丈こそ普通だが日本人離れして脚が長いため、細い腰の位置が驚くほど高い。

教卓についた静香が向き直ると、亜麻色の髪房に彩られた美貌《びぼう》が露わになった。

もう二十五歳になっているはずなのに、綺麗な卵形の小顔はどこまでもきめ細かく、化粧っ気のない白い頬など、少しの感情の揺らぎで朱に染まってしまいそうな危うさで透き通っている。

上品に通った鼻筋の下では、薄い紅を引いた唇がいとも幸せそうに綻んでいた。

なにより印象が強いのは、弓形に整えられた眉の下に灯った瞳だった。

濡れた白磁《はくじ》色の枠の中に、黒曜石を溶かしたように艶々《つやつや》とした黒目が、大きく静かにたたずんでいる。その澄んだ漆黒を覗きこむと、頭蓋すら越えてどこまでも引きこまれてしまいそうなほど深い瞳だ。

長い睫が伏せられ、ゆっくりと瞼が開いたかと思うと、

——黒々とした瞳が涼を真っ直ぐに見つめてきた。

どんな修羅場においても乱れなかった涼の心臓が、ドクンと一つ跳《は》ねた。

心を見透かすような鋭い瞳ではなく、その人が隠し持っている良いところをおずおずと探すような、日だまりのように温和な瞳だった。

昔と同じ——いや、大人の寛大さが加わってさらに力が増した、魔性ともいえる眼差しだった。幼い当時の涼は、この瞳で見つめられながら優しくたしなめられると、いつも罪悪感でやりきれなくなり、情けない気持ちで一杯になっていたものである。

「久しぶりね涼君。——ああ、本当に久しぶりだわ」

一声でその清楚で柔和な人柄がわかるほど、綺麗なアルトだった。

「みんなにも話していたわね。私と涼君とは昔、家同士でお付き合いがあったの」

静香が教室を見回し、すぐに視線を涼に戻す。

「やっと学校へ来てくれたのね。先生、嬉しいわ。——涼君も本当に大きくなったわね。高校三年生になったのだから当たり前よね」

ほころんだ唇を曲げた指先で上品に隠し、静香がさぞ幸せそうに微笑む。

他の男子はおっかなびっくり、矢島だけはにやにやとしながら二人の再会を見守っ

ているが、涼は周りの人間の存在すら忘れるほど動揺していた。

豪蔵と相対するのとはまったく違う緊張感で、喉がカラカラに渇いていく。

「昔通り涼君って呼んでいいかしら。あなたの名字は君づけするには重すぎるわ」

「――勝手にしろよ」

涼は喉を絞るようにして、ようやく声が出せた。

「声もすっかり男の人になったわね。――もう涼君も本当に大人なのね」

昼の前で両手を合わせて肩を揺らす静香の仕草は、もう反則以外の何物でもなかった。柄にもなく涼は、頬を染めてしまいそうになった。


朝のホームルームから続く一時限目は、静香の担当教科である古文だった。

経文としか思えなかった堅苦しい古語文が、静香が口にすると子守歌のように耳当たり良く響いてくる。ささやくような優しい声色なのに不思議と教室の後ろまで声が通り、初めて感じる振動数で鼓膜を撫でていく。

まどろむように呆然《ぼうぜん》となっていた涼だったが、ふと我に返って舌打ちした。

周りの席を見ると涼以外の男子全員が、銀幕越しの触れ得ない美人女優でも鑑賞するように、ほうけた顔で静香の授業に聴き入っている。

この教室には、女に幻想を抱く童貞野郎など一人もいない。クラスの全員で一人の雌奴隷を嬲《なぶ》る鬼畜なパーティーを開いたことすら何度もあるのだ。女など服を剥《む》いてちょっと快楽責めにしてやれば、すぐに淫乱な本性をさらけ出す生き物なのだと、十分に理解しているはずだ。

——だというのに、なんてざまだ。涼は数分前の自分を棚に上げて心の中で悪態をつき、教卓で鷹揚《おうよう》と朗読を続ける静香を睨みつけた。

なるほど。たいそうな美人なのは認めてやる。だが所詮《しょせん》女など、一皮剥けばみんな同じなのだ。涼は眉根を寄せ、静香の肢体を下衆な目で見てやった。

サマースーツとブラウスを、乳首の位置すらわかりそうなほど極端に突っ張らせた乳房の大きさといったらどうだ。上着の前をブラごと引き裂いてやれば、静香の細い両腕では到底隠せないほど下品に豊満な双乳が、文字通り弾け出てくることだろう。

ただでさえ大きな臀部も、腰が見事にくびれているせいで、よりいやらしくむっちりと強調されている。窮屈そうに張り詰めたタイトスカートを捲《まく》ってやれば、間違いなく腰からスカートが落ちてこなくなるだろう。

あのお上品な亜麻色の髪を掴《つか》んで、後ろから豊臀を腰で鞭打つように陰茎で突き回してやれば、さぞいい声で鳴いてくれるはずだ。

せせら笑った涼だったが、視線を引いて静香を見てしまうともう駄目だった。大人の女性とは思えない可憐な仕草の一つ一つや、静香を包みこんでいるどこまでも清楚な空気や温和な声が、涼の胸奥に隠れた自分でも知らない部分にまで染み入ってきて、途端に欲情が萎んでしまう。

黒板に向かっていた静香が、亜麻色の髪房を形のいい耳にかけて振り返った。

「あの涼君？　そんな熱い目でじっと見つめられると、先生照れちゃうわ」

教科書を胸元に寄せて上目遣いで見てきた静香は、本当に恥ずかしそうにしていた。周囲がどっと笑い、涼の顔面のほうが熱くなった。

「ごめんなさいね。ずっと学校を休んでたから授業がわからないのも当然よね。前にやった場所は、休み時間や放課後に聞きに来て貰えれば教えられるから」

「余計な気を回す必要ねえよ。俺は登校はするが、勉強なんてするつもりはさらさらねえんだからな」

「それは、駄目よ。涼君は頭がいいんだから、勉強をしないのはもったいないわ。それにゆくゆくは壬生嶋製薬の会長さんになるのだから、幅広い知識は必要なはずよ」

「はっ、古文の授業が製薬会社となんの関係があるんだ？　だいいち跡継ぎなんて、血さえ繋がってりゃどんな馬鹿でもできんだよ」

「教科は関係ないわ。重要なのは絶えず頭を使って、思考を柔らかく保つことなんだから。それに涼君の性格なら、血筋だけで跡を継ぐなんて我慢できないでしょうから、幅広い分野の勉強を欠かさずしているはずよ」

見透かされている事実に腹が立った。確かに涼は知識だけでも豪蔵に追いつこうと、暇さえあれば専門家を呼びつけ、薬学のみならず経営学の勉強までしているのだ。

「それから涼君」

「――なんだよ！」

「お行儀が悪いわ。机から足を下ろしてくれると、先生嬉しいな」

幼い頃に植えつけられた条件反射だろう。涼はつい素直に、机から足を下ろしてしまった。再び教室中がどっと沸き、涼は今度こそ赤面した。

苛立ちが頂点に達して周囲を睨み回すと、教室が凍りついたが、やはり矢島だけはゲラゲラと笑ったままだった。

一時限目を終えた静香は廊下を歩きながら、先ほどの涼の目を思い出していた。

ねっとりとした視線と呼ぶには、あまりにも熱く鋭い眼差しだった。

類い稀なほど美しくも豊満な肢体をしている静香は、ああいったいやらしい目にも慣れているため、対処法も心得ている。直接、苦情をいうまでもない。

二十五年という歳月で培った清廉な心で誠実に向き直れば、どんな下劣な男でも鏡を向けられたように恥じ入って、視線を逸らしてくれるのである。

だが男をあしらい慣れていた静香でも、涼のあの眼差しには動揺してしまった。

間違いなく性的な視線なのに、幼少の頃に慣れ親しんだ涼のものだと思うと、どうしても嫌悪感が湧かない。それだけに衣服すら透過して肌に直接突き刺さってくる眼光を、どう受け流せばいいかわからなくなった。

どこまでも熱く鋭い視線が、静香のコンプレックスである豊満すぎる双乳を揉みこみ、タイトスカートを凹ます恥丘まで遠慮なく焼いていく。

たまらず黒板に向かうと、背筋を視線でぞくぞくと舐められ、スカート布を突っ張らせた大きすぎる——これもコンプレックスである——双臀を撫で回し、尻房の奥の奥まで開き見ようとするように、念入りに視姦されてしまう。

静香は担任するクラス三十人の前で丸裸にされた錯覚がして、とうとう降参して教師らしくもなく恥じらってしまったのである。

十年ぶりに再会した涼は、身体が大きくなっただけではない。あのどす黒い眼力も含めて、壬生嶋家の跡継ぎとして必要な力を身につけつつあるのだ。

可愛がっていた仔猫に久しぶりに会って懐かしくなり、頭を撫でようとしたら、猫はもう手の届かない猛獣に成長していた。そんなやりきれない寂しさを覚える。

亜麻色の艶やかな髪をそよがせて静香が廊下を淑《しと》やかに歩いていると、素行が悪い男子たちすらも、ほうけたように顔面をとろけさせて道を空けてくれる。

だが静香の纏《まと》っている不可侵の清廉さが通じない相手が、目の前に立っていた。

夏だというのに上下のジャージを着こんで太い腕を捲った、筋肉達磨《だるま》の大男。醜い人相をさらに崩してへらへらと笑いかけてきたのは、体育教師の原田《はらだ》である。

「これはこれは片霧先生。おはようございます。本日もお綺麗なことですな」

静香も鈍感ではない。四月に転任してきて以来ずっと、原田が熱烈な好意を寄せているのは気付いている。しかしどうにも、この男が好きになれなかった。

醜悪な容姿や近づくだけでむせ返るほどの汗臭さも、もちろん嫌いな理由の一つだが、細めた目の奥で淀む眼光や無頓着《とんちゃく》に見せかけた粗暴さに、根っからの悪人に特有のきな臭さを感じるのだ。

今まで会ったどんな下劣な男でも、静香が美貌を曇らせて嫌悪を少しでも露わにすれば、恐縮して退いてくれたものだが、原田にはまるで通じない。それどころか、どれだけ拒絶しても、静香が嫌がる姿を楽しむように、しつこくアプローチを繰り返してくるのである。

「そういえば、あの壬生嶋涼が登校してきたそうですが、大丈夫でしたか？　なにかいやらしい物言いをされたり——も、もしや片霧先生の胸やお尻を触ってきたりといったことを——」

静香の脳裏に、カッと嫌な血がのぼる。下品な目で見られたのは確かだが、今の原田のセクハラまがいな言動のほうが何百倍も不快だった。

「そんなことは、されていません。原田先生もご存知かと思いますが、彼とは旧知の間柄ですから、人となりはよく知っています。彼は家庭環境が複雑なせいで素行は良くないかもしれませんが、根は真っ直ぐないい子ですよ。少なくとも、原田先生が思われているような人間ではありません」

口にして初めて、静香は今の涼に辛うじて残っている良心に気付いた。

昨日、親の言いつけを破って壬生嶋の屋敷を訪問したのだが、そのときに面会した豪蔵に比べれば、涼はまだまだ悪人に成りきれていないのだ。

豪蔵は六十代の小柄な男だが、禍々《まがまが》しい威圧感に満ち満ちており、否応なしに人を服従させる眼力を持っていた。応対こそ丁重だったが、静香程度の小娘など手の平の上でどうとでも扱えると言外で見下すような、底知れぬ怖さがあった。

だが涼は、まだ豪蔵ほど黒く染まっていないのである。

涼が悪人ぶった態度を取るたびに、彼の凛々しくなった顔に光る鋭い双眸《そうぼう》の奥底で、良心の残り火が葛藤しているのが、確かに垣間見えるのだ。

原田が巨体を屈め、静香の形のいい耳に口を寄せてきた。静香は眉根を寄せたが、原田の臭い口から出てきた言葉はさらに不快なものだった。

「壬生嶋家が、裏で高級娼婦を斡旋しているのはご存知でしょう？　その娼婦の調教を、あの壬生嶋涼もやっているという噂です。すでに何十人という女性をヒイヒイとよがらせて、無理矢理雌奴隷に仕立て上げて商品として出荷したとか。悪いことはいいません。今の壬生嶋涼には絶対に近づかないでください」

静香は愕然《がくぜん》となって、原田から一歩離れた。

壬生嶋家の裏稼業の噂は静香も知っている。だが『調教』や『雌奴隷』といった下品で物騒な話は初耳だ。てっきり双方合意のうえで娼婦を斡旋していると思っていたのだが——。

女性を手籠めにして無理矢理、高級娼婦に仕立て上げて商品にする。本当に、そんな非道なことが行われているのだろうか。

そしてその悪事に涼も荷担しており、すでに何十人という女性を——。

静香は嫌悪感を剥き出しにして、澄んだ瞳で原田を睨みあげた。

「原田先生。教師が根拠のない噂で生徒を悪し様にいうのは問題ですし、私の旧知の少年を侮辱されるのは不愉快です。それに万が一、その噂が本当だとしても、——私が彼を更生させてみせます」

静香にしては珍しく厳しい口調でいうと、廊下を歩く生徒の視線が集中した。

「では次の授業がありますので、失礼します」

おろおろとなってしまった原田にそう告げて、静香はその場を立ち去った。

涼は人気《ひとけ》のない階段の陰から、静香と原田の会話を盗み聞きしていた。

静香に立ち去られた原田が、とぼとぼと歩いてくる。廊下を曲がった原田は、階段の壁にもたれかかっている涼に気付いて、文字通り巨体を飛び上がらせた。

「お、おはようございます、涼坊ちゃん。ひょっとして今の話聞いていたんで？」

筋肉で膨れたジャージ姿を縮こまらせ、醜悪な顔をぺこぺこと下げる卑屈な姿は、とても教師が生徒にする態度だとは思えなかった。

「ああ。お前の耳打ちまで全部な。今さらお前の言動なんか気にしねえから、しゃんとしてろ。壬生嶋家お抱えの娼婦仕置き人が、なんてざまだ」

この原田は体育教師という表の顔の他に、壬生嶋家専属の娼婦仕置き人という裏の顔を持っているのだ。見ての通り容姿も性根も醜悪な男だが、女の菊門を嬲ることにかけては右に出る者のいない手練れで、一日中でも雌肛を突き続けていられる常識外れな精力の持ち主でもある。

「で、ですが涼坊ちゃん、片霧静香の器量をご覧になったでしょう？　あれは、ちょっとばかり綺麗なグラビア女優もどきなんかとは、根本的に違いますぜ。本物の貴婦人だ。私のような下賤な者では、気圧されて相手になりませんぜ」

原田らしくもない腑抜けぶりに、涼は舌打ちした。

「はっ、お前もすっかりあいつの虜ってわけか。そういえば、俺に近づくなって忠告までしてたな。雌奴隷として嬲るより、嫁にして家宝として大事に飾ってやりたいって面だな」

図星を指されたのだろう。原田の醜い顔が気持ち悪く赤面した。

涼の怒りが爆発する。なんだってんだ！　どいつもこいつも、すっかり飼い慣らされやがって。静香への苛立ちが頂点に達した瞬間、

——ふと涼に魔が差した。

「俺はあいつが、どうしても気に入らねえ。近いうちに、あいつが美人なだけのただの雌だと証明してやる。貴婦人向けの調教から雌豚向けの仕置きまで、じっくりとフルコースで体験させてやってな。調教が進んだらお前にもあいつの尻穴を嬲らせてやるから、それまで手をつけんじゃねえぞ」

半ば無意識に口にしてしまった話に、涼自身が驚いた。精悍《せいかん》な顔が強張《こわば》ったのを誤魔化そうと、原田の反応を見る。

高嶺の花だった女神を淫獄へ堕として、精液の沼へ沈めてやれるのである。鬼畜な原田のことだ。静香を嬲れる想像をして、どす黒い笑みを浮かべているかと思いきや、

——愕然とした顔で固まっていた。

初恋の少女が犯されると聞いた童貞野郎のような、絶望した顔だった。

その原田の腑抜けた反応がとどめとなり、決して切り替えてはいけないスイッチが、

涼の中でカチリと入ってしまった。

校舎の外れに建つ切妻造りの茶室が夕焼けで朱に染まり、長い影を校庭に伸ばしている。蒸し暑さは和らいだものの、涼をむしばむ不快感は増すばかりだ。

茶室の障子を開けると、土間を上がった三畳間に静香が座っていた。静香が茶道部の顧問で、この時間は一人で茶室の後片付けをしているとの情報通りだった。

揃えた脚を横に崩す正座をした静香が、突然入ってきた涼を見て、瑞々しい瞳と淑やかな唇を丸くして驚いた。だがすぐに表情を和らげ、畳までつきそうな亜麻色の髪を指ですき、鷹揚と笑いかけてくる。

「どうしたの、涼君。こんな時間にこんな場所にまで来て。先生になにか話でもあるのかしら？」

なごみそうになる心を胸中で殴りつけ、涼は靴を脱いで畳に上がった。

「勉強を教えてくれるっていってたよな。その礼に、俺も教えてやろうと思ってな」

嫌な予感がしたのだろう。静香の声が緊張を帯びる。

「――なにを？」

「今の俺が、――どういう人間になったのかをだよ！」

朝から積もりに積もっていた苛立ちを爆発させて、涼は静香に躍りかかった。

静香の抵抗をものともせず、華奢《きゃしゃ》な両手首を頭の上で一まとめにして片手で掴み、体重をかけて仰向けに押し倒す。

「やっ、ちょ、ちょっと涼君、どうしたの？」

「うるせえ！　幼馴染み面で、ずかずかと俺に干渉してきやがって。いつまで子供扱いしてやがる。十年たてば、人間なんていくらでも変わるんだよ！」

いくら気に食わないといっても、やはり静香は幼馴染みだ。本気で犯すつもりはない。ただ彼女の清楚な美貌が恐怖に歪み、明日から涼を怖がって避けてくれればいいのだ。たったそれだけのことで、心の高みに君臨する静香の幻想は消え失せ、涼のわだかまりが晴れるのである。

だが涼は、いきなり出鼻を挫《くじ》かれた。

毛先だけをウェーブさせた亜麻色の髪が、畳に扇状に広がって夕日色の光砂を浮かべている。その上に仰向けになった静香の肢体が、あまりに華奢なのに驚いた。涼が片腕で抱き巻けるほど細い胴に、両手ですら掴めないほど豊かな乳房が乗っかり、サマースーツと白いブラウスの胸元を横へ大きく柔らかそうに広げているさまが、神秘的にすら思える。

小さな美貌は強張っているかと思えば、白くきめ細かい頬は青ざめておらず、薄い紅を引いた唇も震えていない。もう静香は抵抗すらしていなかった。長い睫が上向き、どこまでも澄んだ黒い瞳が、涼を心から心配するように見上げてくる。

涼の胸奥から途方もない罪悪感がこみ上げ、視界がギシリと軋《きし》んだ。

「ね、放して涼君。手が痛いわ」

いわれて初めて、涼は左手でまとめて握った静香の両手首の、折れそうな繊細さに気付く。手を放しそうになったが、なんとか力を抜くだけに思いとどまった。

涼の心臓が不快な高鳴りを始める。

それでも胸に残った悪意を掻き集めて、右手で静香の乳房を掴んでやった。だが静香にピクンと震えられて、とろけそうに柔らかな感触が手の平に伝わっただけで、純情な少年に戻ってしまったように右手を離してしまう。

ならばと太腿に腰を押しつけてやると静香はさすがに怯えたが、涼の股間は柔らかなままで、情けなさを露呈してしまう。

陰茎がさらに萎み、涼のなにもかもが絶望的に萎えていく。

「ねえ、もうやめて涼君。どうして、こんなことをするの？」

「どうしてだと？　お前が気に入らねえからに決まってんだろ！」

「そうじゃなくて、どうしてそんな——」

優しくいい聞かせるような声色で、静香が残酷な一言を放つ。

「無理に悪人になろうとするの？」

涼の胸に、すとりとナイフが刺さった。錯覚のはずの痛みが血の染みのようにみるみる広がり、動揺が全身に波及していく。反論しようと開いた口が震えた。

「はっ……なにをいってやがる。俺はもうとっくに、薄ぎたねえ悪人になってんだよ」

「嘘よ。本当の悪人なら、そんなつらそうな顔なんてしないわ」

組み伏せているはずの静香に、もはや涼は完全に呑まれていた。

豪蔵に追いつきたい一心で積み重ねてきた悪事の数々が脳裏をかすめ、涼の精悍な顔がさらに歪む。心に残してしまったなにかが悲鳴をあげ、創り上げたはずの『涼』という悪人に亀裂が入っていく。

「涼君は涼君なんだから、お父さんの真似なんてしないで。あなたの代になったら、あなたの壬生嶋家を作ればいいじゃない。大丈夫、涼君ならできるわ。昔から乱暴なところはあったけれど、真っ直ぐな子だったでしょう?」

涼はようやく、なぜこんなに静香の存在が気に食わないのかを正確に理解した。

物心つく前から一緒にいた静香が、涼の基礎を真っ直ぐに形成してしまったのだ。

だがそれは世間一般では正しくとも、壬生嶋家の跡取りとしては歪んだ土台である。いびつな土台に悪事を積み上げてきた結果、こうして悪人に成りきれない半人前ができあがったというわけだ。

涼の存在が、根底から音を立てて崩れていく。

こみ上げる怒りに任せて静香の頬を張ろうとするものの、右手は震えて動かない。静香を屈服させる最後の武器である陰茎も、情けなく縮こまったままだ。

「うおおおおおおおお！」

獣のごとく吠えた涼は、すべてのことにたまらなくなって静香を突き放し、茶室から逃げ出した。

涼は屋敷に帰宅して早々、豪蔵の執務室へ呼びつけられた。広い部屋に入ると執務机の向こうに座った豪蔵が、顎でソファーに座るよう命じてくる。

父の豪蔵は六十代の小柄な初老だが、この男を見下せる胆力の持ち主など、この世に存在しないだろう。厳《いか》つい小顔の奥でぎらつく双眸には、悪鬼のごとくどす黒い力が満ちており、人を否応なしにひれ伏せさせる重圧があった。

涼は豪蔵の眼力に対抗するように、ソファーに座ることなく顎をしゃくって、用件を述べるよう促した。

「さあて、聞かせてもらおうか。十年ぶりに片霧静香嬢を見た感想を。お前もさぞ驚いたことだろう。静香嬢の麗しい成長ぶりは、社交界はもちろん裏社会でも噂になっておるほどだからな」

予想通り嫌な名前を出されて、涼の額に青筋が浮かんだ。

その表情を見ただけで察したのか、豪蔵が低く笑う。

「さすがは静香嬢だ。お前の手にも負えんかったか」

涼の頭が一瞬で沸騰した。

「あいつに電話で告げ口されたのかよ！」

「静香嬢からは、なにもいってきておらんよ。——ほう。ということは、告げ口されかねん無礼を働きながらも、静香嬢の麗しさに負けて逃げ出しおったのだな」

豪蔵に簡単に見透かされ、涼は拳を握り締めた。無言で背を向けたところで、

「まあ待て。私の話を最後まで聞いたらどうだ」

と豪蔵に笑われた。涼は舌打ちして、ソファーにどかりと座って脚を組んだ。

「片霧家の崇高な家名は、社交界のみならずあらゆる世界に、いまだ燦然と輝いておる。絶縁して久しいが、私はまだ『片霧』の名を諦めてはおらん。先代から続く借金に困窮しておる片霧家を切り崩すには、大金をちらつかせるのが一番だろうが、あいにくと現当主である奥方は堅物だ。一方的に絶縁した手前、壬生嶋の援助など受け入れんだろう。ならば一人娘を口説くしかあるまい」

豪蔵がなにを考えているのかわかり、涼は鼻で笑った。

「俺とあいつを政略結婚させて、片霧の名を手に入れようって肚かよ。だが残念だったな。俺はあいつが死ぬほど気に入らねえんだよ」

「それは好都合だ。私は片霧の家名と共に、静香嬢のあの素晴らしい肢体をも手に入れたいと願っておるのだからな」

涼の背筋が毛羽立った。豪蔵の口元が邪悪そうに歪む。

「お前に話すのは初めてだったな。私には長年の夢があるのだよ。芸術品のごとく完璧で、崇高な娼婦を作り上げたいという夢がな」

「はっ。随分と子供じみた夢だな。ようは親父好みの『人形』を作りたいってだけだろ？　壬生嶋家の第十四代当主ともあろう男が、お人形遊びがお望みかよ」

「ああ、そうだ。まさにその芸術的なまでに淫猥《いんわい》な肉人形を作り上げたいと、狂おしいほどに願っておるのだよ」

豪蔵の黒い笑みが、酷薄さを増していく。

「女は儚《はかな》い花だ。いたぶれば、たやすく色あせ枯れてしまう。美しいだけの娘、すぐに淫蕩《いんとう》にふける心の弱い娘、天性の気品がない育ちの悪い娘では駄目だ。だが、あの片霧静香なら素材として申し分ない。――いや。あの娘ほど、完璧な素材など存在するまい。静香嬢ならば気高い心を保ちながらも瀬戸際で色に狂わず、どんな雄すら魅了する、芸術品のごとく淫猥な『等身大の肉人形』となってくれるであろう」

どす黒い熱を帯びていく豪蔵の口調は、涼ですら胸が悪くなるほど狂気に満ちていた。涼は飲まされた毒を吐き出すように、大きく息をついた。

「親父の魂胆がわかってきたぜ。『気に入らねぇやつなら遠慮なく手籠めにできるだろう』っていいたいんだろ？　面白ぇ提案だが、親父の思惑通りに動くのは嫌だね」

「ではこれを、お前への試験としようか。調教が進むまで、私は手を出さん。あの完璧な素材である静香嬢を、どれほど私好みの人形に仕立て上げられるのか見てやろう。お前の性根が、壬生嶋家の次期当主に相応しいと証明して見せろ」

性根に残る甘さを、やはり豪蔵には見透かされていたのだ。涼は歯噛みした。

「お前が思うがまま動けるよう、警察と学校はこちらで黙らせておく。そこまでお膳立てしても、やれる自信がないのか？　あの娘を調教して、お前との婚約を欲するまでに籠絡させるのは」

涼は黙りこんだ。静香と結婚するなどと考えると虫唾《むしず》が走るが、性奴隷として一生飼ってやれるのだと考えると、いい知れぬ歓喜がこみ上げる。

願ったり叶ったりの提案ではないか。なにを今さら迷う必要がある。自分でも一度は口にした行為だろうに。静香に狂わされてしまった土台なら、悪人という芯を根本まで貫き通して、崩れないようにしてやればいい。

豪蔵の狂熱が伝染して、涼の口端が引きつるように持ち上がっていく。

「わかったよ親父。見え透いた挑発だが乗ってやるぜ」

涼が宣言すると、豪蔵が低く笑った。

2

翌日の放課後。涼は校舎の外れに建つ茶室で、一人あぐらをかいていた。

今日は茶道部を含めてほとんどの部活が休みなため、夕焼けで赤く染まった障子の向こうは、学校とは思えないほど静まっている。

昨日襲われかけたというのに、静香は涼を通報したりしないどころか、苦悶する幼馴染みを救おうとなにかと近づいてきた。だがすでに昨夜、悪党になると決意した涼にとっては、屈辱以外の何物でもなかった。

それでも我慢に我慢を重ねて、涼は反論しないことで憎しみを蓄積させた。

静香には手はず通り、放課後一人で茶室へ来るよう手紙で伝えてある。昨日襲いかかってきた男が待つ密室へ、一人で出向くほど静香も愚かではないだろう。

だが、もし静香がのこのこと現れるならば、それは涼を手懐けられると思いこんでいるからである。そこまで舐められたら、もう己を止められないだろう。

この茶室には、静香だけでなく矢島と丸亀も時間差で呼んである。あいつらの前で醜態は晒せない。もし静香がここへ来てしまったなら、今度こそ涼は最後まで行為をするしかなくなるのだ。——あの清廉な幼馴染みの女教師に。

もう涼自身ですら、静香に来て欲しいのか逃げて欲しいのかわからない。

だが涼の望みが定まるより先に、答えが現れた。

障子が音もなく開き、静香が茶室に入ってきたのだ。

夕日を弾く亜麻色の髪を揺らして、どこまでも澄んだ瞳をおずおずと上向け、淑やかな唇を綻ばせる。美貌を傾《かし》げて気軽な礼をして、サマースーツ姿を屈めて靴を脱ぎ、タイトスカートから伸びる素足に白い足袋を履いて畳へ上がってくる。

ああ。この人はどこまで愚かなのだろう。

涼は自分でも呆れるほど愕然となっていた。悪寒《おかん》が魂まで走り、腰が砕けそうなほど全身が震える。だが同時に、腹の底から煉獄のごとくどす黒い炎が迫り上がってきた。いいだろう。好きなだけ情けなく動揺するがいい。

俺の良心は、――今この瞬間に終わるのだから。

涼は覚悟を決めた。

悪党に殉じてやろう。そしてその深い闇へ、静香も連れていってやる。

畳に正座した静香の目の前で、涼がお茶を点《た》てている。

「用件の前に、せっかくだから茶を出してやる」と涼にいわれたときは、どうなることやらと心配したが、作法はなかなかのものだった。

大きな身体で行儀良く正座して、茶碗に入った薄茶を、茶筅で鮮やかに掻き回している。たっぷりの泡で茶の表面を覆う点てかたは、裏千家の流派である。

静香は正直、涼と一人で会うのは怖かった。

昨日、彼に押し倒されたときは、外見こそ毅然としてみせたものの、心は恐慌寸前だったのだ。彼の肉体の大きさと力強さと淀んだ悪意にすっかり圧倒されて、抵抗すらできなくなり、彼に残された情に期待するしかなくなってしまった。

それでも彼は、最後には幼い頃の涼に戻って放してくれたのである。

彼がまだ、悪党という奈落に堕ちきっていないのは確かなのだ。

ならば、どんなに怖くとも静香の細腕で引き上げてやらねばならない。人一人を救うのに、危険な目に遭わずに助けられるわけがないのである。

精悍な顔に鬱屈《うっくつ》した不快感を滲《にじ》ませていた涼も、今はどこか吹っ切れた表情をしている。彼の中でなにかが良い方向に変わったのだとわかり、静香は安堵した。

「菓子はねえから、茶だけで我慢しな」

口調こそぶっきらぼうだが、茶碗を差し出す涼の所作は見事に礼儀に適っていた。

静香はなんだか笑ってしまい、綻んだ唇を曲げた指先で隠した。

一礼して茶碗を左手に乗せ、添えた右手で碗を手前に二度回してから唇をつける。

静かに味わうと、心地よい苦みが口の中一杯に広がった。

茶道部のどの生徒よりうまい点てかたである。

「さすがは壬生嶋家の御曹司ね。結構なお点前だわ」

「――そんなはずは、ねえんだがな」

その涼の言葉が合図だったかのように、静香の視界が唐突に傾き、手から滑り落ちた茶碗が畳を転がっていく。

気がつくと頬が畳についており、肢体がくたりと横倒しになっていた。静香は自分になにが起こったのか理解できず、ぽかんとなってしまった。

涼の冷たく低い声が降ってくる。

「茶に壬生嶋家特製の痺《しび》れ薬を入れておいた。普通の痺れ薬は触覚まで麻痺させちまうが、こいつは筋力だけを奪って、逆に皮膚感覚を数倍鋭敏にする効果がある。お前みたいな世間知らずのお嬢様を、無理矢理嬲るために開発された薬だよ」

静香の全身から血の気が引いた。鼓動が一気に速くなる。命の危険すら覚える焦燥感に襲われ、猛然と逃げようとするものの、背骨が抜かれたように動けない。

薬が効いてきたのか肢体中の肌がむず痒くなり、服の内側が熱くなる。亜麻色の髪を撫でる空気すらわかるほど皮膚が鋭敏になってきて、静香はさらに追い詰められた。

心臓が狂ったように暴れて、ぐるぐると臓腑が揺さぶられる。

「ね、ねえ、嘘よね。だって涼君は、本当はこんなことできる人じゃ――」

黒々と潤む瞳を上向けて、静香はギクリとなる。

幼馴染みだった少年は、もうどこにもいなくなっていた。静香のたもとで仁王立ちする男からは、良心の呵責どころか感情の揺らぎすら感じられない。精悍な顔に豪蔵と同じ冷厳な仮面をつけて、冷ややかに見下ろしている。

静香はこの期に及んで、破滅的ななにかを間違えてしまったのだと気付いた。

突然、茶室の障子が開き、二人の男子生徒が入ってきた。長い茶髪のひょろりとした男と、学生服がはち切れんばかりに太っている男は、矢島と丸亀である。

畳に倒れている静香を見て、矢島と丸亀の顔が強張った。

「涼から話を聞いたときは、つまんねぇ冗談だと思ってたのにな。本気だったか」

「涼さん、や、やめましょうよ。だ、だって静香先生ですよ？」

蛮行をとがめてくれた二人だったが、涼の病的に鋭い眼光を向けられると、矢島は肩をすくめ、丸亀は飛び上がって黙ってしまった。

「――矢島君、丸亀君。涼君を止めて！」

静香は猛然と叫んだ。二人とも素行は決してよくないが、静香を心から慕ってくれる可愛い生徒なのだ。狂った涼を力ずくでも止めてくれるかと期待したが、

「悪いね、静香ちゃん。俺は無条件で涼の味方だから」

「お、俺も涼さんには逆らえないっす。す、すみません静香先生」

矢島には苦々しく、丸亀にはおろおろと拒絶され、目の前が真っ暗になった。

身体を凍りつかせていた静香だったが、上半身を抱き起こしてきた涼が縄束を握っているのに気付いて、短い悲鳴を漏らした。

「安心しな。こいつは女の柔肌を縛るために作られた特製の麻縄だ。血の流れも止まらねえし、最初からきつい縛りをするつもりもねえ」

背中に回された両手首を、上向きに交差させられて一まとめに縛られてしまう。

片霧家の令嬢である静香は、罪人のように縄で縛られたのがショックだった。

だが縛りはまだ序の口だ。前に回した縄を胸の下に通され、次に胸の上に通される。

背中で縄尻を引かれると、グレーのサマースーツが豊満すぎる乳房に押されて左右に開き、白いブラウスが剥き出しになってしまう。

恥ずかしさで静香の背中から汗が噴き出したが、緊縛はまだ終わらない。

手首から肩越しに胸元へ回した縄を、胸下に走る縄へ通され、反対側の肩から再び背中へ戻される。とどめとばかりに縄尻を絞られると華奢な背筋が反り、縄製のブラジャーのごとく走る縄目の間から、白いブラウスをはち切らせんばかりに、豊乳をぐじゅりと搾り出されてしまった。

高手小手と呼ばれる縛りかたである。

コンプレックスである乳房の豊満さをより強調させられて、静香のきめ細かい白頬が、カアッと朱を帯びた。

「い、いやあっ、こんな縛りかたしないでっ。……くうぅ……む、胸がきついわ」

仰向けに倒されると、静香の亜麻色の髪が夕日の光砂を振りまいて扇状に散り広がり、華奢な胴がかぶさった。手首が下敷きになっているため背筋がさらに反り、緊縛されて搾り潰された双乳が、より恥ずかしく突き出されてしまう。

ブラウスのボタンに涼の手がかかり、情け容赦なく引き裂かれてしまった。胸圧に押されたブラウスが左右に弾け、純白のレースブラに包まれた豊乳が躍り出てくる。

「ひっ⁉」と瞳を戦慄《わなな》かせて縮こまる静香に構わず、レースブラを一気に上へずらされる。たわわに実った白乳がぶるんとこぼれ落ちると、涼と矢島と丸亀が同時に生唾を飲みこんだ。

静香はもう、生娘《きむすめ》のように泣き出しそうになってしまった。

これまで何十人という女を手籠めにしてきた、歴戦の涼ですら手が止まった。

静香のほっそりとした胴についているとは思えないほど豊満な乳房が、露わになっている。白く透き通った胸肌はどこまでもきめ細かく、縄製のブラから搾り出されて柔らかそうに変形した大量の胸脂肪が、さして横へ広がることなく高く扇情的《せんじょうてき》に突き出されている。

白丘の頂点では薄い色の乳輪が上品に染み広がり、葡萄粒大の可愛らしい乳首が、口に含んで欲しいとねだるように揺れていた。涼ですら初めて目にするほどの、芸術的な美巨乳だった。

「涼君、見ないで。……ああっ……矢島君も丸亀君も、先生のこんなみっともない胸なんて見ないでっ」

あまりに豊満な胸のため、静香のコンプレックスになっているのだろう。

だがこの美巨乳を醜いと思う人間など、静香本人だけであろう。

胸肌があまりに綺麗なせいで、薄褐色の乳輪と乳首がくっきりと際立っているのが、いかにも淫猥だった。この双乳の豊かさといやらしさでは、極太の陰茎四本がかりでも犯し尽くせないだろう。

静香は正真正銘の貴婦人だ。男に裸を見られた経験など、ほとんどないだろう。

扇状に散り広がる亜麻色の髪を下敷きにした静香が、なんとか羞恥から逃れようと肢体をもじもじとくねらせている。紅潮した頬の上に灯る澄んだ瞳が、懇願するように涼を見たかと思えば矢島や丸亀に移り、すぐに恥じらって茶室の天上へ逸らされる。

とうとう瞳に涙が浮かび、静香は耳まで真っ赤になってうつむいてしまった。

その大人の女性らしからぬ可憐な動作のたびに、豊乳が柔らかそうに揺れ乱れ、つんつんと上向く乳頭が宙に肉色の軌跡を扇情的に描いていく。

涼は胴震いした。胸だけでなく静香の美しさすべてに改めて圧倒され、立ち竦《すく》んでしまう。またも不能に陥るかと危ぶんだが、感動が腹底へ下りていくように、下半身に血液が集まっていく。

唐突に陰茎が膨らみ、かつてないほどに大きく熱固くいきり勃《た》っていく。

涼は口端を邪悪そうに歪め、低く忍び笑いをこぼした。なにを心配していたのやら。俺はもう心の底から悪党になったのだ。静香がどれほど美しく清楚な幼馴染みだろうと、陵辱できてしまえるのは当たり前ではないか。

恥ずかしすぎる豊乳を三人の生徒の眼前で剥き出しにされて、静香は身も心も真っ赤になって縮こまってしまった。これから幼馴染みの少年に犯されるのだと、まさに胸肌から理解させられ、耳の奥で絶望の風音が、ごおごおと鳴り響く。

「なんて、いやらしい胸してやがる。いったい何人の男と寝れば、こんな淫猥な巨乳に育つんだ？　おい、今まで何人の男と何回やりまくったか答えてみろよ」

静香はさらに美貌を紅潮させたが、見知らぬ悪党に成り下がった涼に睨まれると胸底まで怯えて、震える唇を素直に開いてしまう。

「そ、そんな、何人もだなんて酷いわ……ああっ……に、二年前にお付き合いしていた人と……一回だけよ」

静香は小学校から大学までずっと女子校通いだった箱入り娘であるため、これまで一人の男性としか付き合ったことがない。結婚を前提として交際していたその彼は、片霧家にも引けを取らぬ名家の跡取りだったが、五つも年下である静香の美貌と清廉さにいつも気後れしていた。

壊れ物のように優しく扱われた初めての情交も、彼は恋人の肢体の美しさに圧倒されっ放しで、静香の純潔を奪えたのが奇蹟に思えるほど情けない有様だった。

結局、その情事での失態が決定打となり、すっかり自信を喪失した彼に、静香と自分では釣り合わないと丁重に身を退かれてしまったのである。

「正真正銘のお嬢様じゃ、そんなとこだろうな。こんないやらしい胸と尻に育ってんのに男もいないんじゃ、毎日オナニーしねえと欲情が収まらねえだろ。オナニーは週何回してんだ？　答えによっては、お前の扱いかたを変えてやるぜ？」

名家のお嬢様である静香には、そんなはしたない行為をした記憶などない。

だが静香は普段の生活の中でも、ふいに豊乳や恥丘に物が当たっただけで、すぐに甘くうめいてしゃがみこんでしまうほど、肢体が成熟しているのである。

静香が自慰を頑なに我慢しているのは、名家の令嬢としての慎みだけでなく、一度でも身体を慰めてしまうと、色欲に溺れて行為が止められなくなる確信がして怖かったからだ。

静香は羞恥でカチカチと歯を鳴らしながらも、手心が欲しい一心でおずおずと唇を動かした。

「じ、自分で慰めるだなんて……そんな、はしたないことしたことないわ。……あぁっ……もう先生に恥ずかしいこと訊かないでっ」

静香がうつむけた美貌をふるふると振ると、またも豊乳が揺れ乱れた。

「そいつはすげぇや。そんなんじゃ絶頂を味わったことすらなさそうだな。じゃあ、まずオナニーのやりかたから教えてやるよ。このいやらしい巨乳を嬲ってな」

涼の無骨《ぶこつ》な両手で双乳をいきなり鷲づかみにされ、静香は「ひゃん!?」と少女のような可愛らしい悲鳴をあげてしまった。

お嬢様の静香に施すには酷なほど淫猥なこね回しが、ぐにぐにと始まる。

大きな両手にすら余る豊かな美乳が揉み上げられ、蠢《うごめ》く十指の間から胸脂肪が柔らかそうにはみ出ては、弾むように引っこんでを淫猥に繰り返す。じわりと湧いた淫熱《いんねつ》で胸脂肪が溶け出し、朱を帯びた胸肌に甘い汗がじっとりと滲んでいく。

静香は胸でこれほどの性感を受けるのは初めてだった。

未体験の快感であるがため、どう対処していいのかもわからない。切ないもどかしさがそのまま「はあはあ」という艶声となって漏れ、亜麻色の髪を揺り動かして、可愛らしく悶えるしかなくなってしまう。

縦横無尽に暴虐を続ける涼の十指がさらに加速して、とうとう牛にでもするような苛烈な搾乳に進化してしまう。甘汗でぬめり光る豊乳がぐちゅぐちゅと恥ずかしい粘着音を奏で出し、静香はたまらず可憐な声を震わせて叫んだ。

「ああっ、駄目よ涼君ッ……はあはあ……先生の胸をそんなに揉まないでっ」

澄んだ瞳に涙の膜を浮かべて視線を逸らすと、離れた場所で後ろめたそうにしている矢島や丸亀と目が合った。双乳を無茶苦茶にされて悶えさせられている恥ずかしい姿を、二人にも見られている現実を思い出し、脳裏がさらに灼熱する。

涼の蠢く手からなんとか豊乳を逃がそうとするものの、縛られた両手首を背中で下敷きにしているため、反らした胸を引っこめられない。

ヒクヒクと背筋が跳ねるたびに、涼の十指の間からはみ出るほど豊乳をぐりぐりと押しつけてしまい、搾乳をさらにせがんでしまう。

「どうだ、気持ちいいだろ？ でかい胸は感じにくいっていわれてるが、そりゃ嘘だ。胸のでかい女は乳腺も発達してるからな。胸奥までこう指を潜らせてやって、脇から乳首へ向かって走ってる乳腺を直接嬲ってやれば――」

両脇の下から左右の中指と薬指を、豊乳へ向かってグリリと突き入れられた。

胸脂肪の奥に潜むGスポットのごとく過敏な乳腺に、四本の指の腹が直接当たり、女に強制的に潮を噴かせるような苛烈な屈伸がグチグチと始まる。

静香は形のいい顎を反らして、「ひゃううンンッ⁉」と目を見開いた。

「――乳首から潮を噴きそうなほど感じるだろ？」

静香の胸脂肪が一気に燃え上がり、乳腺と子宮が直結したように胎内にまで甘い電流が流れ出す。脳裏に白いもやが立ちこめて股間がじわじわと熱くなり、切なさを伴った羞恥と性感が、際限なく高まっていく。

ふと静香は、涼の手の中で転がされる乳頭が、みるみる膨らんでいくのに気付いて、さらに動揺してしまった。火照った背筋に冷たい汗が流れる。

「む、胸の先、膨らんじゃうぅ……はあ、はうっ……涼君、もう私の胸のそんな奥にまで、指を入れないでっ」

「ようやく乳首が勃起《ぼっき》してきやがったか。おら、もっと下品に勃たせられるだろ」

胸脂肪に四指を埋められたまま、縄から搾り出された双乳を根元から、さらにギュリリと掴み上げられた。逃げ場を失った血液と性感が胸先に殺到して、薄褐色の乳輪がこんもりと膨らむほど、「ひぃいッ⁉」と乳首を勃たせられてしまう。

さらには、腫れて過敏になった乳首を右に左にと口に含まれて、涼の舌で丹念に舐め転がされると、切ない恥ずかしさがはち切れた。

まだ涼を幼馴染みだと認識しているのか嫌悪感がわかず、幼少に戻った彼に母乳を吸われているような錯覚がして、羞恥と倒錯感で朦朧《もうろう》となってしまう。

「舐めちゃいやぁ……恥ずかしいぃ……胸の先、敏感になってぇ——ひゃむン!?」

ちゅぽんと涼の口が離れると、静香の両乳首は二回り以上は大きくなっていた。

薄褐色の肉丘に勃つ丸い乳首に熱固い芯が入って膨らみ、乳口のヒクつきすら見えるほど淫猥に張り詰めて、小魚の心臓のごとくビクビクと痙攣《けいれん》している。

静香は自らの乳首の惨状に愕然となってしまった。ただでさえコンプレックスである豊乳をより下品に育てられて、瞳を包む涙の膜がみるみる膨らんでいく。

「驚いただろ。お前の乳首は、こんなにでかく淫猥に勃つんだぜ？」

「ひ、酷いわ涼君……はあはあっ、くぅ……私の胸を、こんなにいやらしくするなんて……。——ひッ!? や、やめて涼君、それだけは脱がさないで！」

涼の片手がタイトスカートへ潜りこんできて、静香は亜麻色の髪を跳ねさせた。あっという間に純白のレースショーツが脱がされ、両足から抜き取られる。

ノーパンにされてカアッと耳たぶまで紅潮してしまった静香だったが、白い足袋がかぶさる両足首を握り持たれると、さらに追い詰められた。恐れていた通り、むっちりと肉が乗った長い美脚を広げられながら、窮屈に折り畳まれていく。

膝丈のタイトスカートがずり上がり、白く扇情的な太腿が根元へとみるみる露わになっていく。美脚を恥ずかしいM字に固められると、大きな裸の尻房が、ぶるりと飛び出て、スカート裾が一気に腰まで捲《めく》れてしまった。

陰唇がひやりと丸出しになり、静香の羞恥が爆発する。

「ほう、いいおま○こ持ってんじゃねえかよ。色は多少濃いが、すげぇ綺麗な形してやがる。毛が薄いから丸見えだぜ？　――はっ、なんだかんだいって、もうどろどろに濡らしてんじゃねえかよ。いやらしい雌の臭いがぷんぷんしてくるぜ」

涼の面前に晒された静香の恥丘には、ほとんど縮れていない柔らかそうな恥毛がうっすらと生えているだけなため、陰唇の全容が丸見えになっていた。

静香の女性器は色素が沈着した褐色だったが、薄い肉ひだがまさに花弁のごとく整然と折り重なった清楚な形をしている。その淫花はすでに熟れ咲いており、赤肉色の小陰唇《しょういんしん》まで左右に開いて桜色の可憐な膣口《ちつこう》をぽこりと晒している。

ヒクつく尿口まで覗く陰肉の頂点では、包皮を根元へ捲らせてちょこんと勃ち膨らんだ赤白い陰核《いんかく》が、乳首にも負けないほど痙攣していた。

その剥き出しになった静香の花弁が、ひだの奥の奥まで蜜でどろどろになっているのだ。性感に負けた証であるやや白濁した蜜が膣口からとろけ垂れており、大人の雌臭のする湯気をむわむわと立ちのぼらせている。

静香は自らの陰肉の淫猥なとろけ具合に、羞恥も忘れて呆然となってしまった。

「う、嘘よ……無理矢理されてるのに……こんなになってるなんて……」

ふと今さらながら、敏感な陰肉粘膜をじりじりと焼く視線に気付いた。

おずおずと上向くと、涼だけでなく矢島と丸亀も息を呑み、静香の熟れとけた陰唇を血走った目で見下ろしていた。

生まれて初めて味わうほどの恥ずかしさが降ってきて、静香はおでこから豊乳を通って太腿まで、白肌をボッと可愛らしい朱色に染め上げてしまった。

「――い、いやぁあッ！　涼君も矢島君も丸亀君も、先生のこんな恥ずかしい場所、そんなにじっくり見ないでっ」

初めての情交のときは当然あかりを消していたため、静香が女性器を異性に見られたことなど、父におしめを替えられていた幼女の頃以来だった。

腰を引いて羞恥を堪えようにも、大きな双臀にむっちりと乗った尻肉が畳で弾むばかりで、ぬらつく陰唇を涼に見せつけるように恥ずかしく上下させてしまう。

涼の手が膝から離れたが、いまだ下半身が痺れている静香は脚を閉じることすらできなかった。それどころか、クラシックバレエを習っていた影響で股関節が柔らかいため、肉付きのいい太腿が重みでより開いて、涼にされていたよりさらにきついＭ字開脚になっていく。

静香の脳裏が羞恥で沸騰したが、もがくたびに両膝が下がって開脚がきつくなり、大きな尻肉に押された陰唇がとうとう太腿より高く迫り上がってしまった。

「い、いやっ……こんな格好、いやあ……ひぃ……もう先生の脚閉じさせてっ」

まさに、お漏らしをしておしめを替えられている幼女のような、情けない羞恥姿だった。亜麻色の髪を力なく振るたびに、痙攣する乳首と豊乳が上下左右と無限に揺れ暴れ、M字を作る脚の中心でぬめり光る肉花が、太腿の丘を越えてヒクンヒクンと突き出される。

泣き出しそうになった静香は、涼がズボンのベルトを外したのを見てギクリとなる。ズボンと下着を脱ぎ捨てて下半身裸になった涼が、睨み下ろしてきた。

静香は涼の股間から生えている物体がなんなのか、わからなかった。

「涼君……な、なにそれ？」

涼の逞しい腹筋の下から、どす黒い巨大な肉柱がぶるりとそそり勃っている。

太い血管を格子状に浮かべる茎部は太く長く勃起して、臍《へそ》へつかんばかりに反り返っている。指一本分も肉傘が広がって張り出した亀頭は、ビクビクと不気味に蠢動《しゅんどう》しており、ぬめり光る先端から雄の悪臭をむわりと湧き立たせていた。

静香は五秒もかかってからその肉が涼の陰茎だと気付き、「ひいッ」と乙女のように美貌を背けてしまった。これほど凶暴な肉塊を見たのは初めてだった。

初めての相手だった紳士の萎んだ陰茎など、子供の遊び道具だとしか思えない。

ぬめり膨らむ熱固い亀頭を、ピトリと気持ち悪く陰唇につけられ、静香は子宮の底まで震え上がった。本能的な恐怖がこみ上げ、視界がぐにゃりと歪む。

「そ、それだけは駄目！　私、先生なのよ？　涼君、お願いだから正気に戻って」

「正気か。そりゃ残念だったな。――これが今の俺の正気なんだよ！」

涼に腰を押し進められると、すっかり準備が整った静香の花弁が柔らかく捲れ開いてしまう。それでも一度しか経験がない膣口が、涼の巨根を受け入れられるはずもなく、亀頭が半分埋まったところで進入が止まってしまった。

と、豊乳の両脇からまたも二本ずつの指を突きこまれ、乳腺ごと双乳をギュリリと搾り上げられる。それだけで静香は「ひいン!?」と潤滑蜜を噴かされて、ぐちゅりと巨大な亀頭を丸呑みしてしまった。

静香の狭い膣道《ちつどう》をミチミチと拡張しながら、凶暴な肉塊が挿入されていく。

二度目の処女を奪われているような怖気で蜜壺中が戦慄き、脳裏に赤と白の火花が散る。亀頭が子宮頸部《けいぶ》を舐めてもまだ踏み入られ、子宮口脇にある膣の窪みをぐりりと押して、ようやく涼の恥骨が静香の陰唇に密着した。

無理矢理膨らまされた膣道の内側で、涼の太い肉塊が不気味に脈打っているのがはっきりわかり、静香は紅潮した美貌を真っ青にして歯をカチカチと鳴らした。

ついに無理矢理、挿入されてしまったのだ。もっとショックを受けてもいいはずなのに、幼馴染みの彼に犯されているのだと思うと、倒錯した性感がこみあげてしまう。

「いやあぁ……涼君のが……はあはあっ……私の奥まで入ってるぅ」

逞しい上半身をのしかからせてきた涼が、静香の怯える美貌を優しく抱きかかえてきた。豊乳を逞しい胸板で潰して、形のいい耳に口を寄せてくる。

「どうだ、もう目が覚めただろ。これが今の俺という人間で、今のお前はただの肉穴でしかねえんだよ。——静香。お前のおま○こ、すげぇいい具合だぜ」

静香は再会してから初めて、涼に名前を呼ばれた。

涼の面倒をみていた頃は幼い彼に、こうしてよく呼び捨てにされていたのだ。

そのたびに『さん』か『ちゃん』をつけなさいといい聞かせるのだが、涼は幼馴染みの少女の反応を楽しむように、ニコニコと笑って静香、静香と呼んで後をついてくるのである。

その記憶があまりにも安らかすぎて、静香は悲しくてたまらなくなった。ずっと堪えていた涙が、目尻から一筋流れる。

だがそんな感傷も涼が腰を動かし始めると、悪寒と性感で押し流されてしまう。

大きな双臀全体で締めつけるように絡まる膣壁《ちつへき》を振りほどかれ、じっくりと優しく抽送《ちゅうそう》されると、静香の脊髄《せきずい》に甘い電気が流れっ放しになる。怖気で凍りついた子宮がカアッと淫熱でとろけ、脳裏に白い霧が立ちこめていく。

ズルズルと肉塊を抜かれるたびに、張り出した肉傘で膣道の蜜汚れをどろどろと掻き出されるが、巨根を根元までグチュンと戻されると、静香は「ひあンっ」と可愛らしくうめいて、蜜壺中から潤滑粘液を搾り出してしまう。

「片霧家の女が代々、すげぇ名器持ちだって噂は本当らしいな。中にびっしりひだが寄ってやがるうえに、腹中の肉を使って締めつけながら吸いついてきやがる。これなら片霧家が、おま○こだけで成り上がってきたって話も納得できるぜ」

片霧家の女性は代々、床上手だという品のない噂は、静香も聞いたことがあった。平安時代から代々女系で継承されてきた片霧家が、常に格上の男子を迎え入れることで名を上げていったことを揶揄《やゆ》する、根も葉もない噂だと思っていた。

だが静香の初めての相手だった紳士も、あっという間に果ててしまい、酷く落ちこんでいた。それに蜜壺がすっかり過敏になっているせいで、自分の膣道に無数のひだが、淫猥な性玩具のごとく寄っていることも、豊尻中の脂肪を使って涼の肉塊を締めつけ、男汁の一滴すら逃すまいと吸いついていることも、はっきりと知覚できるのだ。

『おま○こだけで成り上がってきた』という涼の嘲《あざけ》りが、まぎれもない真実だとわかり、静香は気高かった血筋が急に汚《けが》れてしまった気がした。

だがそんな汚辱感より、ねっとりとした抽送をされるたびに、蜜壺から子宮の底まで染み入る性感が際限なく高まっていくことのほうが、静香には深刻だった。

片霧家の女性に脈々と受け継がれてきた名器の淫らすぎる性能と感度を、いきなり解放されてしまったのだ。箱入り娘の清純な令嬢が耐えられるはずもなく、為《な》す術《すべ》もなく快楽に翻弄《ほんろう》されてしまう。

犯されているというのに、深い幸せを伴った快感――官能がこみ上げ、静香の澄んだ瞳がみるみる可愛らしく潤んでいく。

胎内で渦巻いた官能が逃げ場を求めるように、子宮がキュウキュウと跳ね回る。

「あんっ、はあン!? も、もうやめて涼君！ か、身体が変なのっ……ひいン……お腹の奥熱いぃ――やうンンッ!? こ、怖い、こんなの先生、怖いぃ」

脳髄と子宮に麻薬のごとく染み入る白い快感で狂いそうになり、静香は豊乳を振り乱して悶えた。痙攣する過敏な両乳首を跳ね回らせた刺激も重なり、唇から涎《よだれ》と舌がとろりと垂れる。

静香が初めての絶頂へ追い遣《や》られそうになったそのとき、涼が先にうめいた。

「この俺がもう限界かよ。ほとんど処女のくせに、なんておま○こしてやがる」

最奥《さいおう》から一旦引かれた涼の亀頭が、静香の膨らんだ子宮口をグリリと押し上げてきた。猛烈な官能を伴った痛みが走り、静香は美貌をさらにとろけさせたが、

――陰茎にビクビクと蠢動を始められると、白く霞んだ脳裏が一瞬で凍りつく。

「い、いやっ、早く抜いてっ……ああンンッ……先生の中で出しちゃ駄目えっ！」

涼の陰茎から灼熱した精液が、どびゅッどびゅるるッと放たれた。

亀頭の鈴口を寸分違わず子宮口に密着させていたため、静香の胎内に大量の子種が

殺到して、子宮の天井をどろどろと気持ち悪く粘液漬けにしていく。

「――ひいいいいッッ！　奥っ、お腹の奥にまでこびりついてぇ……ああっ……涼君のが全部入ってきてるうッ。……こ、こんなの駄目よお……涼君の赤ちゃんできちゃうぅ……」

陥落寸前だった静香の子宮が、怖気と妊娠の恐怖で凍りついた。

だが子種をたっぷり注いで貰った子宮が雌の本能で勝手に押し下がり、子宮口が涼の鈴口へキュウキュウと嬉しそうに吸いついてしまう。

冷えきった官能を一瞬で再燃させられ、静香は絶頂間際に引っかかったまま、ぐったりとなってしまった。

熱く吸いつく静香の陰唇から引き抜いた涼の肉塊には、ほとんど精液がついていなかった。静香が子種を一滴残らず、子宮口で搾り取ってみせたのだ。

あれだけ注ぎこんだというのに、いまだ涼の形に開いた膣道からは白濁液が垂れる気配すらなかった。

胎内に雄汁を頬張っているというのに、長い睫を伏せて荒い息をつく静香の上気した美貌からは、清楚さがまるで失われていない。

だがその淑やかな小顔の下では、豊乳を荒々しく上下させて腫れた両乳首を跳ね回

らせており、行儀良くM字を続けたままの美脚の中央からは、とろけ開いた陰唇をピクンピクンと迫り上げて蜜の涎を垂れ流しにしている。

涼は静香の美と淫の、完璧なまでのアンバランスさに感嘆してしまった。萎んだばかりの肉塊が、先ほどまでの勃起すら越えてむくむくと反り返ってくる。

「おい、次はお前らの番だ。順番に静香を犯してやれ。これほどすげぇ名器持ちの女なんて、滅多にお目にかかれねえぞ」

涼が顎をしゃくったが、やはり矢島と丸亀は鼻白んだままだった。

「わりぃ涼。さすがの俺でも無理だわ」

「お、俺も無理っす。し、静香先生にこんなことできません。す、すみません」

これほど素晴らしい雌肉を前にしても、矢島と丸亀の股間は萎えているのだ。涼は昨日までの悪人に成りきれない自分が、二人並んでいる気がして失笑した。

「けっ、お前らの中じゃ、静香はいまだに女神様ってわけか。なら、この綺麗な女神面が崩れるまで、どろどろに嬲ってやろうじゃねえか。お前らもすぐ、静香が他の女と同じ、——いや、どんな雌奴隷より淫猥で素晴らしい『肉穴』だってことに気付くだろうぜ」

そう低く笑った涼は、もはやすっかり悪党の顔になっていた。

朦朧となっていた静香は、白い足袋を穿いた両足首を握られて意識が戻った。

「な、なに涼君？　もう終わったんじゃ……」

潤んだ瞳を向けた静香は、涼の陰茎が先ほどよりさらに凶暴に、ビクビクと勃起しているのに気付いて愕然となった。男性は一度精を放ったら、それで終わりではないのか。動揺で脳裏がぐるぐると回る。

美脚を伸ばされてようやく股を閉じさせて貰えたのも束の間、肢体を横寝にされて、ピンと伸ばした右脚を持ち上げられ、畳でY字バランスをさせられるような恥ずかしい大開脚に固められてしまった。

涼の形に熟れ開いたままの陰肉を丸見えにされ、静香の美貌が再び耳たぶまでボッと紅潮する。天井へ掲げた右脚を抱きかかえた涼が、松葉崩しで挿入してくると、静香は「ひぁあンンっ⁉」と甘やかな艶声をあげてしまった。

すっかり充血して膨らみ、感度と圧度を増した膣ひだを、先ほどより太く固く勃起した肉塊で、先ほどよりさらに深くまで突き上げられる。

股同士を絡み合わせる深い深い結合を保ったまま、腰でぐちゅるぐちゅると8の字を描かれると、静香の脳裏と子宮がすぐに快感で埋め尽くされてしまった。

粘る山芋をすりこぎで潰すように陰唇ごとこね回されながら、ぐりゅりぐりゅりと抽送されると、豊乳を揺さ振って悶えるのが止められなくなる。

「ふ、深いい、深いぃっ……あひぃぃ……お腹の奥をそんなに掻き混ぜちゃ駄目よおっ……はあっはあっ……先生のが広がっちゃうぅ」

亜麻色の髪房を振り乱すと、鼻息荒く見下ろす矢島と丸亀が真正面にいた。

横寝の松葉崩しで突かれているため、抽送の振動で上下左右にぶるんぶるんと波打つ美巨乳も、ぐちゅぐちゅと掻き回されている結合部も丸見えになっている。

「矢島君も丸亀君も、あっち向いててっ……あひンッ……先生がこんな恥ずかしいことされてるとこぉ……ああんン……お願いだから見ないでっ」

猛烈な恥ずかしさで静香は消え入りたくなったが、涼の腰でさらに大円を描かれて陰唇をどろどろにされると、胎内で暴れる官能で脳髄まで白くとろけていく。

たまらず高みに打ち上げられそうになったところで、灼熱した亀頭に子宮口を突き上げられ、ぶゅるっぶびゅるるっと二発目の精を放たれた。

皮肉にも静香は、子宮にどぷどぷと雪崩《なだ》れ入ってきた精液のおぞましさのお陰で、絶頂を免れることができた。だが子種を追加して貰えた胎内がまたも嬉々として跳ね回り、泣き出しそうなほど深い官能の嵐に襲われてしまう。

陰茎を抜かれて右脚を離されると、静香は息も絶え絶えになってしまった。

と、尻房が持ち上げられ、肩と膝をついた四つん這いの姿勢を取らされる。

縛られた後ろ手から亜麻色の髪束が滑り落ち、タイトスカートが完全に腰まで捲れ

上がる。露わになった大きな双臀越しに静香がおろおろと振り向くと、涼が腰を寄せてきた。なおもいきり勃った陰茎を、蜜を垂らしてぬめりあえぐ陰唇にピトリとつけてくる。

「う、嘘……涼君、まだするの？　――や、やぁぁあッ、もう入れちゃ駄目えっ」

後背位で一息に、ぐちゅるると根元まで挿入された。すでにぬか床のごとくぐちゃぐちゃになった静香の蜜壺を、最初から苛烈な抽送で追い立てていく。

「こんな、はしたない格好でしないでっ――ひん!?　そ、そんなにこね回されたら、おかしくなるぅっ」

上下回転左右回転と豊尻中が波打つほど攪拌されると、すっかり屈服した静香の蜜壺が、より涼の肉に粘り吸いつくようになってしまう。

肉傘近くまで抜かれて淫花が捲れ咲いたかと思えば、根元まで突き戻されて陰肉に幼女のごとく恥ずかしい縦皺を走らされたりを、ぐちゅるるぶちゅるると淫猥に繰り返される。

「腰は細ぇくせに、なんていやらしい大尻してやがる。――ははっ。おい静香、お前随分と下品な尻穴してんじゃねえか。そこらの雌豚の肛門より派手に皺が寄って、黒ずんでやがる。これが片霧家のご令嬢の排泄口だとは驚きだぜ」

あえぎ続ける陰唇の上でヒクつく静香の肛門は、整然と窄《すぼ》まった綺麗な形状だったが、菊皺が通常の二倍は長く数も多かった。さらにその鳶色は、亜麻色の髪に行き渡らなかった色素がすべて収束してしまったように、黒ずんでいるのだ。

桃色に火照った大きな尻肌があまりにも綺麗なせいもあり、桃尻の頂点で黒菊の大輪を咲かせる肛門が、より一層下品に引き立てられていた。トイレで派手に捲れ裏返って、極太の汚物をひり出すさますら容易《ようい》に想像できるほどである。

自分ですら見たことがない、人の最も不浄な恥部の下品すぎる作りを知らされ、静香は長い菊皺がすべて隠れるほどキュウッと肛門を窄めて恥じらった。

「せ、先生のそんな汚い場所なんて……ああっ……そんなじっくりと見ないでッ」

汚辱の視線から逃れようと腰を下げるものの、キュンキュンと跳ねる子宮に押されてすぐに豊臀を上向けてしまい、頂点に掲げられた窄まりから恥ずかしい黒菊を、長々と伸ばし咲かせてしまう。

涼にありとあらゆる難解な腰文字を書かれると、幼女と熟女の陰唇をぐちゃぐちゃと切り替える蜜花の上で、菊皺がなくなるほどキュッと窄めては黒菊の大輪をグチャッと咲かせてを、延々と繰り返してしまう。

猛烈な恥ずかしさと性感で、今度こそ初めての境地へ追い遣られそうになった瞬間、やはり先に涼が達した。密着させた子宮口に、びゅるるッぶびゅるるッと白濁液が注がれ、胎内で三発分の子種がぐるぐると渦巻く。

静香が絶頂を免れたのは、もはや奇蹟のような有様だった。

引き抜かれた涼の陰茎がようやく萎み、静香は朦朧となりながらも安堵した。

が、豊臀を突き出してあえがせたままの蜜花を、新たな肉塊で押されてしまう。

「ひゃん⁉」と豊乳を跳ねさせて振り向くと、長い茶髪をした生徒がいつの間にか下半身裸になっており、熱固い亀頭を押しつけていた。

静香の目の前が真っ暗になる。

「悪いね、静香ちゃん。最初はやるつもりじゃなかったけど、ここまでエロい乱れかたされちゃ、治まりつかないや。――せめて気持ちよくしてやるからさ」

「や、矢島君、駄目よ。先生にそんなことしちゃ駄目っ！　――ひむンンンッ⁉」

情け容赦なく、矢島に最奥まで押し入られた。矢島の陰茎は雄々しいながらも涼よりは控えめだったが、涼とは比べ物にならないほどの嫌悪感が湧く。

静香は今初めて犯されたような衝撃に襲われ、縛られた両手を戦慄かせた。

「くっ、ほんとに凄えや。ひだまみれの粘膜中で吸いついてきやがる。静香ちゃんがこんないやらしい名器持ちだったなんて、俺ちょっとショックだな」

抽送を続ける矢島のあまりの手練れぶりに、静香は狼狽《ろうばい》してしまった。恐怖で凍りついたままの子宮すら冷たくとろけ始め、むっちりとした豊尻中に鳥肌が立つ。

猛烈な恥辱と背徳感すら官能に化けるほど、ぐちゅるるむちゅるると優しく延々と愛され、たまらず達しそうになったところで、矢島がうめいた。

やはり子宮口を正確に押し上げられ、気持ち悪く熱臭い子種を、どびゅるッぐびゅるッと一滴残らず胎内に注がれてしまう。涼と矢島の精液で子宮袋がぶくりと膨らんでいるのがはっきりわかり、静香は恐慌してしまった。

矢島が離れるのと入れ替わりに、大口を開けたままの淫花へ新たな強張りをグブリと埋められてしまう。太った裸の下半身を押しつけてきたのは丸亀だった。

静香はもう絶望するばかりになる。

「ま、丸亀君までぇ……だ、駄目よっ、あなたはそんなことできる子じゃ――」

「ふひひっ、こ、こんないやらしい、でか尻してたら、虐められても仕方がないよね。たっぷりな、泣かせてあげるよ、静香先生」

不器用だが優しい生徒だと思っていた丸亀が、加虐性愛丸出しのどす黒い笑みを浮かべているのを見て、静香は戦慄した。

グボリといきなり根元まで叩き入れられた肉塊は、先の二人より短いが、太さだけは一番だった。その極太の陰茎でグリュグリュと苛烈な抽送を開始した丸亀の腰使いは、明らかに静香をいたぶって泣かせる動きだ。

やや短い肉塊が、熟れとろけて押し下がった子宮口にちょうどコツコツとぶつかり、胎内の精液溜まりが揺さ振られて、強制的に昂《たかぶ》らされてしまう。

その官能を掻き消すように蜜壺を上下左右と乱暴にこじられて、痛みでさらに膣道をキュウキュウと締めつけさせられる。

「痛いぃ、ひいッ、丸亀君やめて！　そんな滅茶苦茶にしたら先生壊れちゃうっ」

「大丈夫だよ先生。お、俺、手加減は得意だから、壊れる手前で可愛がってあげるよ。す、凄いよ先生のおま○こ。もっとぐちゃぐちゃにしてあげるからね」

さらに加速した抽送に押されて、静香はべちゃりと俯せに潰れてしまった。

太った丸亀が豊臀を潰すようにのしかかってきて、なおも尻中をぐちゃぐちゃと掻き混ぜられる。

「ひいぃ──ッ、ひいいいいいぃ──ッ」

静香は押し潰された豊乳を両脇から淫猥に飛び出させて、はしたない蟹股《がにまた》になった悲惨な姿のままで、延々と泣き悶えさせられた。

陰茎が蠢動すると蕩けた子宮が嫌悪で逃げ回ったが、どびゅるるッぶゅるるるッと大量の子種を子宮口に注がれると、屈服した胎内が満足そうにキュウウッと締まってしまう。

丸亀が巨体をどかしても、静香は潰れた蛙のように俯せで放心したままだった。

「ちっ。もうおま○こが腫れ上がってやがる。これほどの名器を壊すわけにはいかねえからな。今日はこれで終わりにしてやるよ」

白く霞んだ視界の中で、涼がなぜか今さらながら陰茎にスキンをつけていた。

チューブから搾り出した怪しげな薬を、ゴム越しの肉塊に垂らしている。

恐怖で静香の意識が覚醒した。

「りょ、涼君、なにをするつもりなの？　その薬はなに？」

「抗生物質と神経生成剤の入った、特殊な粘膜治療薬だよ。腫れ上がった粘膜にこいつを塗ってやれば、一晩で炎症が癒えて粘膜も分厚くなる。しかも新しい粘膜に、より性感帯をはびこらせる効果もあるんだぜ？　粘膜が爛《ただ》れるまで犯してからこの治療薬を塗るのを、一か月も続けてやれば、百人に連続で犯されたってよがり狂える、頑丈で淫猥な肉穴が完成するって寸法だ」

心の底から怯えたが、もう静香は逆らう気力すら奪われていた。

畳に寝そべる涼と向かい合う形で陰茎に腰掛けさせられ、騎乗位でグジュルルと根元まで貫かれる。——と、ジュウジュウと音がする錯覚がしたほど、腫れた粘膜に薬液が染み入ってきた。

「ひいいッ、沁みる、沁みるうっ……あうぅっ……お腹の中が焼けちゃううっ」

未体験の疼痛だった。蜜壺に火がついたかと思うほど粘膜が灼熱しているというのに、痛みがみるみる癒えて甘やかな快感にすり替わっていくのだ。

「どうだ、腰が溶けそうなほど気持ちいいだろ？　こんなひだまみれのおま○こじゃ、相当念入りに塗りこまねえと薬がいきわたらねえな。——そういえば静香、まだ一度もイッてねえだろ。達したら今日は解放してやるから頑張りな」

涼にまたも難解な腰文字をぐりゅぐりゅと描かれると、肉椅子に腰掛けさせられた静香は唇と陰花が開きっ放しになり、涎と舌と蜜が垂れ流しになってしまう。

幾度となくおあずけを食らった肢体が、いとも容易《たやす》く達しそうになったところで、豊乳の先端で痙攣する両乳首を、矢島と丸亀にギリリとつねられて邪魔される。許しを請おうとするものの、二人がいきり勃つ陰茎をこすり立てているのを見ると、蕩けた美貌を真っ赤にさせてうつむいてしまう。

双乳を揉みくちゃにされながら乳首を凝りをほぐすようにいたぶられ、むわむわと漂う濃い精臭でさらに鼻腔から狂わされる。

たまらずヒクヒクと痙攣した菊皺を涼に撫でられて、静香は亜麻色の髪をぴくんと跳ねさせた。

「そんな汚いところ触らないでっ——う、嘘⁉　やだあっ、指入れちゃ駄目ぇッ」

長く皺が寄った黒菊に、なんと涼の中指の頭が潜りこんできた。

身体の一番不浄な場所をいじられ、静香はすっかり狼狽してしまった。あまりの汚辱感で脊髄中に怖気が走り、むっちりとした尻肌に可愛らしく鳥肌が立つ。

「この締まりと怯えかたじゃ、尻穴は処女らしいな。簡単にはイかせねえぞ」

肢体が昂るたびに中指を菊皺にミチミチと沈められ、静香は「ひいっ、ひいいッッ」と豊尻中に甘い脂汗をかかされて、聞き分けのない子宮をなだめさせられる。たった指一本だというのに、すりこぎでも挿入されているような猛烈な異物感だった。

さらには剥け膨らむ陰核までクリクリとこねられて絶頂への階段を登らされ、とうとう中指を根元までぐりりと直腸に埋められてしまった。

限界を越えた性感と怖気が子宮ではち切れ、涼の指を美味しそうに食い締めて豊尻がキュウウッと収縮する。絶頂を見計らった矢島と丸亀に、豊乳に螺旋皺が刻まれるほど両乳首をひねられる。涼に陰核を指で潰され、子種で満腹になった子宮を亀頭で突き上げられて蜜壺をくじられる。

とどめとばかりに、中指をグポンと引き抜かれて黒菊を粘り裏返された瞬間、

――静香のすべてが白濁した。

「――ひやあああああああああああああぁぁンン――ッッ!!」

静香はただでさえ生まれて初めての絶頂を、乳首と陰核と膣と子宮と肛門で同時に味わわされてしまった。

白い稲妻が肢体中で荒れ狂い、精子で膨らんだ子宮が揺さぶられる。ビクンビクンと豊乳を振り乱して仰け反った後、涼の逞しい胸板にしなだれてしまう。

だが、なおも陰茎で蜜壺をこね回されて、静香は涙を千切り飛ばして怯えた。

「え？　ど、どうして？　さ、最後まで……いったら、やめてくれるって……」

「女の絶頂はわかりにくいからな。口に出していわねえとイッたとは認めねえぞ」

「そうだよ静香ちゃん。ちゃんとイクときはイクっていわないとね」

「ちゃんとじ、自分の名前もいわないと駄目だぞ？　『静香イクぅ』ってな」

どっと三人に嘲笑われ、静香の白濁した脳裏が恥辱で灼熱した。

だが三人がかりの肢体嬲りを再開されると、すぐに子宮が音をあげて脳裏が白んでいく。静香は涙をぽたぽたとこぼしながらも、恥ずかしい言葉を告げようとしたところで、――高々と上がった豊尻に、矢島と丸亀がブビュルッビュルルッと精液を噴きかけてきた。

尾骨を直撃した大量の子種が尻の窪みに沿って垂れ落ち、肛門をこんもりと覆う。と、淫猥に伸び縮みを続ける黒菊が、熱臭い精液をぐちゅぐちゅと呑みこんでしまい、気持ち悪さで直腸が凍りついた。

「尻穴で美味しそうに精液をすするじゃねえか。おら、もっと大口を開けて飲んでみろよ」

嘲笑した涼に、むっちりとした双臀をぐちりと割り広げられた。黒菊の中央が指径にポコンと開き、大量に噴きかけられた白濁液が、どろどろと残らず黒穴へ雪崩れこ

んでくる。

「ひッ⁉　や、やだっ、矢島君と丸亀君のがぁっ……ひいいッ……先生のお尻の中に入ってくるぅっ」

精液を飲まされた直腸から染み入った猛烈な怖気が、陥落寸前の子宮まで走る。脳裏が真っ白になりながらも、静香は絶頂を知らせなくてはと濡れた唇を開く。

「し、静…香……ィ…クぅ……──ンああンンンッ」

「そんな蚊の鳴くような声じゃ聞こえねえよ。もう一度だ！」

肉塊で子宮口をズクンと突き上げられて叱られると、静香は涼の端正な顔に豊乳を押しつけて脱力してしまった。唐突に、

──唇を奪われた。脳の奥が甘く痺れる。

そういえば、静香のファーストキスは涼とだった。

あの当時はまだ五歳と十二歳。二人とも子供だった。

いつものように亜麻色の髪を引っ張られて「なあに？」と屈むと、小さな涼にキスをされたのだ。「オレ、大きくなったら静香と結婚するからな」と照れながら宣言する涼のあまりの微笑ましさに、静香は笑いが止まらなくなって、真っ赤になった彼に追いかけ回されたものだった。

その思い出があまりにも温かすぎて、静香は涙が止まらなくなった。

現在の涼は舌をぬめり入らせて、静香の口内を隅々まで掻き回し、舌同士をぐちゅぐちゅと絡ませている。それでも嫌悪感が微塵《みじん》も湧かないのが怖かった。子宮がキュンキュンと跳ね回り、涼との思い出が溶けていく。

口内をとろとろにされて、ようやく涼の唇が離れた。

「ほら、もっと可愛らしく大きな声でいえるだろ?」

優しく顎を上向けられると、もう静香は身も心もボロボロになってしまった。涼のきつい双眸を泣き濡れた瞳で見つめながら、子宮をキュウキュウと鳴かせつつ登り詰めていく。

すべてが白光に包まれた瞬間、とろけた唇を素直に開いてしまう。

「……静香ィク……ああんンっ……涼君っ、静香イッちゃうううウッッ!」

静香が肢体を弓なりに反らせて痙攣すると、菊穴がぐちりと覗くほど豊尻を割り広げた涼が、スキン越しに密着する子宮口にどくどくと精液を放った。

幸福感を伴った深い深い官能が胎内で弾け、上半身が脱力する。頂点に掲げられた黒い菊穴に、矢島と丸亀がどびゅるどびゅるとおびただしい量の射精をしていく。

涼の肉塊が抜かれると、貰えた子種を一滴も逃すまいと、陰唇に幼女のような縦皺が走るほど、無意識に豊尻を締めつけてしまう。

静香は大量の精液を二穴中で味わいながら、気絶してしまった。

第二幕　令嬢教師の調教

1

もう駄目だ。——警察へ行こう。

一時間以上もシャワーを浴び続けていた静香が、出した結論がそれだった。

壬生嶋家なら警察の口など簡単に封じられるだろう。

だが静香の片霧家も、財力では遠く及ばないまでも家名では明らかに格上である。警察の中にも、静香に味方してくれる者が必ずいるはずだ。

静香は気がつくと、一人暮らしをしているワンルームマンションのベッドでいつの間にか眠っており、白んだ窓の外で朝日が昇ろうとしていた。

気絶している間に、涼たちに運ばれたのである。静香の部屋を調べてオートロックと管理人を誤魔化すくらいは、涼にとって容易かっただろう。

静香はクシャクシャになった服をバスルームで脱ぎ捨てて、熱いシャワーを頭から浴びた。脳裏に渦巻く鬱屈した恐怖に耐え忍ぶように、豊満な肢体を泡だらけにしていく。

ひび割れた心を守ろうと、昨日受けた輪姦のことを考えないように考えないようにと念じる。だが股からどろりと垂れた粘液から、石鹸の香りすら覆い隠す精臭がむわりと湧くと、静香はおぞましさに我慢できなくなった。

猛然としゃがみこんで、開いた股間にシャワーの水流を当てる。

あれだけ嬲られた陰唇の腫れが、すっかり癒えていた。淑やかに閉じた花弁を指で開き、内部を直接洗っていく。

塗りこめられた治療薬の効果だろう。デリケートなはずの蜜壺内が指で触ってわかるほど丈夫になっており、ひだまみれの粘膜がさらに過敏になっていた。

弱い水流にすら背筋がヒクつき、洗い流しても洗い流しても、胎内いっぱいに溜めこまされた三人の精液がどろどろと垂れてくる。

子宮まで怖気立った静香は、水流を最強に切り替えた。猛烈な温水が噴き出すシャワーヘッドを陰唇に押しつけ、「ひぃひぃ」とうめきながら膣道を膨らます。

たまらず息んでしまうと、黒い菊皺からビュッと白い雄汁を排泄してしまった。

もう静香は羞恥とおぞましさで涙をこぼしながら恥ずかしく息んで、二度も達しながらも温水を患部に当て続けて、二穴から精液を搾り出した。

バスルームから出ると、用意したはずの着替えがなくなっていた。静香は愕然となりながらも、残ったバスタオルを豊満な肢体に巻きつけ、部屋に戻った。

ついさっきまで誰かがいたのだろう。嫌な予感通り室内が荒らされており、机の上に写真が散乱していた。静香は「ひッ」と短く叫んでしまう。

その何十枚もの写真すべてが、輪姦される静香を撮ったものだったからである。

そういえば脳裏の片隅に、丸亀が一眼レフを構えていた記憶がある。極度に混乱していたうえに、フラッシュを焚かれなかったので意識にのぼらなかったのだ。

被写体こそ淫猥だったが、ありがちな猥褻写真のような低レベルなものではなく、芸術的なまでに綺麗な写真だった。

静香のきめ細かい肌の紅潮具合や、玉のように浮かぶ甘汗や、抽送の振動で躍動する豊乳や豊尻の柔らかさすら鮮明に写っており、様々な体位で犯される清楚な令嬢が、徐々に官能を露わにされていく様子がありありとわかる。

陵辱の最後に陥落した瞬間を捉えた写真など、舌と涎を垂らして愉悦でとろけた美貌はもちろん、割り広げられた桃尻の頂点にぽかりと開いた黒菊の穴に、白い二条の迸《ほとばし》りを大量に注がれているさますら克明に写っており、静香は気が遠くなるほどの羞恥に襲われた。

聞き慣れない着信音が響いた。静香の亜麻色の髪がビクリと跳ねる。机に置かれた見覚えのない携帯電話が鳴っているのだ。

恐る恐る電話に出ると、涼の低い声が漏れてきた。

『よう。随分ゆっくりとした風呂だったな。俺たちが欲情しやすいように、汚れた肉を綺麗にしてくれるとは、ご苦労なこった』

静香は瞼をゆっくりと閉じ、三拍置いてから静かに答えた。

「涼君、もうやめましょう。今ならまだ間に合うわ。昨日のことを忘れて矢島君と丸亀君にも口止めしてくれれば、私は涼君たちを責めないわ。でもこれ以上されたら私、涼君を警察に届けないといけなくなるの。写真で脅すつもりだったかもしれないけれど、こんな物は私が乱暴された証拠にしかならないわ」

静香はこの期に及んで、幼馴染みの少年を警察へ通報するのをためらっていた。

長い沈黙があった。静香のお人好しぶりに心底呆れるような、ため息が漏れる。

電話の向こうから感じる気配に良心が覗いた気がしたが、すぐにぞっとするほど冷たい声が降ってきた。

『相変わらずだな静香。俺はお前のそんなところが大嫌いなんだよ。片霧家のご令嬢なら、警察も取り合ってくれるだろうと考えてるみてえだが、想像が足りねえだろ。社会的にはお前が勝てたとしても、その写真はばら撒かれるんだぜ？　学校だけじゃなく社交界や政財界中にお前の艶姿《あですがた》が知れ渡ることになる。俺たち三人におま○こを見られただけで涙ぐんでたお嬢様が、大口開けたどす黒いケツ穴に射精されて喜んでる姿なんて公開されたら、耐えきれるわけねえだろ』

静香は下品すぎる黒菊で、精液を丸呑みしている姿を公開された未来を、克明に想像してしまった。涼に立ち向かわんとする気力が、根こそぎ奪われていく。

静香が意気消沈したのを察したのか、涼が低く笑う。

『わかったら、そこに置いた服に着替えろ。学校を休んだり遅れたりしたら、まずは校内から写真をばら撒くぞ。ちなみに、その携帯は俺にしか繋がらねえから、外部に連絡しようとしても無駄だぞ』

机の横に服が置かれていた。荒らされた室内を見回すと、開け放たれたタンスがすべて空になっている。つまり、この服を着るしかないのだ。助けを呼べないようにするため、静香の携帯や部屋の電話までなくなっている。

静香は肢体に巻いたバスタオルをキュッと握り締めて、用意された服を調べた。

白い薄手のブラウスは普通だったが、黒いタイトスカートは少し屈んだだけでショーツが見えそうなほどのミニ丈だった。さらには、豪華なレースをふんだんにあしらった純白のガーターベルトとストッキングまである。

社交場でドレスを着慣れている静香にとっては珍しくない脚装束だが、ミニスカートの下につけて学校へ行くとなると、白頬を染めてしまう。

と、肝心なものがないのに気付いて、静香はギクリとなった。

「りょ、涼君。下着がないわ」

返ってきた答えは、嫌な予想通りだった。

『そんなもの、あるわけねえだろ。今日からお前は、ノーブラどころかノーパンで授業をすることになるんだからな。心配しなくても、そのでかい胸や尻の形が崩れる暇なんてねえよ。これからは毎日ぐちゃぐちゃに嬲って、脂肪中をマッサージしてやるんだからよ』

静香は絶句してしまった。わなわなと声が震える。

「そんな……嘘よね、涼君。こんな短いスカートでなにも穿かないなんて、そんな恥ずかしいこと……。みんなにも先生の……は、裸のお尻を見られちゃうわ」

静香は許しを請うように訴えかけたが、涼は嘲笑うだけだった。

『見られたくないなら、せいぜいそのでかい尻を突き出さないようにしてるんだな。それから毎朝、その薬を飲むのも忘れるなよ。妊娠したいなら別だがな』

机には薬瓶も置かれていた。昨日の輪姦後にも、夢うつつのまま飲まされた薬である。それは雌奴隷用に開発された経口避妊薬だとかで、ほとんど副作用もなく生理を止めるだけでなく、肢体の抵抗力を上げて皮膚感覚を数段鋭敏にする効果もあるらしい。

電話が切れたが、呆然としている時間はなかった。遅刻して写真をばら撒かれたらと考えると、心の底から怖くなる。妊娠の恐怖に怯えて錠剤を飲むと、シャワーで慰めたばかりなのに、薬の影響でまたも肢体が火照ってきた。

手早く亜麻色の髪をブローして乾かし、薄い化粧を品良く施していく。

バスタオルを巻いたまま、レース地のガーターベルトを腰に巻いて、美脚に穿いた純白のストッキングを留め具でキュッと引っ張り上げる。逃げたくなる心を叱咤しながらバスタオルを外し、白いブラウスに袖を通してボタンをとめて、タイトスカートを穿いた。

姿見に向き直った静香は、自分の淫猥な姿に朦朧となってしまった。

白いブラウスの胸元は、ピンクの布花を咲かせる大きなリボンで隠されている。だが少し上体をねじるだけでリボンの下から、乳首の突起どころか肉色まで透けてしまい、服の中で豊満な双乳がぶるんぶるんと窮屈そうに揺れ乱れてしまう。直視すれば、すぐにノーブラだと気付かれてしまうだろう。

黒いタイトスカートのミニ丈の下には、むっちりとした太腿が覗いており、純白のストッキングを引っ張るレースの留め具が、スカート内部へ扇情的に消えている。試しに会釈すると、スカートの後ろからふっくらとした尻底がチラリと覗いてしまう。

わなわなとなりながら、なおも上体を倒してみると、豊満な尻肉に押されたタイトミニが、はち切れるように腰まで跳ね上がり、白くきめ細かい裸の双臀が一気に、むちっと丸見えになってしまった。

静香は耳たぶまで真っ赤になって、スカートの後ろを押し戻した。

それでも静香は、羞恥で歯をカチカチと鳴らしながらも、玄関に用意された赤い派手な靴を履き、おずおずと家を後にした。


マンションを出たところで静香は、滑りこむように停車した黒塗りのリムジンに押しこまれてしまった。両脇を屈強な黒服のボディーガードに挟まれて後部座席に座らされると、車が急発進する。

冷房の効いた車内の豪華な対面シートには、涼ともう一人の男が座っていた。

「涼君――そ、それに壬生嶋さんまで」

脚を組んでふんぞり返る涼の隣で、壬生嶋豪蔵がどっしりと鎮座していた。

小柄な六十代の男だが、車内を覆い尽くすほどのどす黒い威圧感があり、不気味に微笑されただけで静香は縮こまってしまう。

「ちゃんと着替えてきたようだな。これからは静香が逃げ出さねえように、こうして毎日学校まで送り迎えしてやるから安心しな」

涼に睨まれると、静香の脳裏に昨夜の陵辱が蘇って、亜麻色の髪が震えた。

「壬生嶋さん。涼君がなにをしているのか……ご、ご存知なのですか？」

静香が心を据えて問いかけると、豪蔵の黒い笑みが深くなる。

「もちろんですよ。静香嬢を嬲って籠絡するよう、こいつを焚きつけたのは、この私なのですからな」

耳を疑った静香だったが、豪蔵が続けた話はさらに驚愕《きょうがく》する内容だった。

「こいつにも話しましたが、私には長年の夢があるのですよ。芸術品のごとく崇高でどこまでも淫猥な、完璧な娼婦を作り上げたいという願望がね」

厳つい小顔を狂熱で歪めて笑った豪蔵が、裸のマネキンでも見るような目を向けてくる。

「静香嬢には、その素材となって頂きたいと、以前から目をつけていたのですよ」

静香は魂まで底冷えがした。豪蔵は本気で、その馬鹿げた計画を実行するつもりなのだ。涼だけなら、まだなんとかなったかもしれない。だが壬生嶋家の当主まで出てきてしまったら、もう小娘の静香にはどうしようもなかった。

「そ、そんな恐ろしいこと……。それに私は、壬生嶋さんが思い描くように芸術的な、しょ……娼婦になれるほど完璧な女性ではありません」

「ご謙遜を。私は仕事柄、何万という美女を見てきましたが、これほどの美しさと淫猥さを兼ね備えた素晴らしい女性など、静香嬢以外には存在しませんぞ」

豊満に育った肢体を検分されているのだと思ってうつむいたが、視線を感じない。

静香が上向くと、豪蔵がニヤニヤと見ていたのは例の写真の束だった。

壬生嶋の手の中で半裸の静香が、様々な体位で結合部と黒菊を晒しており、上下の唇から涎を垂れ流して泣き喜んでいる。静香の脳裏が沸騰した。

「み、壬生嶋さんまで、そんな写真を見ないでくださいっ！」

静香は猛然と写真を取り返そうとしたが、左右から黒服の男に両肩を持たれてシートに押し戻された。涼が嘲笑する。

「いい格好じゃねえか、静香。朝っぱらから男を欲情させて、誘ってんのか？」

静香がうつむくと、暴れたせいで豊乳が左右にずれ開いており、胸元の大きなリボンの両隣で、白布をツンと持ち上げる乳頭が生々しい肉色を透かせていた。

それどころか黒いタイトミニの後ろが腰まで弾け上がっており、むっちりとした白い豊臀まで丸見えになっている。

静香は美貌中を紅潮させて、おろおろと服の乱れを直した。

嘲笑できたのは涼と豪蔵だけで、両隣の黒服もバックミラー越しに盗み見ていた運転手も、静香のあまりの艶《なま》めかしさに呑まれて、石のように硬直していた。

「とはいえ、調教が進むまで私は手を出さぬのでご安心を。まずは、末永く静香嬢を娶れるよう、こいつと婚約して貰いましょうかな。なに、片霧家にとっても悪い話ではありませんぞ。先代からの莫大な借金を、壬生嶋家が肩代わりすることをお約束しますからな」

先代から片霧家に残る負債は、今や雪だるま式に増えている。

壬生嶋家と一方的に絶縁した手前、援助を請えるはずもなかったが、娘が壬生嶋の跡取りと婚約したいと告げれば別だろう。婿養子である気弱だが優しい父は反対するだろうが、当主である浪費家の母は間違いなく歓迎するはずだ。

逆に静香が逃げ出して壬生嶋の不興を買えば、片霧家の財政など簡単に崩壊させられてしまうだろう。

「そういうことだ静香。表向きは婚約者だが、お前がなるのは俺専用の雌奴隷だ。それに相応しい雌肉になれるよう、今日から調教してやるから覚悟しな」

『大きくなったら静香と結婚する』という幼い涼の可愛らしい願いを、ねじ曲げて叶えさせられてしまうのである。すっかり萎縮してしまった静香は、学校へ到着するまでの間、震える美貌を上げられなかった。


リムジンから降ろされた静香は、人目につかないよう裏口から校内に入った。

教師の私室である静香専用の小さな準備室に辿り着くまで、幸運にも誰にも会わなかったが、やはり準備室のロッカーからは着替えが消えていた。

仕方なく静香は、名簿と教科書を胸元にきつく抱いて豊乳の揺れを押さえて隠し、教室へと向かった。

湿気を帯びた夏の気配が、朝の廊下にまではびこっている。日が昇るにつれて刻々と気温が増すのがわかるが、羞恥で火照る静香の肌のほうが遥かに熱かった。

恥ずかしそうにうつむいた静香が、清楚な女教師らしくもない露出度の高い服で通り過ぎると、廊下でたむろする生徒たちが硬直した。

ひそひそと声が降ってくる。

「片霧先生があんな短いスカート穿いてるなんて、珍しいな」

「いつもの服、間違えて全部洗濯しちゃったんだろ」

「うわ。あの白いストッキング、凄ぇ色っぺえ」

「おい、聞こえるぞ！　先生が可哀想だろ」

静香が紅潮した美貌をおずおずと上向けると、噂をしていた生徒たちが逆に赤面して、軽口を恥じるようにそっぽを向いてしまった。下品な目では見られていないし、ブラとショーツをつけていないのもばれていない。

静香は、ほっと熱い息をついた。生徒たちの反応はおおむね同じで、廊下ですれ違った原田ですら、いつものいやらしい笑みを忘れてぽかんとなっていた。

静香が三年A組の教室へ入ると、担任する生徒たちに妙な緊張が走った。

すぐに理由がわかり慄然となる。黒板いっぱいに、静香がどろどろに輪姦されている写真が張り出されていたのだ。

「い、いやああああッッ‼」

静香は名簿と教科書を投げ出し、黒板に貼られた写真に飛びついた。

白いブラウスの内で豊乳をぶるんぶるんと揺さ振り、黒いタイトミニの後ろから裸の豊臀をむちむちと見せながら、猛然と写真を回収していく。

そんな静香の艶姿を見て、涼と矢島と丸亀がゲラゲラと笑った。

「酷いわ涼君！　命令に従えば、写真を見せないって約束だったのに。だから先生、こんな恥ずかしい格好までしてきたのよっ」

「心配すんな。写真を見せたのは、このクラスのやつだけだ。こいつらは口が堅いから、静香が輪姦されたことは、絶対に他へは漏れねえよ」

逆らわないよう、涼に脅されているのだろう。

教室を見渡すと、この三か月間、心を通い合わせてきた三十人の教え子たちは、涼たち三人以外はみな、苦渋が滲む顔を後ろめたそうに逸らしていた。

こんな卑猥《ひわい》な写真を目にした後でも、まだこの子たちは教師として慕ってくれているのである。ほんの僅《わず》かながら、静香は救われた気がした。

「そんないやらしい格好してんのに、まだ慕われてるなんて、さすがは静香だな。おい矢島、丸亀！　静香をひん剥いて、全員の目を覚ましてやれ。でかい胸と尻や、おま〇こを丸出しにしてやれば、この綺麗な女神面したお嬢様が、ただの淫猥な『肉穴』でしかないってことに気付くだろうぜ」

静香の腰下まで届く美しい亜麻色の髪が、ビクリと跳ねた。

楽しげに笑う矢島と嗜虐《しぎゃく》的に口を歪める丸亀が、左右からにじり寄ってくる。

二人に挟まれた静香は教壇の上で後退るが、背中が黒板に詰まって逃げ道がなくなる。さらに前方を涼の逞しい身体に塞がれると、とうとう観念してしまった。

「ま、待って。せ、せ、先生が自分で脱ぐから触らないで……」

静香はシャワーで苛烈な自慰をして昂った後に、皮膚が鋭敏になる薬を飲み、ノーブラノーパンで登校させられたのだ。過敏になった肢体は露出の羞恥でさらに火照り、すでに延々と前戯をされた後のように子宮が熱く熟れとろけている。

今、涼たちに無遠慮に触れられたらと考えると、途方もなく怖かった。

静香に残された道は、三方を囲む涼たちの無言の圧力に急《せ》かされるがまま、羞恥で歯を鳴らしながらも、おずおずとストリップを始めることだけだった。

リボンを解いて上着のボタンを外し、こぼれ出てきた豊乳を細腕で受け止めて、両腕を抜き取ったブラウスを床に落とす。細い胴からたわわに実った双乳を片腕で隠すものの、豊満すぎる白脂肪が、細腕の上下から今にもこぼれ落ちそうにぐちゅりとはみ出している。

取り囲む涼たち三人の身体で、他の教え子たちの目から隠れているとはいえ、朝の教室でストリップショーを演じさせられている羞恥は、相当なものだった。

静香は震える指で、スカートの留め具を外した。だがむっちりとした尻肉に邪魔されて黒いタイトミニが落ちてくれない。仕方なく、豊乳をこぼさないよう片手で抱きかかえたまま、黒い布輪をずり下ろしていく。豊臀を黒板へ突き出して隠し、白いストッキングで締まる美脚を扇情的に組んで、太腿で陰唇を押し隠す。

ガーターベルトのレースで飾られた細腰。その下で震える三角州から、柔らかそうな恥毛をチラチラと覗かせながら、尻肉に張りつく黒布を剥き下ろしていく。

スカート輪がようやく赤い靴のたもとへ、ストリと落ちた。

静香の頑張りはそこまでだった。とうとう羞恥に堪えきれなくなり、豊乳と恥丘を押さえて、全裸で雪山に放り出されたようにしゃがみこんで震えてしまう。

涼が鼻で笑った。

「昨日、輪姦されたとは思えねえほど、初々しい恥じらいっぷりだな。もう限界みてえだから、肉のいやらしさがよくわかるよう、ストリップを手伝ってやるよ」

涼が麻縄を取り出したのを見て、静香の澄んだ瞳が震えた。

昨日、緊縛されたときの羞恥と恐怖を思い出してしまう。

「い、いやよ、涼君。あんな風に身体の自由を奪われるのは、もういやっ。裸を隠さないように我慢するから、先生を縛らないでっ」

「もう遅ぇよ」と涼に、豊乳の前へ引き出された両手に縄を通されると、静香は「あぁっ」と震えるばかりになる。血が止まらないよう丁重に、両手首を一まとめに縛られる。

と、いきなり涼に力強く抱き上げられて、教卓の上へ乗せられてしまった。

教材のごとく教え子たちの面前に裸体を公開させられて、おろおろと動揺する静香に構わず、手首から伸びる縄をスクリーン吊り下げ用の天井フックに通され、縄尻を一気に引かれる。しゃがんだ状態のままで赤い靴が爪先立ちになるほど、両手首を頭上に吊り上げられ、静香の脳裏がボッと火を噴いた。教室がざわめく。

両脇まで晒されているため、胴の華奢さがありありとわかる。その細い胴から実り出ているとは思えないほど豊満な双乳が、ぶるんと丸見えになっていた。

背中から見ても白脂肪が大きくはみ出る豊乳ながらも、芸術的な稜線を誇る美乳で、頂点の丸肉も垂れることなくツンと上向いている。葡萄粒大の乳首はなんとすでに勃起しており、生々しい薄褐色をした乳輪までこんもりと膨らませてヒクヒクと痙攣していた。

いまだ慕ってくれている三十人の教え子たちが、真っ赤な顔で立ち竦んでいる。

静香がたまらず亜麻色の髪を振り乱すと、豊乳が左右別々にぶるんぶるんと揺さ振られ、乳先が二つの肉色の８の字を恥ずかしく描いてしまう。

「……う、うぅ……みんな先生の、こんなはしたない胸なんて見ないで……。――え、嘘。りょ、涼君、脚まで縛るの？」

脚を曲げた状態で両膝下をまとめて縛られ、両足首と太腿もひとくくりにされる。四本の縄尻を尻側でギリリと絞り上げられると、閉じていた脚が左右に開き、純白のストッキングで締まる美脚を、極端なM字開脚に固められてしまった。

教え子たちの熱い三十人もの視線が股間に集中してきて、静香の羞恥が爆発する。

「い、いやあああ――ッ、こんな恥ずかしい格好で先生を縛らないでっ！　……ああっ……見えてるっ……みんなに全部見られてるぅ」

ストッキングの純白のレースからむっちりとはみ出す太腿の付け根から、柔らかな恥毛を薄く纏わせた陰肉が、ぷくりと迫り出している。

静香の女性器は色素こそ沈着しているものの、褐色の薄い花弁が整然と折り重なった麗しい形状である。だがその花弁は乳首と同じくすでに発情しきっており、茹だったように熟れ開いた陰肉から、いやらしい大人の雌匂がする湯気をむわりと立ちのぼらせていた。

「どうだ。これがお前たちが慕ってる片霧家のご令嬢についてる、おま○こだ。形こそ綺麗だが、色といい熟れ具合といい、ゾクゾクするほどいやらしいだろ」

「外見もいやらしいけど、静香ちゃんのおま○この中はもっと凄ぇぞ。俺や涼ですら簡単に、びゅくびゅくと精液搾り取られたほどの名器だからな。ほら、穴の奥までびっしりとひだが寄ってるのが見えるだろ?」

涼と矢島に陰肉の淫猥さをからかわれ、静香は瞳にじわりと涙の膜を浮かべた。

緊縛された脚を閉じようとするものの、豊臀に回された縄尻がむっちりとした尻肉に引っかかり、M字の角度がクイックイッとさらに恥ずかしく開いてしまう。

その弾みで、雌の湯気を立てる淫花が太腿より前に迫り出してくちゃりと熟れめくれ、桜色の膣口までぽこんと開いて、ひだまみれな膣管を誇るように見せつけてしまった。

教え子たちにどよめかれ、涼と矢島がどっと笑う。亜麻色の髪と豊乳を振り乱して恥じらう静香をさらに虐めようと、丸亀が口を歪める。

「し、静香先生の尻穴なんて、もっと下品でいやらしいぞ。見てみろよ、このどす黒い肛門を。こんなに長く派手に皺が寄ってるってことは、い、いつもよっぽど太いものをひり出してるんだろうな」

静香の白い豊臀の底には、こんな清楚な女性についているとは思えないほど下品な黒菊が、平均的な女性の二倍の数と長さで咲き広がっていた。

三十人の視線が肛門粘膜に突き刺さってきて、静香は「ひいぅ」と泣きそうになった。猛烈な羞恥で肛肉が窄まり、長い菊皺がすべてキュッと隠れてしまう。

だが大股開きで爪先立ちを強いられていては、どうしても括約筋《かつやくきん》に力が入り、すぐに黒菊を尾骨や陰唇にかかるほど長く、グチャリと吐き出してしまう。

静香が晒してしまった、ひだまみれの名器と黒菊の大輪を、慣れ親しんだ教え子たちが真っ赤な顔で押し黙って視姦している。

「み、見ないでっ、みんな、もう先生のいやらしいあそこも……あぁっ……き、汚いお尻の穴も見ないでッ！　──涼君、お願いだからもう脚を閉じさせてっ。……こ、こんな恥ずかしい格好、先生とても耐えられないわ……」

静香はもう消え入りたくなり、耳まで紅潮した美貌をうつむけた。

ホームルームから続く一時限目は、静香の担当である古文である。

城蘭高校の教室はすべて防音になっているので、どれだけ泣き叫んでも一時間は助けが来ないだろう。

羞恥と絶望で涙をこぼしそうになっていた静香は、涼たちが不穏な準備をしているのに気付いた。涼に命令されたクラスの全員が、薄手のラテックス手袋をつけていくのである。

「りょ、涼君。みんなを使って先生になにをするつもりなの？　な、なにその薬」

生徒たちの各々がチューブから搾り出した薬を、手袋にべっとりと塗りつけているのを見て、静香はいい知れぬ恐怖を覚えた。

「特殊なハイドロキシンと媚薬が入った、肌専用の強力な脱色剤だ。静香は乳首もまんこも形こそいいが、色が汚ぇからな。クラスの全員でこの薬を塗りたくって、静香の下品な色の肉を、俺好みの上品なピンク色に変えてやるよ」

涼の信じられない言葉に、静香の上気した美貌が真っ青になった。

涼に顎をしゃくられた二人の教え子が、M字開脚を続ける女教師に迫ってくる。

「や、やめて、若松《わかまつ》君、西山《にしやま》君。先生に、そんなおぞましい薬を塗らないでっ」

二人の男子生徒は赤面顔に後ろめたさを滲ませながらも、鼻息を荒くして、薬まみれの手袋を伸ばしてくる。身をよじるものの、両手を頭の上で吊られて極端なM字開脚に緊縛されていては、逃げられるはずもない。

純白のガーターベルトストッキングで飾られた下半身から、伸び縮みする雌花と黒菊をクイクイと迫り出して、教え子を誘惑してしまうだけだ。四本の手がぬちゃりと豊乳に張りつくと、静香は「ひゃん⁉」と甘く鳴いてしまった。

火照りきって疼《うず》いていた豊満な双乳を、根元から優しく掴み上げられ、より上向かされた薄褐色の乳首と乳輪を摘まれて、グリュグリュと痼《しこ》りをほぐされる。白脂肪を掴んだ手を牛の乳でも搾るように胸先へと滑らせながら、乳首を左右に転がされて弄《もてあそ》ばれる。

明らかに、女の胸を嬲り慣れている手つきだった。胸先の疼きがみるみる癒える代わりに、火照った乳房が性感でさらに昂っていく。

教え子に自慰を手伝って貰っている錯覚がして、恥ずかしくてたまらなくなったそのとき、――唐突に、静香の乳首が燃え上がった。

「――ひんッ⁉ な、なにこの薬……沁みる……ち、乳首沁みるぅ――い、いやあっ、胸の芯までどんどん沁みてくるぅッ」

砂漠に水が染みるように薄褐色の乳先に薬液が染みこみ、唐辛子を擦りこまれた舌のごとく乳腺が灼熱する。猛烈な熱と疼きが乳腺に沿って、豊乳中に蔓延していく。静香の胸肌に、甘い玉の汗がじわりと浮かんだ。

「たまらねえだろ、静香。丸一日で色素の沈着が抜けるほど強力な薬だからな。肌に染み入った脱色剤が肉を腫れ上がらせたところで、さらに媚薬が燃え上がるんだ。おい、お前ら。色素が濃い部分にしか反応しねえ特殊な薬だから、遠慮することはねえ。もっとたっぷりと擦りこんで、静香を喜ばせてやれ」

涼に命令された新たな二人が、豊乳の嬲られ具合に誘われて近づいてくる。

「河合《かわい》君も、藤井《ふじい》君までぇ……やめてっ、先生の胸触っちゃ――ひむンンンッ⁉」

合計八本もの教え子の手が、肉のブラジャーとなって静香の胸肌をまんべんなく覆った。二人の生徒が両脇から胸奥に片手の指を潜らせ、潮を噴かす指使いで乳腺を押しこすりながら、躍る胸脂肪をもう一方の手で揉みくちゃにしていく。

たまらず二回りは大きく痼り勃たせてしまった乳輪と乳首に、もう二人が二十の指で丹念に薬液を擦りこんでいく。静香の豊乳全体がパン生地のごとくこね回され、胸脂肪が際限なく淫らに発酵していく。

「よ、四人でそんな滅茶苦茶にされたらぁ……ひあぁンっ……先生の胸が崩れちゃうぅっ——ひぃ⁉　な、なにこれ。痒い、胸が痒いぃッ」

荒れ狂う疼きが性感帯の感受容量を超えたせいで、唐突に猛烈な痒みとして知覚されるようになってしまった。乳口に山芋の汁を注射されたように乳腺中に病的な痒みがはびこり、亜麻色の髪房が戦慄く華奢な背中にぞわりと鳥肌が立つ。

「ひぃいいいッ。胸の奥までどんどん痒くなるうっ——え⁉　そ、そこは駄目よっ」

さらに二人の教え子が陰唇に手を伸ばしてきて、静香は濡れた瞳を揺らした。

腰を引くと縄尻が豊臀で弾んで純白のストッキングで作るM字が広がり、薬責めを請うように雌花を迫り出してしまい、ひだまみれの膣管までくちゃりと覗かせてしまう。四本の手が陰唇をべちゃりと薬漬けにし始めると、静香はもう絶望的な気持ちになった。

「いやああっ！　児玉《こだま》君、斉藤《さいとう》君やめてっ、沁みる、沁みるうっ……あぐうぅッ……そんなに先生の恥ずかしいとこを掻き回さないでっ、ひいぃッ、そこまで痒くなっちゃうぅっ」

淫靡《いんび》な占いでもするように褐色の花弁を一枚二枚と捲られて、尿口が埋まるほど小陰唇の内肉を薬まみれにされる。染み入る薬の灼熱感より、女性器を教え子に触られる羞恥のほうが耐えられなかった。

痼り勃つ肉豆を引きずり出されて薬をクリクリと擦りこまれると、静香は「ひぐぅッひぐぅッ」とうめいて涙をこぼしてしまう。

二人の中指薬指、計四本がぐちゃりと根元まで膣口に埋まると、猛烈な恥ずかしさで子宮が逃げるように押し上がった。鉗子《かんし》のごとく食いこむ四指が蜜弁を四角形にして、蜜壺の内壁にびっしりと寄ったひだの奥の奥まで薬を塗り始める。

——と、股間で痒みが爆発した。

静香は声も出なかった。生まれてから一番酷い痒みに襲われ、純白のガーターベルトストッキングから覗く下腹や太腿や豊臀すべてに、ぞわりと鳥肌が浮かぶ。

全身から甘い脂汗がどろりと噴き出し、口紅が滲む唇がぱくぱくと開閉して舌と涎が垂れ流しになる。

ヒクつく黒菊を新たな四本の手に触られ、「ひゃむん!?」と静香が振り向くと、楽しげに笑う矢島と、嗜虐そうに口を歪めた丸亀が背後にいた。

「う、嘘⁉　矢島君、丸亀君……先生のそんな恥ずかしい場所にまで塗るの？」

「当たり前だろ。こんな綺麗で可愛い静香ちゃんが、こんな黒ずんだ肛門してるなんて似合わないからな。静香ちゃんらしい清純そうな色に変えてやるよ」

「ふひひっ、こ、これだけ皺の広がった汚い肛門じゃ、相当念入りに塗らないといけないね。で、でもさすがに可哀想だから、静香先生が肛門を開くのを我慢できたなら、表面をどろどろにするだけで、お尻の中は許してあげるよ」

静香は怖気と羞恥で、黒菊をキュウッと窄めて隠した。だが皺中を伸ばし広げて恥垢を取るように爪でこすられると、黒い放射皺を徐々に吐き戻してしまう。

とうとう黒菊を、陰唇と尾骨にかかるほどぐちゃりと咲かせてしまい、矢島と丸亀が大笑いした。二人の人差し指、計二本が直腸内へと潜りこんでくる。

静香の亜麻色の髪房が、ビクリと跳ねた。

「お、お尻の中だけはやめてッ、そんな敏感なところに塗られたらあっ」

どす黒い異物感で凍りついた静香に構わず、二人の二指がぐちゅんと根元まで埋まった。排泄欲の受信機である過敏な直腸壁に、浣腸液より遥かに強力な薬液を塗られたのだ。ひとこねりで疼きが痒みに転化して、肛門全体が燃え上がる。

「ひゃむうううううううううううううううううぅぅぅ——ッッ⁉」

静香の黒菊が異物を吐き出そうと捲れ裏返り、桃色の直腸管がぐちゃりと覗く。直腸が空《から》でなかったなら間違いなく究極の醜態を晒すほどの、渾身の息みが止まらなくなる。もうどれほど恥ずかしくとも、下半身から力が抜けない。ギュウギュウと尻底へ押し下がる直腸壺を、薬で徹底的に磨かれて直腸粘膜を腫れ上がらされ、丸口を晒した肛門から透明な腸液をどろどろと垂れ流しにさせられる。

静香は生物の時間の実験動物にでもなった錯覚がした。

教卓を取り囲む八人が全力で八十もの指を蠢かせ、疲れるとすぐに別の生徒に交代して、女教師の豊乳と陰唇と黒菊を絶え間なくいたぶっていく。

「もう、みんなやめてッ、胸もあそこも……ひぃぃッ……ク、クリトリスもお尻もお……ンあぁぅッ……痒いの……奥まで痒くて気が狂いそうなのおっ」

静香はもう肢体中を甘い脂汗でぬめらせて亜麻色の髪を振り乱し、豊臀の底と教卓を蜜と腸液の水柱で太く粘り繋いで、可憐なアルトの嬌声《きょうせい》をあげ続けていた。

明らかに昨日より強い性感を受けているのに、極限を超えた痒みで子宮が錯乱して、達することができない。

と、肛門嬲りを他の二人に任せた矢島と丸亀が、奇妙な特殊警棒を持っているのに気づいた。黒い持ち手から伸びる銀色の鉄棒から、青い火花がバチバチと散っている。

どろどろに霞んだ静香の脳裏が、嫌な予感で凍りついた。

涼が恐るべき説明をする。

「こいつは雌豚に罰を与えながら、無駄毛を永久脱毛させる拷問具だ。警棒の先に肌が触れると、触れた肌に潜む毛根だけを焼く周波数を瞬時に見極めて、火傷《やけど》しないギリギリの強さで電気を流す仕組みだ。そこらの医療用脱毛器とは比べ物にならねえほど高性能だから、こいつを当てた場所の肌からは、文字通り永久に毛が生えてこなくなるぜ？」

両腕を吊られたせいで丸見えの両脇へ、矢島と丸亀が特殊警棒を向けてきた。

静香は魂まで怖気立った。

「や、やめて矢島君、丸亀君……そんな電気の拷問具を先生に使うだなんて、恐ろしいことぉ……あひぃッ……ねえ許して、お願――ひあああああッッ⁉」

二本の銀棒をバチバチッと両腋につけられ、静香は小顎が天井に向くほど仰け反った。強烈な電流が腋の下から乳腺にまで流れ、神経を灼熱させながら乳首から、乳口を散らし広げるように抜けていく。

恐れていた痛みなどまるでなく、性感帯が焼き切れるかと思うほど、破壊的な快感に襲われる。揉まれ続ける豊乳が軟体生物のごとくブルブルと暴れ、さらに張り詰めた乳首が乳輪ごとビクンビクンと脈動を始める。

子宮にまで白い稲妻が走り、静香の胎内に性感電流が延々と蓄電されていく。

「痺れる、胸が痺れるうっ、あぁぁッ、いやあっ、お腹の奥まで痺れがくるぅッ」

「嬉しいでしょ、静香ちゃん。綺麗に抜いて処理してるみたいだけど、これからは一生脇毛の心配なんてしなくていいんだからさ」

「す、凄いや。こんな強力な薬液を全身に塗られて、ご、拷問具で電撃責めしてるのに。こんなに可愛くて色っぽい悲鳴をあげられる女なんて、静香先生が初めてだ。そんな甘えた声で鳴かれたら、い、虐めるのが止まらなくなっちゃうよ」

もう静香は嘲りを聞く余裕すらなかった。子宮はとうに沸騰しているのに、絶頂を封じられたように達することができない。唇から舌と涎がどろりと垂れる。

「さて。肝心なこっちの脱毛は、俺がやってやるよ」

涼に特殊警棒を、恥毛が糊付けされた恥丘へ向けられ、子宮の底まで戦慄した。

「う、嘘よね、涼君……ひんンッ……そ、そんな敏感なところに電気なんて流されたらぁ……あぐうッ……先生、死んじゃうわ……」

「大げさだな。どんなに痺れてもおま○こが焼けないのは、何十人もの雌奴隷で実験済みだ。――おら静香、可愛らしく踊りな!」

ぬめる陰唇に警棒をバチバチッと食いこまされて、静香は涙を千切り飛ばして仰け反った。陰肉が濡れているため、より苛烈な電流が蜜壺を駆け上がってくる。

両脇と股間の三点から雪崩れ入ってくる性感電流に翻弄されるがまま、女性の一番大切な肉袋が、乱暴に遊ばれる水ヨーヨーのごとく上下左右にぶちゅぶちゅと跳ね乱れる。

「ひあああああああ——ッッ、せ、先生のお腹の中でっ——し、子宮がっ、子宮が勝手に暴れてるうぅッ」

警棒の頭をバチバチと両脇から豊乳へと食いこまされ、乳腺に直接電気を浴びせられる。電流で強張った豊乳をすぐに四本の手で揉みくちゃにほぐされて、さらに四本の手で乳輪ごと乳首を、ぐしゅぐしゅとしごき立てられる。

恥丘に警棒をバチバチバチッと食いこまされて子宮を躍り回らされながら、別の四本の手で陰花を散らされて、痼り出た陰核と蜜壺をぐちぐちとこね回される。

さらに別の四本の手で、黒皺がピンと伸びきるほど肛門を押し広げられ、まん丸と開いた直腸管をジュウジュウと薬漬けにされて、透明な腸液をどろどろとひり出させられる。

うぶな令嬢教師には耐えられるはずもない恥辱と性感で、身も心もぐちゃぐちゃにされ、もう静香は本当に気が狂いそうになった。

「やめてやめてやめてやめてええ——ッ、涼君も矢島君も丸亀君もお、五十嵐《いがらし》君も脇田《わきた》君も前田《まえだ》君も二村《ふたむら》君も長岡《ながおか》君も鬼頭《きとう》君も近藤《こんどう》君も丹後《たんご》君もおっ、もうこれ以上、先生を虐めちゃ駄目えっ、電気も薬も、もういやぁぁ——ッ！」

これほどの性拷問を受けながらも、静香の美しさには微塵も陰りがなかった。

朝の陽光があふれる教室で、純白のガーターベルトストッキングと赤い靴だけを身につけた女教師が、M字開脚に緊縛された肢体をくねらせている。

亜麻色の髪房を振り乱すたびに銀色の光砂がきらめき、甘い汗が飛び散って教室に蔓延する雌匂が、さらに濃密になっていく。

八十もの指に肢体を埋め尽くされて、三カ所を電気責めされているというのに、女教師の鳴き声がどこまでも美しく艶めいているせいで、歓喜しているとすら錯覚してしまう。

どんなフェミニストでも、加虐性愛に目覚めてしまう幻想的な光景だった。

静香を慕っていた三十人の教え子たちも、その艶姿にすっかり魅入られ、熱に浮かされたように性拷問のローテーションを続けていく。

ついには虐待の影響で、静香の尿口が完全に脱力してしまった。

捲り広げられた淫花から尿口が貝口のごとく持ち上がり、透明な小水を教室の中心まで、シュワワワワ――ッと飛ばしてしまう。

甘い尿匂がむわむわと湧き、静香の霞んでいた意識が猛烈な羞恥で戻ってくる。

「はっ、二十五歳にもなった教師が、とうとう教室でお漏らしかよ。幼女みたいで可愛いぜ、静香」

「や、やあっ、みんな見ないでっ、先生のおしっこなんて見ないでッ……うっく……もう先生こんなのいやあ……」

溜めに溜めた羞恥がはち切れた静香は、もう幼女のように泣き出してしまった。鼻をすって尿口を引き締めるものの、小水がより遠くへ恥ずかしくシューシューと飛んでしまうばかりだ。さらには電流と性感による痙攣が尿口にまで波及して、恥液を射精のごとくジュッジュッと切れ切れにしか噴けなくなってしまう。

教え子たちにどっと笑われ、静香は子宮の底まで真っ赤になった。

だが性拷問の影響で、尿とも潮ともつかない恥液が絶え間なく膀胱へ流れこみ、噴いても噴いてもお漏らしが止まらない。

静香は恥毛がスルスルと抜けていく絶望的な光景を見ながら、八十もの指と三カ所の電気責めに翻弄されるがまま、断続的なお漏らしをジャッジャッと延々と続けさせられた。

縄をすべて解かれて静香の四肢がようやく解放されたのは、一時限目が終わる十分前のことだった。

恥毛のすべてをつるりと脱毛させられた静香は、もう子宮の底まで朦朧となっていた。舌と涎を垂らした唇から荒い息をつきながら豊乳を波打たせて、汗と蜜と腸液溜まりのできた教卓に崩れた正座をしたまま、艶めかしく放心している。

と、豊臀の中心で伸び縮みする黒菊に、丸亀が特殊警棒の先をバチリと挿入してきた。

——まどろんでいた静香の意識が、一気に覚醒する。

「ひやあんん——ッ!?　なに？　なにをしたの丸亀君？　ひッ!?　お、お尻の穴に入れるなんてぇ、そ、そんなの酷すぎるわっ……ひぃぃ……腸が痺れるうッ！」

電流が直腸壺で荒れ狂って括約筋がキュウキュウと締まり、静香の異物感が爆発する。排泄欲を受信する神経にまで快感電流が走り、透明な腸液の潮をブジュッと噴いてしまう。

「ふひっ、お、おはよう静香先生。腸液でねちゃねちゃになってるから、よ、よく電気が通るでしょ？　もっと奥に突っこんで、こうして直腸から子宮を押し上げて、直接電気を流してやれば——」

猛烈な痺れを撒き散らす鉄棒の先端を、さらにずぶずぶと肛門深くまで挿入され、直腸壁越しに子宮を押し上げられた。

胎内に直接バチバチバチッッと電流を叩きこまれると、静香は膝立ちになって仰け反ったまま、涎まみれの唇をわなわなと開いて硬直してしまう。

「ほら動けなくなったでしょ？　あはっ、綺麗で可愛い肉人形のできあがりだ」

暴れる子宮がキュンキュンと絶頂で押し下がろうとするものの、警棒の先端にグリグリと邪魔されて、達することも快感の頂から下りることもできない。

静香は教卓で行儀良く膝立ちになったまま、拷問官に弱々しく懇願した。

「ぬ、抜いて……ね……もうお尻から抜いて……先生の子宮……おかしくなるう」

「まあ待ちな静香。こんなどろどろの身なりで、身体中からこんないやらしい臭いをぷんぷんさせてたら、次の授業でも生徒に発情されちまうぜ？　せっかくだから、みんなで身体を綺麗にしてやるよ」

涼が顎をしゃくると、アルコールの染みたウェットティッシュを手にした三十人の教え子が、静香の肌を丁寧に拭き始めた。

四肢や両脇、豊乳から背筋、豊尻や警棒をくわえた肛門、陰唇や蜜壺の中までも、幾本もの手が、汗と薬と尿と蜜と腸液の汚れをぬぐい取っていく。

むっと香る雌匂と薬の疼痛が薄まって不快感が消えていくが、大勢の教え子たちに、粗相をした幼女のように扱われて、静香の恥ずかしさと昂りが際限なく高まってしまう。

「せっかくの美貌だからな。その間に、俺が綺麗にメイクし直してやるよ」

化粧箱を持った涼に優しく顎を持ち上げられると、静香は美貌を震わせた。

「静香ちゃん、心配しなくても大丈夫だよ。俺と涼は娼婦をオークションにかけるときのメイクも担当してるからさ。腕はプロ級だぜ？」

矢島の言葉は嘘ではなかった。静香の顔の汚れを化粧水で優しく拭き取った涼が、慣れた手つきでメイクを施していく。

薄いファンデーションを塗って、頬にほんのりとチークを散らし、可憐な唇の形を引き立てるようにブラシで淡い紅を入れていく。上品に眉毛を描き、ただでさえ長い睫を上向けてより強調し、澄みきった瞳の輪郭をアイラインを引いてさらに大きく際立たせる。

涼がメイクをしている間に、ドライヤーとワックスを手にした矢島が、亜麻色の髪をセットし始めた。こちらも美容師顔負けの腕で、長く量の多い静香の髪を、品のいいハーフアップスタイルに手早くまとめていく。

そうして鏡を向けられた静香は、自分ですらドキリとしてしまった。

派手なメイクではなく、静香の極上の素材を生かしきった見事な薄化粧だった。

静香の一番の魅力である柔和な瞳の力が何倍にも増しており、憂いや恥じらい顔など表情を少し変えるだけで、感情が透けてしまうように美貌が生き生きと際立ってしまう。

だがノーブラノーパンで授業をさせられるうえに、こんな見目麗しいメイクをされてしまったら、さらに静香が注目を集めてしまうだけである。

「こ、こんなの学校で先生がするメイクじゃないわ」

チークで色づく頬をさらに恥じらい色に染めた静香は、白いブラウスを着せられて黒いタイトミニを穿かされ、床に立たされた。最後に、バチバチと直腸越しに子宮を押し上げていた警棒を、腸液の糸を引いてぬちゃりと引き抜かれる。

「ひいいいいいいいいいいぃ――ッ!?」

たまらず静香が上半身を曲げてしまうと、タイトスカートが豊臀に押されて腰まで跳ね上がり、むちっと白い豊満な尻房が丸出しになってしまった。

無毛の褐色の淫花の上で、黒い菊皺を長々と伸び縮みさせる肛門は、まん丸と開きっ放しになっており、いまだ透明な警棒を挿入されているように、痙攣する桃色の直腸管を覗かせている。

「おら、だらしねえぞ静香。しっかり尻穴を締めて、次の授業へ行ってきな！」

嘲笑した涼が、鼓を叩くように丸肛門をバチンッと平手打ちしてきた。

「ひゃむン!?」と静香は黒皺が埋まるほど菊弁をキュキュッと窄めて、透明な腸液をビュッとひと噴きして、背筋を仰け反らせてしまう。

そうして美貌を可憐なまでに飾られた静香は、熟れとろけた肢体を戦慄かせながら、ノーブラノーパンのまま次の授業へ送り出された。

2

放課後。三年A組の教室に力なく戻ってきた静香は、酷い艶姿になっていた。

ハーフアップにまとめていた亜麻色の髪はほどけて乱れており、紅潮した美貌を彩る薄化粧も剥《は》げかけて、「はあはあ」と甘い息を吐く小さな唇の紅も艶めかしく滲んでいる。

力なく組まれた両腕の上では、汗ばんだブラウスが豊乳に張りつき、乳輪ごと痼り勃つ両乳首の肉色も、ヒクヒクとした痙攣ぶりも透けて丸見えになっていた。

純白のストッキングで締まる美脚を交差させて、よろよろと歩むたびに、黒いタイトミニの奥からくちゃくちゃと陰唇鳴りが聞こえ、静香の甘い蜜匂がむわむわと香ってくる。

教室に残る三十人の生徒を代表するように、涼が口笛を吹いた。

「すっかり、いい感じに仕上がってるじゃねえかよ。今日の静香の色っぽさは、学校中で噂になってたぜ？　一度も保健室に来ることなく、よく耐えきったな」

清楚な箱入り娘の静香にとっては、羞恥で気がふれそうな恥辱の一日だった。

政財界関係者の息子が数多く通う城蘭高校では、静香が高名な片霧家の令嬢であるのは当然知れ渡っている。

『家の付き合いで徹夜のパーティーに出席したため、その足で学校へ来ざるをえなかった』

そんな苦しい言い訳を、生徒たちが疑うことなく信じてくれたのは幸いだった。

それに授業中は、紙に二つの豆跡ができるほど教科書を豊乳に押しつけて胸揺れを隠し、板書をせずに教卓に張りついて下半身を隠していたため、下着をつけていないと最後まで気付かれずに済んだ。

だが、子宮を極限まで昂らされながらもただの一度も絶頂を許されず、より人目を惹いてしまう麗しい化粧をされて、ノーブラノーパンという痴女そのままの姿で授業をさせられたのである。いつも以上に熱い好奇の視線を教え子たちに浴びせられると、頬がチークより濃い色で可愛らしく紅潮し、静香は子宮の昂りがぶり返して発情が止まらなくなってしまった。

太腿を擦り合わせても擦り合わせても雌蜜が垂れてくるので、畳んだハンカチをこっそりと股に挟んだ恥ずかしい状態で、授業を続けるしかなくなる。

朗読するアルトの声が切なそうに艶めいてしまうのを、

「今日の先生の声、いつも以上に可愛いね」「すげえ色っぽいよな」と好意的にからかわれ、むわむわと湧く雌匂を香水だと勘違いした生徒に、

「先生、どんな香水使ってんの？　甘くてすげえいい匂いが、後ろの席まで漂って

くるけど」などと愛液の香りを褒められてしまう。

脳裏も子宮もとろとろになりながらも授業を終えると、教卓の下で太腿を悶えさせすぎたせいで、黒いタイトミニが腰まで捲れ上がっていた。

ぬめるハンカチを食い締める無毛の陰唇とむっちりとした豊臀を、教え子たちの眼前で剥き出しにしたまま授業をしていたのに気付き、静香は澄んだ瞳を羞恥でさらに潤ませてタイトスカートを押し戻してしまう。

そんな恥辱の授業を二時限目、三時限目、四時限目と続けると、さすがに生徒らに体調を心配されてしまった。

だが早退や自習で逃げるのは禁じられているうえ、涼に、

「我慢できなくなったら、いつでも保健室へ来な。おま○こをぐちゃぐちゃに突き回してやるからよ」などと念を押されていては、保健室で休むこともできない。

個人準備室に配達して貰った昼食を取った後の授業は、さらに過酷だった。

自習や板書ができないため、どうしても朗読中心の授業にせざるをえない。

だがもう静香は、二十五歳の女性とは思えないほど、可愛らしくも甘やかな嬌声しか漏らせなくなっているのだ。生徒たちもそのあまりの艶気に気圧され、静香をからかうことも気遣うこともできずに押し黙ってしまう。

蜜壺を陰茎でこね回されながら朗読させられているように可憐なあえぎ声が、静ま

り返った教室に艶めかしく響く。教卓の下でとうに剥き出しになった豊臀と陰唇と内腿をくねらせて、どろどろになったハンカチを股でギュウギュウと搾るたびに、静香の濃い蜜匂がむわむわと室内に広がっていく。

もう静香は猛烈な羞恥と欲情で身も心も子宮もぼろぼろになってしまうが、それでも女性の最も恥ずかしい姿だけは晒すまいと歯を食い縛り、なんとか最後まで絶頂せずに一日の授業をやり遂げてみせたのだった。

「も、もう今日は帰らせて、涼君。……先生、限界なの……」

「はっ。限界なくらい欲情してるのは、俺たちもだよ。まずは、今日一日耐えきったご褒美をやらねえとな」

唐突に小顎を持ち上げられ、涼に唇を奪われた。

静香の心臓がドクンと跳ね、火照った美貌が乙女のように耳たぶまで紅潮する。嫌悪を感じるべきなのに、まさにご褒美をもらえた雌奴隷のごとく、背筋に歓喜の波が走る。

熱い舌がぬめり入ってくると、一日中煮こまれた子宮がとうとう陥落した。

「んむゅうんんんんんんんんンンン──!?」

溜めに溜めてしまった絶頂が怒濤のごとく押し寄せ、腰が抜ける。

へたりこみそうになったところで涼に力強く細腰を抱き寄せられ、美貌が反り返るほどのしかかられて口虐を続けられる。

二人の舌で熱く濃厚なチークダンスをくちゃくちゃと踊らされると、静香の脳裏がさらに白くとろけ、淡く達したまま下りられなくなってしまう。

嫌悪感がまるで湧かないのが、心底怖かった。

厚い胸板を押し退けようにも、幼馴染みの生徒とディープキスをしている恥辱と背徳感で、白いストッキングで締まる美脚の先まで痺れが走って力が入らない。

ぬめる唇を強く吸われ、涼の口内にちゅぽんと舌が入ってしまうと、もう静香は官能を我慢できなくなった。

彼の首に両腕を回して豊乳を押し潰すように抱きつき、子宮をキュウキュウと鳴かせながら、幼馴染みの口内を舌や歯茎の裏まで丹念に掃除してしまう。

静香は脳裏も子宮も甘く甘くとろとろにされた後、ようやく唾液の糸を引いて唇を解放された。

床に敷かれたマットに優しく寝かされると、生徒らが取り巻く中で涼とのキスに夢中になっていた事実にはっとなり、嵐のような恥ずかしさが降ってくる。

「おい、そのでかい尻を上げな静香。肉の仕上がりを見てやるからよ」

涼に尻を向けた四つん這いにさせられた静香は、羞恥で「ああっ」とあえいだが、軽く尻打ちされて催促されただけで怯えて、柔順になってしまう。

夕日を弾く亜麻色の髪を滑り落として背中を低くして、腰を極端に上向ける。それだけの動作で、豊臀が詰まった黒いタイトミニが、はじける葡萄皮のごとく腰まで捲れ上がってしまう。

むちっと丸見えになった大尻は、すでにきめ細かい尻肌中が桃色に可愛らしく火照っており、色素が抜けかけた無毛の陰唇と菊皺が朱色に腫れ上がっていた。

桃尻にかかるほど朱菊を広げては窄まってを繰り返す肛門の下で、茹だった花弁が捲れ開いてひだまみれの膣管が覗き、白い絶頂蜜がごぼりと太く垂れている。

その二穴の淫猥すぎる熟れとろけ具合に、涼たち三十人の教え子が息を呑んだ。

「たっぷり虐めてやろうかと思ったが、さすがに、まんこも肛門も限界か。しかたねえ。また昨日のように治療薬を塗ってやるよ」

静香がびくりと豊臀越しに振り向くと、ズボンと下着を脱いだ涼がスキンをかぶせた陰茎に、チューブからひねりだした薬をたっぷりと垂らしていた。

「や、やめてっ。今、私の……な、中が凄く敏感になってるの……。涼君のを入れられて、昨日の薬なんて塗られたら先生……」

おろおろと逃げ出そうとした静香の桃尻が引き寄せられ、床に寝そべった涼に背を向けた騎乗位で陰茎を挿入される。どろどろになった陰唇が嬉々として亀頭を丸呑みして、ぐちゅるると一息に根元まで肉椅子に着席させせられてしまった。

衆人環視の中で犯される恥辱すら一瞬で吹き飛ぶ。腫れて狭くなった膣管の、奥の奥まで治療薬が染み入ってきて、静香の蜜壺と子宮がキュウッと縮こまる。

「沁みる、薬が沁みるうぅ――ッ、いやあッ、昨日より中に沁みてくるわっ」

疼痛が癒える代わりに蜜壺に灯った淫熱が爆発的に炎上して、亜麻色の髪が広がると、静香の背筋が猫のように可愛らしく丸まる。桃色に火照る豊尻がむっちりと迫り上がると、大口を開けて肉塊を美味しそうに頬張った陰唇の上で、朱色の肛門が子宮の脈動を知らせるように、ビクビクと大量の長皺を伸び縮みさせていた。

その朱菊に異物を押しこまれて、「ひゃん!?」と静香が振り向くと、萎んだ黒い風船のような大きなゴム塊を、涼が挿入しようとしていた。

黒い風船の底には、ゴム球がついた二本の管がぶら下がっている。

静香はいい知れぬ恐怖に襲われた。

「涼君、そ、それはなに？　せ、先生のお……お尻になにを入れるつもりなの？」

「バルーン栓つきのエネマシリンジだ。こいつで液状の粘膜治療薬を注入して、大腸の奥まで薬漬けにしてやるよ。何十回と浣腸されてもよがり狂えるくらい、頑丈で淫猥な腸管になるようにな」

大腸の奥まで震えて静香は逃げようとしたが、涼の肉塊で蜜壺を自らグリリとくじってしまうと、「あひンっ」と鳴いて脱力してしまう。

すでに肛門が腸液でどろどろにふやけていたため、萎んだ大きな風船を苦もなくグプグプと丸呑みさせられてしまった。

豊尻から二本のゴム製の尻尾を生やされた静香は、悪寒で亜麻色の髪房を震わせたが、そんな異物感はまだ序の口だった。片方のゴム球を涼に握られると、直腸内でバルーンが膨らみ始め、桃尻中が総毛立つ。

「ひんっ⁉ な、なにこれ、き、気持ち悪いぃ、お尻の中でどんどん膨らんでッ」

「どうだ静香。尻の中をバルーンで拡張されるのは、たまらねえだろ。限界まで膨らませてやるから、可愛らしく踊りな」

静香は蛙の玩具にでもなった錯覚がした。涼にシュコシュコとゴム球を押されて過敏な直腸壺を膨らまされるたびに、「ひいっ、ひいいッ」と豊尻を上下させて淫乱女のごとく陰茎を自ら抽送してしまい、蜜壺中に薬液を塗りつけてしまう。

涼の手がようやく止まると、静香はもう息も絶え絶えになっていた。

「ほう。調教もしてねえのに、随分と柔らかい直腸してるじゃねえかよ。ソフトボールより大きく膨らんだんじゃねえのか？ 片霧家のご令嬢は、尻穴のほうも間違いなく名器みてえだな」

腸管に寄ったひだが伸びきるほど直腸を丸々と膨らまされ、悪魔のようなどす黒い異物感が静香の下腹部を占拠する。狭くなった蜜壺で涼の肉塊をさらにきつくキュウッと締めつけるようになり、子宮と直腸の戦慄きが止まらなくなった。

膣壁越しに膨らむ直腸袋だけでなく、亀頭が密着した子宮口までブルブルと振動して、淫猥な電動玩具にでもなったような陰茎奉仕を始めてしまい、静香の美貌が真っ青になる。

と、豊臀からぶら下がるもう片方のチューブを、薬液が満たされた洗面器に入れられ、涼にゴム球を握り潰された。直腸を占拠するバルーンの頂点から、薬液がブジュジュッと噴き出し、窄まっていたS字結腸口が水圧で押し広げられる。

「ひいいいッッ⁉ お腹の奥に直接流れこんでぇ――沁みる、お腹沁みるうっ」

猛烈に染みる薬液が結腸のS字をさかのぼり、広い大腸に容赦なく雪崩れこんでいく。十回以上もゴム球を押されてようやく注入が止まると、静香のほっそりとしたお腹が妊娠五か月の妊婦ほどに膨らんでいた。

便秘のときはいつも下剤で済ませていた静香にとって、これが生まれて初めての浣腸だった。そんな初浣腸を、排泄欲の受信器官である直腸を限界まで押し広げられたうえで、大腸全体が太く膨らむほど充填されてしまっては、いっときも我慢できるはずがない。

しかもこの浣腸液は、粘膜中を焼けとろけさす悪魔の薬なのだ。

ギュルギュルと鳴く腹音に押されるがまま息んでしまい、菊皺が捲れ裏返る。

「い、いやよ……先生、こんなところで出したくないぃ――みんな見ないでッ」

究極の痴態を晒してしまうと涙ぐんだ静香だったが、なにも起こらなかった。ぐちゃりと火山口のごとく盛り上がった肛門からは、まん丸と膨らむ黒いバルーンの底が覗いただけで、一滴も薬液が漏れてこない。

吐き出そうとするたびにバルーンが押し下がって丸肛門がグリグリと拡張され、息めば息むほどきつい尻栓になってしまうだけだ。

「う、嘘っ、ゴムにお尻が塞がれてぇ……あぐうッ……だ、出せないぃ」

排泄すら封じられるおぞましさに、静香はもう半狂乱になった。

「だ、出させてっ。涼君、この栓を抜いてッ、もう先生のお尻から出させてえっ」

静香は教え子たちが視姦していることすら忘れ、薬液を搾り出そうと滑稽なほどもがいた。亜麻色の髪を揺らして、涼の陰茎に縫いつけられた桃尻をグチャグチャと振り乱し、渾身の力で「んンッ、ひぃンンッ」と断続的に息んでしまう。

菊皺がすべて隠れるほど窄まったかと思えば、長々とした朱皺をすべて捲れ裏返して桃色に変じさせた丸肛門を、高名な令嬢とは思えないほど大きく広げてを、幾度となく繰り返す。

ダチョウの卵でも産もうとするように、桃尻の谷間を新たな尻たぶのごとくボコンボコンと膨らませるが、巨大なゴム風船を吐き出せるはずもなかった。

「そそるじゃねえか、静香。これほど派手に尻穴を踊らせられる女なんて、初めて見たぜ。慌てなくても、すぐに治療薬が腸に吸収されて腹痛も治まるから安心しな。——もっとも、排泄欲よりきつい快感に襲われるだろうがな」

その涼の嘲り通り、薬液の吸収が始まった。

大腸を占拠していた薬液が静香のひだまみれの腸壁に、ジュウジュウと音がするほど急速に浸透していく。嵐のような腹痛が癒える代わりに、凹んだお腹の中で淫熱が燃え上がり、白い性感の奔流《ほんりゅう》が脳に雪崩れこんでいく。

治療薬というのは大嘘で、恐ろしい麻薬でも浣腸されたのかと静香は思った。

それほどまでに病的で凄まじい淫熱が、肢体中の動脈に流れこみ、脳味噌を白くどろどろに溶かしていく。吸収された水分がすぐさま甘い脂汗となって全身からどろりと噴き出し、陰茎をくわえた花弁からごぽりと白蜜がこぼれる。

「こ、これ駄目……これ駄目えっ——いやあッ、お腹の中に、どんどん染みこんできてぇ……はあはあ……先生の頭がおかしくなるぅ」

青ざめていた美貌をすっかり紅潮させた静香は、土下座するように床へ上体を伏せて、全身も脳味噌も文字通りどろどろになってしまった。

と、周囲からベルトを外す金属音が聞こえてきて、はっとなる。

美貌を上向けると、なんとすでにクラスの全員が下半身裸になっていた。

少年らしい未熟な包茎陰茎をしている者など一人もいない。

みながみな大人顔負けに太い肉柱を雄々しくそそり勃たせ、肉傘の張った亀頭の先から臭い立つ男汁をビクビクと垂らしている。三十もの臨戦状態の肉塊に取り囲まれ、静香の朦朧となっていた意識が一気に戻った。

「——み、みんな、なにをしてるの⁉　……お、お願い、服を着てッ。先生にそんなもの、見せちゃ駄目よっ」

「なにいってやがる。こいつらがいきり勃ってるのは、静香が朝から散々いやらしく乱れまくったせいだぜ？　おま○こが使えねえなら、そのお上品な手や口や巨乳で肉をしごいて、全員を満足させてやるのが筋ってもんだろ」

男性をそうやって満足させる性行為は、もちろん知っている。だが箱入り娘である静香がすることなど一生ないだろうと嫌悪していた、破廉恥な行為だ。

手はまだしも、コンプレックスである豊乳を使って陰茎をしごいたり、極上の懐石料理を味わい慣れて味覚が研ぎ澄まされた口に、男の最も不浄な肉塊をくわえることを想像すると、静香は耳たぶまで真っ赤になってしまう。

もじもじとなっていると、生徒の一人に右手首を掴まれた。

「しごきかたなら教えてあげるよ。ほら、俺のチンポ凄い固くなってるでしょ」

陰茎をぬちゃりと握らされ、背筋に怖気が走る。繊細な白指や柔らかな手の平に、熱固い亀頭や茎部の脈動や男汁の粘り気が、ビクビクと伝わってくる。

「俺のも握ってみなよ。先生がいやらしいせいで、こんなに勃ってんだぜ？」

もう片方の左手にも、いきり勃つ肉塊をあてがわれた。

静香の小さな両手が上から包み持たれ、肉茎に指が食いこむほど強く握らされたまま、無理矢理の前後動をぐしゅりぐしゅりと始められる。

大蛇の鱗をしごき立てるような生理的嫌悪感が湧き、亜麻色の髪房が戦慄く。

鈴口からこんこんと垂れる粘液で、静香の両手がすぐに男汁まみれになり、男性特有の悪臭がむわむわと濃くなっていく。男汁壺となった両手をさらに素早くぐちゅぐちゅと動かされると、静香は恥ずかしくてたまらなくなった。

「斉藤君も丹後君もやめてっ。先生の手で、こんな恥ずかしいこと――ひゃンっ」

胸元に咲くピンクのリボンが、別の二人の生徒にほどかれた。白いブラウスのボタンを外され、窮屈に詰まっていた大きな二つの肉袋を引きずり出される。

ぶるんと露わになった豊乳はすでに火照りきっており、朱色に腫れ痼った乳頭が乳輪までこんもりと膨らんで、母乳を噴かんばかりにヒクヒクと痙攣していた。

その巨乳の乱れぶりに興奮した二人の生徒に、新たな二本の亀頭を左右の胸脂肪へグリリと埋められ、静香は「ひいいっ」とうめいてしまう。

やわやわと逃げる豊乳を、亀頭で追い立てるように陰茎を突きこまれ、陰唇にするような激しい抽送をされる。二本の肉塊で、ぐじゅぐじゅと胸脂肪を掻き回されて過敏な乳腺を潰されると、気持ち悪さと性感で豊乳中から甘汗が滲んだ。

「凄えや。くうッ、先生の胸をこんな滅茶苦茶に突き回せるなんて夢みたいだ」

「なんだよ、この大きさと柔らかさは。俺たちの亀頭が全部埋まってるよ」

「だ、駄目っ……ああンっ……児玉君、前田君っ、先生の胸を使ってそんなこと――ひいン!? ち、乳首は敏感になってるから、そんなにこすらないでっ」

腫れて膨らみきった乳頭を三本目の亀頭で押しこまれ、豊乳をドーナツ状に凹まされて抽送される。もう片方の乳首も四本目の肉塊で、ぬちゃぬちゃと重点的にこすり回される。合計六本もの陰茎によるおぞましい責めから逃げようと、腰を大きく動かしてしまうと、涼の肉塊でまたも蜜壺をかき回してしまい、

「あひいっ」と子宮を痙攣させてしまう。

「さあ、静香ちゃん。その可愛い口も使って、チンポの味をたっぷり覚えなよ」

淑やかに閉じた唇に、矢島の熱くぬめる亀頭がピトリとつけられた。

あまりの衝撃で石になった静香は、五秒もたってから我に返り、美貌をボッと耳たぶまで紅潮させた。

「い、いやあッ、汚いっ……や、矢島君、そんなもの先生の口につけないでっ」

すぐに顔を背けようとしたが、矢島に顎を優しく持たれて固定されてしまった。

静香は涙ぐみながらも、腐肉を食べさせられまいと歯を食い縛ったが、熱臭い亀頭を容赦なく動かされ、柔らかな唇中に腐ったルージュを塗りこめられる。

男子便所の小便器に顔を押しつけられているような、おぞましい錯覚がした。

だが六本もの陰茎の相手をさせられている現実と、鼻先からムワッと立ちのぼる男臭で意識が朦朧となり、唇から力が抜けていく。

とうとう唇の守りが破られ、矢島の亀頭をぐぽりと丸呑みしてしまった。

「――ふみゅうううンン――ッッ!?」

小さな唇がまん丸と開き、口内が凶暴に押し広げられる。

お嬢様である静香は、こんなはしたなく大口を開けて、男性器を丸呑みさせられている現実が信じられなかった。

猛烈な圧迫感と息苦しさで頭の後ろに火花が散り、巨大な生きた芋虫でもくわえている錯覚がして戦慄する。それなのに、口内を占拠する肉の雄々しい存在感に打ちのめされ、気持ち悪い腐肉を吐き出せない。

男汁の臭みがじわじわと舌に侵食してきて、涎が止めどなく分泌される。

たまらず先汁と唾液の混合液を飲みこむと、雄臭がむわりと鼻腔一杯に広がり、涼に貫かれた陰唇からブジュッと蜜をしぶかせてしまった。

人参を頬張った幼女のように「んむゅうッ」と可愛らしく涙ぐむ静香を見て、矢島が長髪を揺らして笑う。

「男のチンポは美味しいでしょ、静香ちゃん。女にとって雄の臭いは媚薬みたいなもんだからね。じきにこの悪臭と味の虜になるよ」

「三十人もいるんだ。全身を使わないと終わらねえぞ。おい、お前ら。静香はクラシックバレエもやってたから身体が柔らかいぞ。もっと脚をガバッと開いて爪先まで犯してやれ」

涼に命令されるがまま、静香の長くむっちりとした美脚が、一気に左右百八十度にまで開かれた。涼の肉椅子に全体重がかかってしまい、グリリと亀頭で子宮口を押し上げられ、「んぶゅううッ⁉」と、より昂らされて追い詰められる。

左右の赤い靴を脱がされ、白いガーターベルトストッキングで彩られた美脚に、四本もの亀頭が殺到した。純白のレース細工からはみ出したお腹や太腿、恥丘や鼠径部に亀頭汁をぬらぬらと塗られて、美脚の根元付近を滅茶苦茶に摩擦される。

両足首を握られて左右に引かれ、白いストッキング越しに肉塊を押しつけられ、足の裏まで、ぬちゅぬちゅと亀頭でくすぐられて薄布を透明にされる。

「ふむゅうッ、河合君も尾関《おぜき》君も、そんなに太腿に押しつけてこすらないでっ……ンむゅっ……西山君、藤村《ふじむら》君っ、足の裏は敏感だから駄目よおっ——ぶむゅぅ⁉」

両脚の親指と人差し指の間に、亀頭下を挟まれた。気持ち悪さに外そうにも陰茎は外せず、もがいた他の足指が茎部に絡みついて教え子を喜ばせてしまう。

「す、すげぇや。あの静香先生が大股開きで、俺のチンポを足コキしてやがるっ……くぅ……ほら、もっと足でしごいて先生っ」

白いストッキングで締まる両足首を上下に振り立てられ、手でしているかと思うほど器用に、ぐしゅぐしゅと二本の陰茎を粘りしごかされる。

合計十本もの肉塊の相手をさせられている静香は、群がった生徒たちの大きな肉体に、押し潰されんばかりになっていた。

さらには女教師の肢体からあぶれた生徒たちに、亜麻色の髪房まで四方に引かれる。絹糸のような艶髪を肉塊に巻かれ、ぶじゅぶじゅと自慰の道具に使われてしまう。敏感なうなじやつむじに、ぐじぐじと亀頭を擦りつける生徒すらいた。

幼い頃からずっと手入れを欠かさずにしてきた、日本人離れした色と艶やかさを持つ、誰もが褒め称えてくれる亜麻色の美しい髪。そんな女性の命とも呼べる大切な髪を、小便器を拭く雑巾のように扱われて、静香は気が狂いそうになった。

「髪だけは許してぇッ……んぶっ……伊藤《いとう》君も近藤君も杉山《すぎやま》君も若松君もおっ……ふぴゅンっ……先生の髪だけは汚さないでっ」

静香はもう全身を陰茎しごきの肉道具に使われ、男汁まみれになっていた。

「さあて、静香。そろそろ自分から舌を動かして、矢島の肉に奉仕して貰おうか」

涼に五回もゴム球を押されて薬液をブジュジュッと追加浣腸されると、静香は肉塊に押し抉《えぐ》られている豊乳をぶるんぶるんと跳ねさせて仰け反った。

「い、入れないで涼君っ……んみゅうッ……先生、自分で舐めるから、もうお尻に入れないでっ——い、いやあっ、またお尻が中からとろけてくるわぁ——ッ」

結腸中をまたも真っ白に焼け溶かされ、静香は怯えたように舌を動かした。

だが箱入り娘の大令嬢が、陰茎の舐めかたなど知るはずもない。

口一杯に頬張っていた亀頭を吐き出し、お嬢様がソフトクリームを舐めるようにおずおずと肉頭にキスをして、鈴口や裏筋にチロチロと舌を這わせていく。

潤んだ瞳を恥ずかしげに上目遣いにして、耳たぶまで紅潮させて陰茎中に甘いキスを繰り返す姿は、大人の女性とは思えない初々しさだ。

「はっ。そんなお上品な奉仕じゃ、夜中までかかっちまうぜ。静香の股には、最高の見本がついてんだろ。この名器のおま○こと同じ、いやらしい動きで吸いつきゃいいんだよ！」

涼にグリリと腰文字を描かれると、ひだまみれの膣管がキュウウッと肉塊に吸いついた。恐怖に駆られた静香が、反射的に陰茎を力一杯吸引すると、「はびゅうッ!?」と根元まで受け入れてしまい、唇が矢島の陰毛に気持ち悪く埋まる。

喉奥が亀頭の形に押し広げられて、潤んだ瞳が白黒となったが、涼に蜜壺を抉られるのが怖くて、頬が凹むほどの恥ずかしい吸引をやめられない。

「もっと口がおま○こになったと思えよ。こうやって唇を上下に振って、グチャグチャとしごき立てるんだよ！」

涼に滅茶苦茶な抽送をされ、あらゆる角度から子宮口を突き上げられると、呆気なく絶頂に追い遣られた。脳裏を真っ白にされた静香は、もう抽送をやめて貰いたい一心で、蜜壺の淫らな動きをお手本にした奉仕を開始した。

強烈な吸いこみを続けたまま、頬を凹ませた美貌を上下に振り立てる。

舌を蠢かせて蜜壺のうねりを再現しながら、一しごきごとに顔の角度を変えて、淑やかな唇をぶじゅじゅッぐじゅじゅッと淫猥に伸ばし裏返す。

粘る大量の涎が、蜜のごとく散り撒かれる。授業をしているときの理知的な澄まし顔からは、想像もできないほど淫乱な奉仕姿に、生徒たちの昂りが最高潮に達し、肢体に密着する男根が感極まったように射精していく。

両手にどぷりどぷりと精液を放たれて怖気立つ間もなく、豊乳に沈んだ四本の亀頭に、ぶゅるッぶゅるるッと白濁液まみれにされて、むわりと香った猛烈な精臭に鼻腔が占拠される。

すっかり透明になったストッキングの両腿や足の裏にも、どびゅるるッぶりゅるるッと四つの迸りをかけられて脊椎まで凍りつく。

さらには、四方から亜麻色の髪を犯していた陰茎にも、どぶゅうッぶりゅりゅうッと子種を噴き散らされ、自慢の美髪をどろどろにされて頭皮にも亀頭を擦りつけられ、ティッシュペーパー扱いされてしまう。

静香は女性の尊厳ごと腐汁漬けにされる汚辱感で泣き出してしまうが、ふと口の中で前後させている肉塊に意識が戻る。

こんなおぞましい子種を口内に出されてしまったら……。

慄然となって美貌の動きを止めると、涼に容赦なくゴム球を押されてジュルジュルと薬液を浣腸されて脅され、痴女のような吸引と首振りを再開させられる。

頬張った矢島の肉塊が、ついに蠢動した。灼熱した大量の精液が、ぶびゅるるうッッと口内に放たれる。静香の口内一杯に絶望が広がる。

「ぶむぅうぅうううううううううううううぅ——ッッ」

頬が膨らむほど注がれた白濁液の、あまりの濃厚さに朦朧となってしまった。

舌や喉や口内粘膜で、一億もの精子が蠢いているのが知覚できるほどの圧倒的な存在感。鼻腔粘膜が受精しそうな濃い精臭がツンと鼻奥を突き上げると、脳の後ろが真っ白になる。

矢島の肉塊が抜かれると、舌と一緒に大量の白濁液がどろりと垂れ落ち、すでに子種まみれになっていた豊乳をさらに汚した。矢島がニヤニヤと笑う。

「酷いな静香ちゃん。せっかくご馳走をあげたんだから、全部飲んでくれないと」

「そうだぜ、静香。奉仕をするなら、最後まで責任を持ってやりな。尿道まですすって一滴残らず精液を舐め取らねえと、いつまでたっても終わらせねえぞ」

死にたいほど嫌だったが、静香はもう観念するしかなかった。

矢島の精液だけではない。豊乳をぶるんと持ち上げられ、胸肌を覆った生徒たちの白濁餌まで、すべての汚れを舐め取らされる。

練乳にまみれた小苺のようになった両乳首まで同時に口に含まされて、二つの腫れた肉豆を「ひむうぅっ」と舌で転がして、自慰をしながら綺麗にさせられる。

さらには残り汁を垂らした十三本もの亀頭を、ずらりと口元に差し出された。

精液の存在感に怯えきった静香は、若い猛烈な精臭に子宮まで朦朧となりながらも、はらはらと涙をこぼしつつ、次々と亀頭を口に含んでいくしかなかった。

鈴口や包皮の間にまで舌を差し入れ、亀頭を隅々まで掃除して、尿道が潰れるほど強く鈴口を吸って残り汁をジュルジュルとすすっていく。

「す、凄い、静香先生が、俺のチンポ舐めてるよ」

「くうッ、俺の仮性なのに、皮の奥まで舌入れて綺麗にしてくれてるっ」

「すげえや、お、奥に残った精液までびゅるびゅる吸ってるぞっ」

「先生っ、もっと精液出してあげるから、俺のチンポも、じゅるじゅる吸っててっ」

そうして最初の十三人の生徒が満足して、半裸の女教師から離れると、入れ替わりに残りの十六人全員がどっと押し寄せてきた。

新たな肉塊をぐぽりと口内に、いきなり根元まで突きこまれる。

すっかり恐怖に駆られた静香は、むせ返りながらも美貌をはしたなく振り乱して口壺奉仕をするしかなかった。

はしたなく捲れ伸びる唇にさらに二本の亀頭を押しつけられ、合計三本の陰茎を代わる代わる、ぐぷりゅりゅぐぷりゅりゅと丸呑みさせられる。

豊乳の左右に二本の亀頭を押しつけられて、乳首と乳腺と胸脂肪をぐちゃぐちゃにこね回される。両手と両足の指で四本の昂りの強制奉仕をさせられ、むちむちと動く尻肉にまで二本の亀頭が埋まって肉奥《にくおう》へと抽送される。

残りの生徒たちが男肉の壁から亜麻色の髪房を引き出して、五本ものぬめり臭う亀頭で、ぐじゅぐじゅと男汁のトリートメントを施していく。

「す、すげえ。静香先生の綺麗な顔がチンポまみれだ。ほら、三本いっぺんにくわえられるはずないんだから、そんなに唇を押してやるなよ。先生が可哀想だろ」

「なんだよ、この凶悪な爆乳は。今まで犯したどんなまんこより気持ちいいぞ」

「先生、こんな小さな可愛い手してたんだな。ほら、もっと俺のチンポしごいて」

「足も気持ちいいぞ。小さな足の指を器用に動かして、片足だけでチンポしごいてやがる」

「このでか尻もすげえっ、張りがあるのに、亀頭が全部沈むくらい柔らかいや」

どこを見ても陰茎と教え子たちの大きな肉体で埋まっており、肢体のどこに意識をやっても熱い亀頭のおぞましい感触と猛悪な男臭に包まれている。

そんな凄まじい陰茎拷問で子宮が屈服して、またも深い絶頂に打ち上げられると、静香はもう半狂乱になった。

「むぶゅううぅ――っ、も、もうみんな先生を、そんらに虐めないでぇ――ッ」

そうして幾度となく達した静香が、涼を除いたクラス全員を全身で三回も満足させて、三十人の陰茎の味と形状を嫌というほど覚えこまされた頃には、もう夜の九時になっていた。

ようやく萎まされたアナルバルーンを引き抜かれたときは戦慄したが、派手に捲れ裏返った菊皺からは、透明な腸液がブジュッと一噴きしただけだった。

最後に頑張ったご褒美とばかりに、涼にスキン越しに射精されて子宮口を叩かれると、ボロボロに衰弱した静香の心が、堪えようのない安らかな官能に包まれてしまう。

緊張の糸が断ち切れた静香は、涼の肉椅子に腰掛けたまま、頭から精液をかぶったようにぬらつく肢体をべちゃりと床に脱力させ、深い深い眠りの沼へ沈んでいった。

第三幕　絶え間ない校内肛虐

1

次の日の土曜日は学校が休みだったが、静香がマンションのベッドで目覚めると、もう月曜の朝になっていた。心身の衰弱を癒やすために飲まされた睡眠薬と各種栄養剤の影響で、丸二日も熟睡してしまったのである。

部屋には置き手紙と一緒に、媚薬効果を持つ避妊薬と、イチジク浣腸が十個も置かれていた。もはや逃げ出せる望みなど、どこをどう探しても見つからない。

抵抗したらどんな恥ずかしい肉仕置きをされるのかと考えると、それだけで子宮が凍りつき、生徒たちの陰茎三十本に囲まれたように従順になってしまう。

静香は羞恥で歯を鳴らしながらも、涼に手紙で指示された通りにすべての浣腸を注入するしかなかった。

唐突に襲われた便意に慌ててトイレへ駆けこみ、大腸が空になるまで息まされる。大量の精液を飲まされたせいだろう。本来の便臭より精臭のほうが遥かに強く香ってきて、静香はおぞましさのあまり身震いした。

そうして、苛烈な責めにも耐えられる気力と体力も回復して、身体の内も外も綺麗にお膳立てさせられた静香は、今日も朝から学校で嬲られるのだった。

「涼君。こんなところで、先生になにをさせるつもり？」

一時限目の担当授業を自習にさせられた静香が、涼と矢島と丸亀に連れこまれた先は、プールの更衣室だった。むっとした湿気がはびこる室内は無人だったが、すでに授業が始まっており、一年生の騒がしい声と水音が漏れ聞こえてくる。

「難しいことじゃねえよ。水着に着替えて、一年のプールの授業で泳ぎのモデルをやって貰うだけだからな」

大勢の生徒たちの前で水着姿を晒されるのは恥ずかしかったが、静香はもう涼に歯向かえなくなっていた。心まで疲弊しているせいか、幼馴染みである彼の命令に従うことだけが、どこか安らぎにもなっている危うい精神状態なのだ。

今着ている白いブラウスと紺色のタイトミニの下には、涼のいいつけ通りなにもつけていない。白い太腿の半ばから覆った黒いガーターベルトストッキングと赤いハイヒールが、露出の羞恥で震えていた。

涼たち三人が学生服を脱ぎ捨てて、ビキニタイプの競泳用パンツに着替え出すと、静香は今さらながらに頬を染めて美貌を逸らした。涼がにやりと笑う。

「さて、次は静香の番だ。水着は準備してあるから、服を脱いで全裸になりな。その巨乳やでか尻やおま○こは、手で隠すんじゃねえぞ」

静香の亜麻色の髪房がビクリと跳ねた。今朝シャワーを浴びたときに、恥部の肉がすっかり脱色されているのに気付き、静香は愕然となってしまったのだ。

より淫らに変色した恥部を見られるのは途方もなく恥ずかしかったが、涼に鋭い双眸で睨まれただけで、やはり貞淑な妻のごとく柔順になってしまう。

赤い靴を脱いで、スカートの内からガーターベルトと黒いストッキングを外す。

意を決して白いブラウスのボタンを外して両腕を抜き、ファスナーを下げた紺色のタイトミニと一緒にふわりと床へ落とす。静香のまばゆいばかりに美しい真っ白な裸体が露わになると、涼たちが感嘆の声を漏らした。

一拍置いて涼が口笛を吹く。

「ほう。あれだけ下品だった乳首と乳輪が、随分といい色になったじゃねえかよ。かえって、いやらしくなったな。みんなに揉み回されたせいで、巨乳がまた大きくなったんじゃねえのか？」

恥ずかしそうに胴を抱き締める静香の両腕の上には、ほんのりと膨らみを増した裸の美巨乳が、ぶるんと乗っかっている。その頂点で薄褐色に自己主張していた乳首と乳輪が、淡い桜色に初々しく変色していた。その可憐に染み広がる乳輪はまだ勃っていないというのに、より豊満になった胸脂肪を搾り出されたようにこんもりと膨らんでおり、丸い境界線が以前より鮮明になっている。

恥じらって悶えた静香が淡桜色の丸肉をツンツンと上向けると、にやにやと笑った矢島が長髪を揺らして、恥丘を覗きこんできた。

「おま○こも、静香ちゃんらしい可愛い色になったね。パイパンでそうやって股を閉じてると、ほとんど幼女みたいだな」

無毛になった恥丘から微かにはみ出た陰唇も、褐色だった花弁がすっかり桜色に変じており、その外側の陰肉までほのかなピンクに色づいていた。

矢島の視線から逃げようと静香が太腿をさらにきつく閉じると、ふっくらとした陰肉がくるまって桜花が肉内に埋まり、裸の恥丘に幼女のような縦皺がキュウッと恥ずかしく抉れ走ってしまう。

背後に回った丸亀が太った身体をしゃがませ、間近から豊臀を見上げてきた。

「し、静香先生の肛門なんて、もっと凄いことになってるぞ。あれだけ黒ずんでた尻穴が、皺の隅々までピンク色になってやがる。もともと長い皺が大量に寄った下品な尻穴してたから、お、おま○こがもう一つできたみたいになってるよ」

静香の肛門は黒ずみが抜けきらなかったのか、淫猥な濃い桃色になっており、くっきりとした桃菊が、陰唇端や豊臀や尾骨にかかるほど長く大量に伸び広がっていた。

羞恥に耐えきれず尻房を閉じるものの、尻肉に力を入れるたびに、むっちりとした二つの丸脂肪が弾み、かえって豊臀をヒクンヒクンと左右に広げてしまう。

チラチラと露わにさせる尻底で桃色の放射皺を、直径十センチになろうかというほど派手に伸び縮みさせてしまい、涼たちにどっと笑われた。

「涼君も矢島君も丸亀君も……ああっ……せ、先生のこんな恥ずかしい色になったところを……ううっ……これ以上見ないで……」

静香は恥ずかしさでじっとしていられず、豊乳をぶるんぶるんと揺れ乱し、恥丘にキュウキュウと縦皺を伸び走らせて肢体を悶えさせた。

亜麻色の髪の下で双臀が弾み、桃菊がさらに戦慄く。

「さあて。今日はこの水着を着て、授業をやって貰うぜ」

涼に放り投げられた水着を受け取った静香は、愕然となった。

それは股間上部が横に分割された、旧型の純白スクール水着だった。二十五歳にもなる教師が、こんな恥ずかしい白いスクール水着など着られるわけがない。

それにサイズが二回りは小さいうえに、布地も薄く裏地すらついていないのだ。

こんな水着をつけたら、身動きのたびに豊乳や豊臀がはみ出すばかりか、乳首や陰唇の色形すら浮いてしまい、大輪を咲かせた桃菊まで透けてしまうだろう。

「こ、こんな恥ずかしい水着で、みんなの前に出られるわけないわっ。それにサイズが小さすぎて入らないし……」

「プレイ用に作られた柔軟な特製水着だから、問題なく着られるはずだぜ。それを着るのが嫌なら、全裸で水泳のモデルをやってもいいんだぜ？」

もう静香は観念して、その淫猥なスクール水着を着るしかなくなってしまった。

純白の小さな布に長い美脚を通して、押し上げていく。と、ほっそりと締まった腰まで着たところで、布地が豊満な尻肉に押されて上がらなくなってしまった。

それでも背中を丸めてなんとか両肩を通したが、背筋をピンと伸ばすと、豊乳が左右にぶるんとこぼれ落ちて、豊臀も半分以上がはみ出してしまう。

静香は「あううっ」と甘くうめきながら、柔軟な布地を無理矢理伸ばし広げて、双乳と尻房の柔脂肪をなんとか水着の中に押しこんだ。

恐れていた通り、乳輪の膨らみすらわかるほど乳首が浮いて見えるだけでなく、純白の布地に淡桜色まで微かに透けている。股布が極端に食いこんだ恥丘には、幼女の陰唇と見まがうほどの縦皺が寄っていた。

涼に亜麻色の髪をハーフアップにまとめられて準備をさせられると、この羞恥姿で一年生の前に引き出される想像をしてしまい、カチカチと歯が鳴った。

と、更衣室の扉が突然開き、静香の豊乳がビクリと跳ねた。

室内に入ってきた競泳用パンツ姿の大男は、体育教師の原田だった。静香の艶姿を見た瞬間、原田が醜悪な顔をぽかんとさせ、筋肉で膨れた巨体を硬直させる。

全裸より淫猥な水着姿を、ついに大人の男性——しかも嫌っている原田に見られてしまったのだ。静香は嵐のような羞恥に襲われ、豊乳と恥丘を押し隠した。

「原田先生、この格好は違うんですっ……ひッ、お願いですから、出ていってくださいっ」

「恥ずかしがる必要はないぜ静香。この原田の本業は、壬生嶋家専属の娼婦仕置き人だからな。とんでもねえ絶倫なうえに、女の肛門を嬲ることにかけては右に出る者がいないほどのプロだ。静香の尻穴も、たっぷり虐めて貰えるぜ？」

静香は愕然となった。原田のきな臭い性根は見抜いていたが、それほどの悪人だとは思わなかった。わなわなと原田に問いかける。

「そ、そんな。は、原田先生……そんな酷い話、嘘ですよね？」

原田の硬直していた顔が、みるみる変貌《へんぼう》していく。醜悪な日焼け顔が酷薄そうに歪み、どす黒い笑みがこぼれる。静香の予想より遥かに邪悪な本性を露わにした原田が、まさに雌豚でも見るような淀んだ目つきで見下してきた。

静香はもう目の前が真っ暗になってしまった。堕とされた先の地獄で、とんでもなく残虐でいやらしい獄卒をあてがわれたような気分になる。

「すげえぜ、涼坊ちゃん。あの片霧先生を、ここまで淫猥に仕立て上げられるなんて。では手はず通り、授業の『教材』として遠慮なく使わせて貰いますぜ」

汗臭い原田に気持ち悪く擦り寄られて、静香は猛烈な嫌悪が湧いた。

「近寄らないでくださいっ、ひッ⁉ど、どこを触ってるんですか原田先生！」

無骨な大きな手でいきなり豊臀を鷲づかみにされ、静香の背筋にぞわりと鳥肌が立つ。逃げ回る尻肉の張りと柔らかさを楽しむように、ぐにぐにと無遠慮に揉みこまれ、恥辱と怖気で頭の中がぐるぐると回る。

静香はたまらず、原田の裸の分厚い胸板を突き飛ばした。

「おっと、片霧先生。抵抗はしないほうがいいですよ。この尻と肛門だけは、いつでも私の自由に嬲っていい決まりになっていますからな。まずは私のこの肉で、尻穴を掻き回して、このでかい尻に身の程を叩きこんでやりましょうかな？」

静香は「ひッ」と悲鳴を漏らしてしまった。

原田がビキニの上から、勃起した陰茎を露わにしていたからである。

原田の陰茎は、涼と同じたくましさをもつ茎部の先に、肉傘が異様に張った巨大な亀頭がついた凶悪な形状をしていた。醜悪な肉塊の先はすでにどろりとぬめっており、原田の不快な体臭を何倍にも濃縮した男臭がムッと立ちのぼってくる。

静香はナイフで脅される以上の恐怖を感じて、魂まで硬直してしまった。

静香は原田に豊尻を気持ち悪く叩かれるがまま、プールサイドに集合する生徒たちの正面に引き立てられた。一年生の二クラス分、六十人の生徒がなにごとかとざわめき、愕然となった大量の視線が容赦なく突き刺さってくる。

静香はもう耳たぶまで真っ赤に紅潮させて、可愛らしくうつむくしかなかった。肢体を隠してしまうと原田に容赦ない尻打ちをされるため、震える両拳を外腿に添えて羞恥を堪えるしかない。

張り詰めた純白のスクール水着の胸元で、豊乳が今にもこぼれそうに上下しており、淡桜色を微かに透かした乳首と乳輪が生々しく盛り上がっている。

水着の分割線まで陰唇の縦皺が伸びるほど食いこんだ股布には、肌色が透けているだけなため、恥毛が一本も生えていないのも丸わかりだろう。

見知った六十もの視線で豊乳中や恥丘中を、照りつける直射日光より強力にジリジリと焼かれ、静香は心から消え入りたくなった。

生徒らに向き直った原田が、得々と説明をする。

「今日は片霧先生のご厚意で、泳ぎの手本になって貰えることになった。このむちむちとした肢体の隅々まで、じっくりと見て勉強させて貰えよ。それから、私語は好きなだけやりな。お前らのために片霧先生が、こんないやらしい格好までして協力してくれてるんだ。この綺麗な巨乳や肉の詰まったでか尻や、チラチラ見えてるおま○この素晴らしさを、どんどん口に出して褒めて、片霧先生を喜ばせてやれよ。——いうまでもないと思うが」

原田が醜悪な顔と声を凄ませる。

「なんでこんな状況になってるか、くらいは想像できるだろ？　この授業で起こったことは、誰にも話すんじゃねえぞ。馬鹿な一般人の坊主じゃ、うっかり他人に話しちまうだろうが、お前らのほとんどは政財界関係者の息子だ。軽口が身を滅ぼす怖さも、十分わかってるだろ？　秘密は大事だぜえ？」

生徒たちは唾を飲みこんだ。

プールサイドの端には、あの壬生嶋涼たちがニヤニヤとした顔で立っているのだ。静香が涼に脅されてこんな格好をしているのは、誰の目にも明らかだった。

六十人の生徒が口々に、ひそひそ話を始める。

「あそこに立ってる怖そうな人、壬生嶋涼さんだろ？　片霧先生も、あの片霧家のご令嬢さんなのに、なんとかならなかったのかな？」

「馬鹿っ、あの人と目をあわせるな。壬生嶋家の怖さを知らねえのかよ。いくら片霧家でも、壬生嶋家に敵うはずねえだろ」

静香の境遇を哀れむ声もあったが、やはり届いてくるほとんどの声が、女教師の眩《まぶ》しくも豊満な肢体に対する感嘆のささやきだった。

「片霧先生が巨乳なのは知ってたけど、でかいだけじゃなくて、あそこまで綺麗な胸してたんだな。乳首も乳輪も真っピンクしてるよ」

「たまんねえよな。あのすげえ美人な片霧先生が、あんなすけすけの白いスク水着てるんだからな」

「おい、片霧先生の乳首、勃ってないか？」

「うわっ。もうバリバリに勃ってるな。乳輪まで膨らませてあんなに勃起した乳首、外人のエロ動画でも見たことないよ。よほど感度がいいんだろうな」

「おい見てみろよ。股も凄いことになってんぞ。布があんな奥まで食いこんで、うちの小学生の妹みてえな、すじまんこになってる」

「あそこの毛が一本も透けてないってことは先生、生まれつきパイパンなのかな」

「馬鹿。涼さんたちに、剃られたに決まってんだろ。可哀想に。もうぐちゃぐちゃに犯されちゃったんだろうな」

　そんないやらしいささやきに、とうとう耐えきれなくなり、静香は羞恥で潤んだ瞳をおずおずと上向けた。静香の清楚な人柄を思い出したのだろう。興奮していた六十人の一年生が、恥じ入るように真っ赤になって一斉にうつむく。

「おら、目を逸らすな！　こんないやらしいスク水姿を見てやらねえなんて、片霧先生に失礼だろ！」

　原田の怒鳴り声に怯えた生徒たちに視姦を再開されると、静香はもう恥ずかしさで

リアルドリーム文庫203
放課後代理妻
養父は娘を孕ませたい
原作・挿絵◎空蝉
リヒャルト・バフマン
（サークル規制当局）
「私は…お義父さんの…孕み妻です…」
大人気同人コミックが官能小説化！
女子校生の千奈はある日、義父から母の代わりに子作りさせてほしいとの異常な申し出を突きつけられる。戸惑い、唖然とするも、事態は勝手に進んでいき……。「お父さん、もぉやっ、ああ、やめてよお……」中年男の孕ませ濃厚射精によって淡い青春は塗り潰され、女友達や想い人にも言えない孕み妻としての日々が始まる。
全国書店で好評発売中
195
離れ小島は桃源郷
常夏の淫美女たち
「私、こんな淫らな悪戯するの初めてよ……」甘やかされて、次々と女体を堪能できる夏休み それはまさに少年にとっての桃源郷だった――。
北條拓人
挿絵：阿呆宮
196
弟の娘
姪と伯父の夏休み
少女は何も知らぬ父親を心配させまいと夏休みの間、居候する伯父との背徳の関係を耐え続けることに。「やめてっ！ お父さんに見つかっちゃう…！」
屋形宗慶
挿絵・原作：甚六
（サークル：666PROTECT）
197
催眠カレシ
～練習エッチで寝取られるトップカースト美少女～
「は？『練習』で妊娠するわけねーし……♥」「きもちわるっ……♥ これ『練習』よ♥？」常識改変によって"練習カレシ"となった少年は二人の
大角やぎ
挿絵：良い直助
198
懺悔
挿絵：夏桜
db/ 過去作品の立ち読みも挿絵付きで多数公開中！ 今すぐアクセス!!
リアルドリーム文庫編集部公式twitter
https://twitter.com/realdreambunko

脳味噌が沸騰しそうになった。

「さあて、片霧先生。まずは飛びこみの姿勢の手本から、やって貰えますかな」

原田に豊臀を軽く叩かれて急かされると、静香の背筋に悪寒が走った。

「じ、自分でやりますから、原田先生は触らないでくださいっ」

静香は羞恥で震える美脚を叱咤して、プールの一段高くなったスタート台に上がった。長い両脚をピンと伸ばして、羞恥で歯を鳴らしながらも肢体を前に折り曲げていくが、途中で水着の臀部が突っ張って上体が止まってしまう。

だが原田に背筋の窪みをツッと気持ち悪く撫でられると、静香は「ひゃん⁉」と両手が爪先につくほど一気に、上体を折り曲げてしまった。

美貌が逆さになって、ハーフアップにまとめた亜麻色の髪が垂れ落ちる。白い尻布に詰まった大きな双臀が、むちっと突き出されると生徒たちがざわめいた。

伸び広がった逆三角形の尻布から、左右の柔肉を半分以上もはみ出させた豊臀が、ちょうど生徒らの視線の高さに、極上の見せ物のごとく晒されている。

双臀の谷間からぷくりと迫り出した股布には、桜色の清楚な陰唇が押し花のごとく潰れ咲いており、桃色の大輪を伸び縮みさせる肛門まで丸見えになっていた。

そのあまりに綺麗かつ淫猥な静香の二穴を目の当たりにした生徒たちは、熱い息を呑んで硬直してしまった。

たっぷり十秒はたってから我に返った原田が、感嘆の声をあげる。

「こいつは、すげえや。片霧先生は顔やおっぱいだけでなく、おま○こまでこんな綺麗な色と形をしていたんですね。――ですが、こんな下品な作りの肛門をしていたら台無しですな。私も何百人という女の尻穴を嬲ってきましたが、これほど淫猥な濃いピンク色の皺を、これほど長く大量に散らせた肛門には、初めてお目にかかりましたよ。こんな雌豚顔負けの下品でいやらしい肛門が、片霧家のご令嬢の尻についているとは驚きですな」

猛烈な羞恥で尻肌中がボッと燃え上がり、静香は「ああうぅっ」としゃがみこんだ。だが原田に膝裏をくすぐられただけで、嫌悪で美脚がピンと伸びてしまう。

背中を気持ち悪く押されると、静香は悪寒でさらにきつく前屈してしまい、生徒たちに見せつけるように、豊臀と桜花と桃菊をむちむちと突き出してしまう。

ビクビクと伸び縮みする二穴の過敏な粘膜に、六十人の視線が注がれているのを感じて、静香は豊乳と亜麻色の髪を振り乱して恥じらった。

「み、みんな見ないでっ、先生のお尻も……ああっ……あそこも、お、お尻の穴もぉ……ひぃぃ……お願いだから、そんなに見ないでっ、――ひゃン⁉ は、原田先生？な、なにをするんですかッ」

双臀に食いこんできた原田の無骨な両手に、いきなり尻房をぐちりと広げられ、静

香の逆さになった美貌がさらに可愛らしく紅潮した。

「飛びこみの姿勢は完璧ですが、括約筋の締めつけが足りませんな。こんなわかりやすい肛門をしているのですから、尻穴を締めつける手本も見せて貰いますよ」

原田に餅のごとく伸ばされた左右の尻たぶが、水着から完全にはみ出してしまう。股縄のごとく細まって食いこむ尻布から肛門皺まで覗いてしまうが、さらに豊臀をグリリと割り広げられ、桃菊の大輪を十センチ近くまで咲かされてしまう。

豊臀の頂点に咲き広がる静香の桃菊を、原田が自慢気げに生徒たちへ突き出した。

「どうだお前ら。拡張されて穴自体が広がった肛門は珍しくないが、肛門皺だけがこれほど長く美しく伸びてる尻穴なんて、滅多にお目にかかれねえぞ。こんな綺麗なピンク色をした肉が排泄口なんだから、笑っちまうよな」

桃皺の一本一本にまで六十もの視線が染み入ってきて、肛門がボッと灼熱した。

「そ、そんなお尻の皺まで、生徒たちに見せないでくださいッ……ああっ……原田先生、もうお尻から手を離してくださいっ、こんな恥ずかしいの耐えきれない」

「括約筋を締めつける手本だといったでしょう。ピンク色の肛門皺がすべて隠れるほど、このでか尻を締めつけられたなら、手を離してあげますよ」

静香はもう、一刻も早くこの羞恥から逃れたかった。

過敏な尻肉を原田に握り割られている悪寒すら利用して、キュウッと豊臀を締めつけていく。みるみる菊皺が窄まっていくが、そのたびに尻脂肪をグリグリと左右に伸ばし広げられ、直腸に隠した桃皺を吐き戻される。

静香は「あうあう」とうめきながら、さらに渾身の力で尻肉を締め続けた。

真っ平らになった尻房に沈む原田の両指から、十本の深い尻皺が伸び、新たな菊皺のごとく肛門へ収束していく。戦慄く桃菊がとうとうすべて窄まって針穴のような肛門になってしまうと、生徒たちがいっそうざわめき、原田が感嘆の口笛を吹いた。

「呆れるほど素晴らしい締めつけですな。調教済みの雌豚の尻でも、こうはいきませんよ。これなら肛門で簡単にバナナ切りの芸ができるでしょうな。——さあ、次は泳ぎの手本になって貰いますよ」

ご褒美とばかりに、バチンッと原田に細肛門を平手打ちされると、「あうンンンッッ!?」と静香は桃菊を吐き戻しながら、プールに飛びこまされてしまった。


プールサイドから一年生六十人と涼たちに視姦される中、静香は濡れてすっかり透明になったスクール水着姿で、様々な泳ぎの手本にさせられた。

原田に豊乳を鷲づかみにされて、支えられながらのバタ足。

陰唇を揉みほぐされながら、美脚を開脚させられての平泳ぎ。

最後の背泳ぎの手本では、透けて丸見えになった豊乳と恥丘を大量の視線と直射日光で焼かれながら、肛門を原田の親指で抉り回されて肢体を支えられた。

嫌っている原田の不快な手による愛撫でなければ、とうに十回は達していたほどの恥辱責めだったが、静香は脳裏も子宮もどろどろになりながらも歯を食い縛って羞恥と性感を堪え、まさにギリギリの境地で絶頂するのを免れていた。

一年生に自由遊泳を命じた原田が、脱力した静香をプールサイドに上げた。

透明になったスクール水着は、もはや真空パックのごとく張りついて肢体を締めつけており、搾り出された豊乳や豊臀がてらてらと光って、より淫猥に強調されている。

「さあて、片霧先生。最後は、柔軟体操の手本になって貰いますよ。おお。随分と身体がお柔らかいことで。これならどんな変態的な体位でもこなせそうですな」

原田に美脚を百二十度ほどに広げられ、上体を前に押されて開脚前屈をさせられる。もう淫猥な人形のようにされるがままになっていた静香だったが、背後に突き出した豊臀に熱固い肉を押しつけられて、我に返った。

亜麻色の髪を跳ねさせて振り向くと、原田がいきり勃つ陰茎をビキニの上から出しており、尻底に亀頭をぐちゃりと密着させていた。

静香の尾骨から脳天まで、命の危険を感じるほどの戦慄が駆け上がる。

「は、原田先生！　こんな場所でなにをするつもりですかっ、そ、そんなおぞましいもの、しまってくださいッ」

「おっと。騒ぐと一年の坊主たちにも、気付かれてしまいますよ？　もう片霧先生も我慢できないでしょう。この水着は布地の上からプレイできるほど柔軟ですから、お尻の布ごと肉を抉ってあげられますよ」

犯されると身を固くした静香だったが、亀頭でグチリと押されたのは、

――尻底で長く咲き広がった、桃菊だった。

「ひんッ⁉　ま、まさか、お、お尻に入れるつもりですか？」

「私は尻穴専門の調教師だといったでしょう。なあに、プールで散々ほぐしましたし、これほど淫猥に皺が広がった肛門なら、苦もなく私の肉を受け入れられますよ」

腰を押し進められるかと思えば、ピンと伸ばした美脚をさらに急角度に広げられて豊臀を後ろへ突き出され、巨大な熱固い亀頭をグリリと埋められてしまう。

むっちりとした太腿を百八十度にまでギチリと大開脚されると、尻布ごと亀頭をぐぷんと丸呑みしてしまった。弾けるように捲れ裏返った過敏な桃菊で、異様に張った亀頭傘をギュウッと締めつけてしまい、「あひぃッ」とうめいてしまう。

肛門を生まれてから一番大きく開きっ放しにされ、豊臀中が悪寒で凍りつく。

さらに上体を倒されて桃色の丸肛門を後ろへ突き出させられ、太い肉塊をミチミチと食べさせられる。

痼り勃った両乳首が床につくまでストレッチをさせられると、原田の陰茎が根元ま

で埋まり、限界まで食いこんだ尻布でギチュリと新たな肛門皺を作らされた。

あまりの異物感と気持ち悪さで、静香のぬめる唇がまん丸と開いて、涎が垂れ流しになる。嫌いな男の最も不浄な肉塊が、過敏な直腸内でビクビクと凶暴に脈打っているのがはっきりわかり、子宮の底まで凍りついていく。

と、陰茎をゆっくりと引き抜かれて、直腸に詰まった透明な腸液を、凶悪な肉傘でどろどろと掻き出された。豊臀の中心で、どす黒い排泄性感が爆発する。

「ひいいいいンンッ⁉　お、お尻の中が掻き出されるうぅっ」

静香はたまらず、一年生に聞こえるほど甘やかな嬌声をあげてしまった。

「気持ちいいでしょう？　私の陰茎は引き抜くときに、より快感を味わえる形状になってますからな。さあ、片霧先生の腸液をもっと掻き出してあげますよ」

抽送を開始した肉塊が機関車の連結棒のごとく、ぐしゅるぐしゅると加速していく。奔流のような肛門性感に呑まれて極端な開脚前屈で硬直した静香は、透明な腸液をぶじゅぶじゅと恥ずかしく、ひり出させられるがままになってしまう。

「む、無理ですっ……ああうッ……こんなこと続けられるの無理ですぅっ……ひンンッ……原田先生、もう止めてくださいぃ、ひやあぁンッ、お尻壊れるうっ」

透明布で締まった豊乳をぶるんぶるんと振り乱して身悶えると、プールの中で呆然となった六十人と目があった。教え子のささやきが、残酷に届いてくる。

「す、すげえや。あの片霧先生が、こんな場所で犯されてるなんて」

「うわ。あれ、おま○こじゃなくて、尻穴に入れられてるんだろ？　痛そー」

「嘘だろ。あんなでかいチンポが、よく肛門に入るな」

「ひでえ。原田先生、容赦なく腰使ってるな。あれだけ音がグチャグチャ聞こえるってことは、もう片霧先生の肛門、どろどろになってるんだろうな」

「もう尻穴まで調教済みか。俺、片霧先生好きだったのに、ショックだなー」

欲情と憐憫が入り交じる六十もの視線を向けられ、静香は羞恥の沼底に叩き落とされた。涼たち三人の担任生徒が、にやにやと笑いながら近寄ってくる。

「おい、原田。どんな具合だ？　静香の尻穴の処女の味は」

「たまらねえですぜ、涼坊ちゃん。調教済みの雌豚ですら敵わないくらい、直腸中の肉を絡ませてきやがります。片霧家の女のおま○こが名器なのは有名ですが、この尻穴も間違いなく名器ですぜ。この音を聞くだけで、いやらしい吸いつきぶりがわかるでしょう？」

抽送しながら陰茎を8の字にこじられると、プール中に粘着音が響くほど、ぶちゅるぶちゅると恥ずかしく桃菊が鳴ってしまう。羞恥と肛門性感の猛烈な悪寒に脊椎を貫かれ、静香は亜麻色の髪と豊乳を振り乱した。

耳たぶまで紅潮させて恥じらう美貌を、矢島と丸亀が楽しそうに覗きこんだ。

「ははっ。静香ちゃん、もの凄い気持ちよさそうな顔してるな。やっぱり片霧家のお嬢様は、肛門まで性感帯になってるみたいだね。可愛いー」

「ひひっ。原田先生。今度、静香先生の肛門を虐めるときは、お、俺も呼んでくださいね。早く俺も静香先生の肛門を抉り回して、ヒイヒイ泣かせたいな」

四人にどっと嘲笑われるが、それが屈辱だと感じる余裕もないほどに、静香の脳裏と桃色の排泄器官が、なおもどろどろと溶かされていく。

原田の陰茎が蠢動を始め、静香の直腸壺が戦慄した。

「そろそろイキますよ、片霧先生。大人の精液浣腸を、存分に味わってください」

「や、やめてください原田先生っ、お尻の中になんて出さないでくださ——」

直腸の最奥を押し上げた亀頭から、灼熱した精液が薄い尻布を透過して、どぶゅるどぶゅると放たれた。

羞恥と肛門性感で灼熱していた静香の脳裏が、猛烈な悪寒で凍りつく。

「い、いやあああああッッ、き、気持ち悪いぃ……原田先生のが、奥に出てるぅ」

嫌いな人物の禍々しい精液が、S字結腸口からさらに腸奥へと気持ち悪く染み入っていく。そんな望まぬ子種にも女の本能が反応して、凍りついた子宮が押し下がり、直腸越しに陰茎の裏筋をコリコリと撫でてしまう。

どす黒い官能に呑まれるがまま、鳥肌を立たせて硬直していた静香だったが、

——ぬめり裏返った桃菊から、精液混じりの腸液をぶじゅりぐじゅりと掻き出されて抽送を再開されると、豊乳と亜麻色の髪を跳ねさせて動揺してしまった。

「ひっ⁉　今終わったばかりなのに、どうしてまた——ひいいっ、もういやあッ」

「こいつが一発で終わるわけねえだろ、静香。原田は娼婦連中に『犬男』って呼ばれて恐れられてるほどの、とんでもねえ絶倫なんだぜ？」

涼が嘲笑する間にも原田の腰が加速して、静香はもう狼狽するばかりになった。

原田はもう、腰が砕けそうなほど感嘆していた。

春からずっと恋い焦がれていた、絶世と呼べるまでに美しい女教師。その女の最も恥ずかしい肉である肛門を、好き放題に突き抉って犯しているのだ。

陰茎を前後させるたびに、名器の蜜壺のごとく淫猥にひだが寄った直腸管が優しく絡みつき、桃菊の大輪が裏に表にと捲れ伸びる。熟れ開いたS字結腸口が押し下がって昏のごとく鈴口へ吸いつき、腸壁越しの丸い子宮がクリクリと裏筋まで撫でてくる。

「ひいっ、原田先生っ、あぐッ、お尻もう本当に駄目ぇ、ひぃッ、お尻許してぇ」

清楚な女教師は、どうにか羞恥から逃れようと苦悶しているのだろう。

恥ずかしそうに一年生たちを見たかと思えば、桃菊がくじられるのも構わず腰をひねって、原田に紅潮した美貌を向け、潤みきった瞳でおずおずと見上げてきたりする。

そうして可愛らしく恥じらう間にも、抽送に呼応するように排泄器官中を躍らせ、愛しい夫へするように陰茎に奉仕してくるのだ。

原田は、静香が愛おしくてたまらなくなった。

「今日から毎日こうして、たっぷりと肛門を愛してあげますよ。片霧先生」

いびつな愛情が、さらにどす黒く昇華していく。

こんな素晴らしい肉を持つ女性を、涼坊ちゃんだけの玩具にしておくのはもったいない。これほど淫らな排泄口をしているならば、快楽漬けにして肛門狂いに調教すれば、涼坊ちゃん以上に惚《ほ》れさせられるはずだ。

原田はほくそ笑み、抽送を続ける陰茎で、さらに淫猥な腰文字を描き始めた。


原田の抽送が際限なく熱を帯びていき、陰唇と間違えているかと思うほど、静香の桃菊が上下左右、８の字にぐちりぐちりと抉り回される。

猛烈な肛門性感による官能が蓄積していくが、あまりのおぞましさで、子宮が絶頂を忘れてしまったように凍結している。

脳裏も直腸も散々に嬲られてから、ようやく原田の陰茎が二発目の射精をした。

ぶびゅるぶびゅると望まない子種を追加されると、凍りついた子宮がキュウキュウと跳ねて冷たい官能に襲われ、脳裏も感情もさらに混乱してしまう。

と、すぐに新たな腰文字を描かれ、静香は涙を千切り飛ばして美貌を振った。

「ひいいッ!?　ま、まだするんですか？　いやああッ、もう休ませてくださいっ」

肉塊をすりこぎのように暴れさせられ、柔らかな豊臀を餅のごとくこね回される。透明な便かと思うほど濃い固形腸液を、散々ぐじゅぐしゅと垂れ流しにさせられた後、三発目の精液が、ぶびゅうぅッぐびゅうぅッと放たれた。

今度こそ終わったかと思えば、抽送は一瞬も止まらない。それどころか陰茎で突かれるごとに、ビュービューと断続的な射精を続けられ、魂まで狼狽した。

「なんですかこれ!?　ひいッ、出てるっ、私のお尻の中にどんどん出してるぅっ」

「私がなぜ『犬男』と呼ばれているか、わかりましたかな？　私は並外れた絶倫なだけでなく、射精をある程度自由に操れるのですよ。陰茎を打ちこまれるごとに、精液浣腸される気分はどうですかな？」

「も、もう許してくださ……いッ……涼君、もう原田先生を止めてっ……ひあンン……先生、限界なの……ひむぅ……これ以上、原田先生のを出されたら、狂っちゃううっ」

「許して貰いたいときは、どうすればいいか教えただろ？　自分の名前を叫びながら、可愛らしく絶頂を知らせればいいんだよ」

涼が嘲笑すると、矢島と丸亀も笑った。

「初日で覚えられたじゃん。『涼君、静香イッちゃうう』って」

「あ、あれは、可愛かったよな。気絶した後も思わず虐めたくなっちゃったよ」

恥ずかしい醜態を思い出して、静香の茹だった脳裏がさらに沸騰した。

「そ、そんなっ……ああんっ……原田先生にされて……ィクなんていやあ……お、お願い、涼君。静香を助けてっ」

もはや魂まで陥落寸前になっている静香は、直腸を掻き回されて連続射精をされながらも、あられもなく涼にすがりついた。らしくもないため息をついた涼が、しゃがみこんできた。静香の顎を持ち上げ、涎と舌がこぼれた唇を吸ってくる。

凍りついていた静香の脳裏が、ようやく熱くとろけた。

静香はもうたまらなくなり、この場の唯一の味方である『幼い頃の涼』を探すように、彼の口内を舐め回し、熱く舌を絡め合わせていく。

涼の端正な顔が、糸を引いて離れた。

「原田も嫌われたもんだ。……しかたねえな。俺がこうして見ててやるから、可愛らしくイッてみな。できるだろ?」

涼に顎をもたれたまま睨まれると、優しい口づけのせいで、静香の子宮がすっかり熟れとけて解凍された。溜まりに溜まった官能が、一気に押し寄せてくる。

原田が嫉妬したように抽送を加速すると、為す術もなく脳裏が白光に包まれてしま

う。静香は涼の鋭い双眸を見つめながら、子宮をキュウキュウと鳴かせて、濡れた唇を素直に開いた。

「いく……ああン……イクうっ、静香、お尻でイッちゃううう——ッッ」

生まれてから一番深いほどの絶頂に襲われ、静香は豊乳をぶるんぶるんと揺さ振って、透明なスクール水着姿をビクビクと反り返らせた。

脳裏も子宮も直腸も真っ白になって脱力してしまうが、

——肛門の抽送は、なおもグチリリッグチリリッと続いたままだった。

「ど、どうして原田先生を止めてくれないの？　静香、もうイッたのにぃ……」

「ここまで乱れてんだ。せっかくだから、肛門特有の連続絶頂も体験してみな」

なんのことだろうと思う間に、官能の津波が押し寄せてきた。キュンキュンと下がりっ放しになった子宮だけでなく、直腸までもが切なくてたまらなくなる。

脊髄中がぞくりと震え、脳味噌がどこまでも白くとろけたまま戻らなくなる。

「イクッ、ひいいっ、またイクうッ、な、なにこれ!?　イクのが止まらないぃっ」

「可愛いイキっぷりじゃねえかよ、静香。ほら、一年坊主たちにも教えてやりな。どこになにをされてるのが、気持ちいいのかをな」

生まれて初めての連続絶頂に追い遣られた静香は、あまりにも病的な官能で理性が完全に麻痺してしまった。愕然と固まる一年生たちを泣き濡れた瞳で見つめながら、プール中に響くほどの可愛らしい嬌声をあげる。

「気持ちいいっ、先生気持ちいいのッ、原田先生の大きなので、お尻の中を掻き回されて……ああンっ……せ、精液を入れられ続けてるのが、気持ちいいのおッ」

肛門絶頂から下りられなくなった静香は、一時限目が終わるまでずっと桃菊を掻き回されて精液浣腸をされ続け、最後には気を失ってしまった。

2

静香は気がつくと、冷房の効いた保健室のベッドの上で横寝になって、猫のように丸まっていた。脳裏には霧がかかったままで、肢体の感覚も戻ってこない。

亜麻色の髪束を肩から滑り落として身をよじると、かけられた毛布の内側で、白いブラウスと紺色のタイトミニを着せられているのがわかる。ちらりと覗いた美脚も、黒いガーターベルトストッキングと赤いハイヒールで飾られていた。

下着は穿かされていないようだが、裸同然のスクール水着よりは心強かった。

涼の大人びた太い声が降ってくる。

「よう静香。ようやくお目覚めか。もう三時限目の途中だぜ？」

保健室には涼と原田がいたが、静香は返事をする気力もなかった。

「おはようございます、片霧先生。ちょうど、涼坊ちゃんと二人で、片霧先生のビデオを鑑賞していたところですよ。どうです、よく撮れているでしょう?」

そう笑った原田は、天井からぶら下がった大画面の液晶テレビを見ていた。

そこには、透明になったスクール水着から豊満な肢体をはみ出させた女教師が、プールの中で様々な泳ぎの手本にされながら、嬲られている映像が流れていた。

丸亀がビデオカメラを構えていたのは知っていたし、今は心が麻痺しているので、静香はそれほど驚かなかった。

それでも、プールサイドに上げられた華奢な女教師が、巨漢の男性教師に後ろからのしかかられて肛門を犯され始めると、静香の美貌がみるみる紅潮していく。

大きな尻中が波打つほどの肛虐を続けられる女教師が、刻々と淫らに変じていくたびに、静香の意識も明確になっていく。

女教師が精液浣腸を心から喜べるまでに堕ちてしまったときには、もう静香は完全に正気を取り戻していた。プールで味わわされた恥辱と肛門性感が怒濤のごとく蘇り、ベッドで戦慄いたまま大人しく映像を鑑賞することしかできなくなる。

そうして画面の中で女教師が気絶したところで、ようやく淫猥な記録ビデオが終わ、——らなかった。

カメラは女教師が失神した後に、なにをされたのかも克明に記録していた。

静香はその映像を見た瞬間、魂まで戦慄した。

ぎらつく太陽が照りつけるプールサイドで静香が気を失うと、ちょうど一時限目終了のチャイムが鳴った。だが、本日は二時限連続でプールの授業を行う予定になっているため、静香を嬲る時間は、まだたっぷりと残されている。

静香は涼に横抱きにされて、プールから上げられた一年生六十人がたむろする手洗い場のただ中へ運ばれた。低い位置にある流し台に防水クッションを敷かれ、そこに優しく仰向けに寝かされる。

静香のスクール水着の股布部分を涼が破り取ると、一年生がざわめいたが、そんな光景はまだ序の口だった。静香の美脚が矢島と丸亀に持ち上げられて左右に割られ、両膝が頭の両側につくほど窮屈に肢体を折り畳まれて固定される。

静香の桃色に紅潮した豊臀が、頂点にむちっと晒され、六十人がどよめいた。

涼が精悍な顔を歪めて、にやりと笑う。

「どうだお前ら。片霧家ご令嬢の『まんぐり返し』は。たまらねえほど、そそるだろ」

扇状に広がる艶やかな亜麻色の髪束の上に、夢見るお姫様のごとく可憐で安らかな寝顔が乗っかっている。

その小顎には透明布に詰まった二つの豊乳が逆さに垂れ落ち、淡桜色の乳首と乳輪がいまだはち切れんばかりに痼り勃って、ヒクヒクと鼓動を打っている。

垂直に伸び上がった華奢な胴体の先では、細腰から急角度で膨らんだ大きな尻房が、破れた水着からむっちりと飛び出しており、熟れとろけた二穴の全貌が丸見えになっていた。無毛の陰唇は整然と揃った桜色の花弁が熟れ咲いており、痼り震える桜豆もヒクつく尿口もひだまみれの蜜管を覗かせる膣口も、白日の下に晒されている。

頂点では濃い桃色をした排泄口が、長く大量に散った菊皺を軟体生物のごとくグチグチと伸び縮みさせて、ぬめりあえいでいた。

類い稀なほど美しい女教師の美と淫――亜麻色の髪、美貌、豊乳、陰唇、肛門が、ごく狭い範囲に凝縮されて見せ物になっている。

六十人の一年生は、もう鼻血を噴かんばかりに視姦を続けていた。

原田が巨体を揺すって笑う。

「学校の休み中に飲んでくるよう命令した薬が、効いてるみたいだな。こんな極上の雌肉を間近で見せられたら、お前らももう我慢できねえだろ」

ここにいる六十人は原田の命令で、精液が大量に溜まる薬を飲まされていたのだ。すでに睾丸は限界以上に膨らみ、海水パンツの上から亀頭が飛び出すほど肉柱がそそり勃っている。原田にあらかじめ自慰を禁じられていなければ、一年生の全員が人前だろうと構わず、陰茎をしごき立てていただろう。

見世物になった静香の周囲には、六十人もの若い熱気と汗と先汁の香りが、むせ返るほどの男臭の湯気となって立ちのぼっていた。

涼が銀色に輝くクスコを静香の桃菊に挿入すると、一年生がさらにざわめいた。陰茎ほどもある膣鏡を奥まで埋められ、さらにネジをキリキリと巻かれて肛門が押し開かれる。長大な菊皺がすべてピンと伸びきり、桃色の楕円形と化すほどの大拡張を強いられて、ようやく器具が固定された。

開きっ放しになった楕円肛門の内側には、大量に皺が寄った桜色の直腸壁どころか、原田の精液が溜まったドーナツ状のS字結腸口まで丸見えになっていた。

「口止めも兼ねて、お前らにも共犯者になって貰うぜ。今から一年全員で最低三発ずつ、この尻穴へ射精しな。これだけ大口開けてりゃ簡単だろうが、一滴もこぼすんじゃねえぞ。一年の分際で、静香の寝顔や巨乳や髪に精液なんてひっかけやがったら、承知しねえからな」

涼の信じられない命令に、一年生たちが愕然となった。

原田が、にやりと口を歪める。

「お前らも、今にも暴発しそうなほど溜まってるだろ。遠慮なくどぷどぷと射精して、片霧先生の肛門を精液便所にしてやりな。だが、片霧先生は涼坊ちゃんの婚約者になって、一生雌奴隷として仕える予定になっている大切なお方だ。お前らの汚いチンポは押しつけるんじゃねえぞ。——わかったら出席番号順に並んで、四人ずつチンポをしごきな！」

原田にどやされ、一年生が慌てて一列に並んだ。

最初の四人がためらいながらもブルンと露わにした陰茎は、すでに暴発寸前にまで昂っていた。いきり勃つ肉塊を数回こすっただけで、呆気なく達してしまう。

薬の影響で呆れるほど濃く大量の精液が、ぶびゅるッぶびゅるるッと放たれる。

四つの迸りが直腸管の内面で渦巻き、どろどろとS字結腸口へと落ちていく。

三組目までは静香に心から申し訳なさそうに自慰をしていたが、集団心理と精液便所にされている楕円肛門のあまりの淫らさのせいで、一年生の理性がみるみる麻痺していく。八組目ともなると、もはや一年生は豊臀の頂点に開いた桃口にハイエナのごとく群がり、我先にと精液を注ぎこむようになっていた。

どぷッぷりゅッ、ぶぴゅりゅりゅッと絶え間なく白濁液を放たれ続けていると、あれだけ大口を開けられた直腸袋ですら満杯になって、子種があふれそうになる。

「おっと、お前らちょっと待ちな」

と、涼が静香の肛門に、ちゅぽんとマドラーを入れた。

白いカクテルでも混ぜるように直腸杯を掻き回して最奥をくすぐると、S字結腸口が開いてゴボボボッと排水溝のごとく精液が飲みこまれる。

空になった桜色の肉杯がすぐに現れて、一年生がまたもどよめいた。

「どうだ、精液便所の流しかたがわかったか？　治療薬漬けにしたお陰で、静香は尻穴中が敏感になってるからな。こうやって尻底をくすぐってやれば、いくらでも精液を飲んでくれるぞ。静香も喜んでるみたいだから、もっと遠慮なく注いでやりな！」

気絶中は理性が働かないからだろう。涼の言葉通り、大量の精液を丸呑みさせられた静香は、子種を貰えた雌の本能が愉悦するがまま、安らかな寝顔を幸せそうに弛ませていた。

大腸を泳ぎ回る数百億もの精子のせいで、淡い絶頂から下りられなくなっているのだろう。豊臀中が小刻みに震えて、露わになった膣口からやや白濁した絶頂蜜が垂れ流しになり、逆さになった豊乳の谷間にどろどろと溜まっていく。

そんな女教師の乱れざまを見せられては、若い一年生たちが我慢できるはずもない。プールサイドの熱気と男臭がさらに膨らみ、一年生の陰茎をしごく手と射精が、ぶじゅぶじゅとより加速していく。

「こんな綺麗な顔してるのに、くうッ、なんでこんなエロいんだよ」

「お、俺、片霧先生、好きだったのにっ、うッ、こんなことしてるなんてっ」

「せ、先生の綺麗な尻穴がこんな大きく開いてっ、もっと尻から飲んで先生っ」

もはや六十人が入れ替わり立ち替わり、楕円形の桃口に殺到して自慰をしているため、精液が絶え間なく、ぶびゅるッどぶぶッと注がれている異様な状態だ。

直腸袋がすぐに満杯になるが、そのたびにマドラーでS字結腸口を開かされ、ゴボゴボと子種を丸呑みさせられる。

無意識の愉悦で震える静香のお腹が、徐々に張り詰めていく。

「念を押すまでもねえだろうが、プールから出たらこの授業のことは忘れろよ。本来なら片霧先生は、お前らがどうこうできる身分のお方じゃないんだからな。次に片霧先生の授業を受けるときも、今まで通り尊敬の念を持って接するんだぞ。片霧先生を汚い言葉でからかったり、ましてや脅して悪戯《いたずら》しようなんて考えたやつは、――心底後悔するぞ？」

原田の脅しを聞いた一年生たちは、淫らな思い出を残そうと、さらに躍起になった。すでに六本ずつとなった亀頭を寄せ合い、楕円肛門へ向けて続々と白濁した欲望を、ぶじゅうッどぶじゅうッと注いでいく。

マドラーを絶えず動かされ、編み物でもするようにS字結腸口をグチュグチュと掻き回され、直腸杯に溜まる端から精液をゴブブッと大腸へ落とされる。

「くッ、奥をくすぐるたびに、尻で美味しそうに精液を飲みやがる。これじゃ片霧先生、ほんとに精液便所じゃんかよ」

「こんなに腹が膨らんできてるのに、一滴も吐き出さずに飲み続けられるなんてっ。

くうぅッ、先生どれだけ精液が好きなんだよ」

「片霧先生が、こんなど変態だったなんて信じられねえや。うぅッ、こんな肛門をおかずにできるなら、どれだけでも精液出せるぞっ」

「いつまでだらだら出してんだよ！　後ろが詰まってんだから、早く代われ！」

暴動寸前にまで興奮した六十人は、三回ずつどころか睾丸が空になって射精不能になるまで陰茎をしごき尽くし、二時限目が終わるまでずっと女教師の精液便所を使用していた。


保健室の天井からぶら下がる液晶テレビの中で、女教師が恥部を掲げ見せるような格好にされ、器具で押し開かれた肛門に大量の精液を注がれ始めると、静香は慄然となった。

猛烈に嫌な予感がして布団を捲ると、ほっそりとしていたお腹が、

――なんと、臨月の妊婦かと思うほど常識外に膨らみ、チャックの開いたタイトスカートが千切れそうになっていた。麻痺していた肢体の感覚が一気に戻り、内臓中を揺さ振るほどのおぞましさが怒濤となって押し寄せてくる。

「ひ、ひいぃいいいいいいいいいいいいいいいぃい――ッッ!?」

ベッドで半狂乱になった静香の可愛らしい狼狽ぶりに、涼と原田が嘲笑する。

「嬉しいだろ、静香。その腹に入ってるのは、全部精液なんだぜ？　奮発した一年坊主たちが玉が空になるまで注いだから、すげえことになってるだろ」

「片霧先生のあれだけ細かったお腹が、そこまで膨らむとは。女体の神秘とは凄いものですな。ちなみに、どんなにやりたい盛りの高校生でも、短時間に射精できる量はせいぜい二十cc程度です。ですが、薬で精嚢の容量を三倍近くに上げて、五十ccは射精できるようにしましたからな。五十ccを六十人分——つまり、今の片霧先生のお腹には、三千ccもの精液が詰まっているのですよ」

自分のお腹に、あの一年生たちの生々しい精液が、大容量のペットボトル二本分近くも詰められている現実が信じられなかった。

太く膨らまされた大腸袋がギュルギュルと鳴いて蠕動《ぜんどう》を始めると、もう静香は陣痛に襲われた妊婦のごとく恥も外聞もなく息んでしまう。

——が、唐突に猛烈な異物感が直腸で膨らみ、一滴も漏らせなかった。

わなわなと豊臀の底を見ると、桃菊に黒いアナルバルーンが詰められており、排泄を封じられていた。

「な、なにこれ、なにこれえっ⁉　ひいいいっ、またお尻に栓がされてるわッ」

静香は猛然と黒いゴム栓を引き抜こうとしたが、軽く触れただけで直腸中がこじられて、「ひゃん⁉」とうめいてしまう。

桃菊の奥でバルーン部分をソフトボール大以上にも膨らまされ、直腸袋がピンと伸びきるほど拡張されているのだ。これではひり出せるはずがない。ならばバルーンを萎ませようともがくが、プラグの底にはゴム管もポンプもついておらず、静香はさらに狼狽した。

「ポンプが取り外せる特製のアナルバルーンだから、自分では絶対に抜けないぜ？専用の空気抜き管を差しこまねえと、バルーンは萎まねえぞ」

絶望のあまり、涼の声が遠く聞こえる。

静香は一滴も漏らせないのは承知で、「んんッ、ああンッ」と断続的に息んだ。そのたびに黒いバルーンが押し下がって、捲れ裏返った桃菊がさらにぐちぐちと拡張され、自らきつい尻栓をしてしまう。そうする間にも、大腸に溜まった大量のガスがボコボコと精液を泡立て始め、亜麻色の髪を振り乱して苦悶した。

「もう駄目よっ、先生のお腹が破裂しちゃうわっ……んンッ……涼君、もうこれ外してッ」

「心配するなよ。その栓の中心には、個体と液体は通さず空気だけを透過する、特殊な逆止弁がついてるからな。ガスで腸が破れる心配はねえよ。もっとも、相当強く気張らねえと、水の膜に邪魔されて空気が抜けないがな」

涼の言葉を聞いた静香は、澄んだ瞳を潤ませながらも、横寝になったまま渾身の力で息んだ。だが、桃色の丸肛門から黒いバルーンの底が迫り出すほど力を入れても、ようやく少量のガスがシューシューと抜ける程度だ。

「くあンッ、ンンッ……こ、こんな少しずつしか出せないの？」

「ガスは液体より軽いですからな。寝転んだままでうまく抜けないのは、当たり前ですよ。もっと勢いよく空気を出したいなら、四つん這いになってそのでか尻を高々と上げて、力一杯恥ずかしく気張ることですな。片霧先生も、もう限界でしょう？　涼坊ちゃんと二人で見物させて貰いますので、やってみせてください」

原田と涼がにやにやと笑いながら、ベッドの後ろ側の特等席に折り畳み椅子を置いて、どっかりと座る。

羞恥で静香の脳裏が焼けついたが、もはや一瞬も躊躇《ちゅうちょ》できなかった。

ベッドの上で四つん這いになり、枕に頭をつけて亜麻色の髪をさらりとシーツに散り広げる。腰を極端に上向けると、紺色のタイトミニが腰巻きのように捲れ上がり、きめ細かい大尻と二穴が、むちっと涼たちに突き出された。

静香はもう耳たぶまで紅潮してしまうが、排泄反射に襲われるがまま、見物人へ見せつけるように、「んあぁンンッッ」と息んでしまう。

豊尻中が捲れ裏返るように尻谷が迫り出し、ひだまみれの蜜壺肉を覗かせる膣口と黒いバルーンを詰められた肛門が、桜色の淫靡な8の字をぐちゃりと描く。

巨大な黒い卵を産もうとするように尻底が膨らみ、尻丘より高くなった桃色の丸肛門が、ギチッと二回りも大きく拡張されたところで、

――ブジュウウウウゥ――ッッと、勢いよくガスが噴き出した。

途端に、猛烈な精臭がもうもうと保健室に広がり、静香は美貌から尻底までボッと真っ赤になった。清楚な女教師が演じてるとは思えない下品すぎる見世物に、原田と涼が手を叩いて囃し立てる。

「こいつは、たまりませんな。あの片霧家のご令嬢様が、剥き出しになったおま○こと肛門をこちらへ向けて、精液の臭いのする屁を漏らしているんですからな」

「そんな下品ないいかたしないでください、原田先生っ、んンッ、んあンンッ」

恥ずかしさで亜麻色の髪を振り乱しながらも、静香は息むのがやめられない。

腹痛が和らいで感覚に余裕ができたせいか、今度は大腸に充填された精液の気持ち悪い存在感が際限なく膨らんでいく。

腸袋の中で何百億という精子がうぞうぞと蠢き泳ぎ、グリグリと腸壁に頭を潜りこませて、受精しようともがいている錯覚すらしてしまう。

その猛烈なおぞましさで総毛立った静香は、六十人の生徒の遺伝子を吐き出そうと、たまらず両手で豊尻をぐちりと割り広げて力んでしまった。

精液の湯気を噴く丸肛門の下で、捲れ裏返った雌花から、剥き身の桜豆がムチュッ

と顔を出す。白い電流に陰核から子宮まで串刺しにされた静香は、

「――ひぃンンンンッ⁉」と尻中を震わせて達してしまった。

涼が肩を揺らして、せせら笑う。

「静香もようやく、見られる喜びに目覚めたようだな。俺たちに尻を向けてガスをひり出すだけじゃ物足りなくて、クリトリスの皮まで捲っておま○こを見せつけてイッてやがる」

「ち、違うわっ……んあンッ……こ、これは手が勝手にぃ……」

静香の白濁した脳裏が羞恥で焼けついたが、もう豊臀を握り締めて耐えていないと、精液のおぞましさで気が狂いそうなのだ。

腸壁からジワジワと吸収される精液のせいで、子宮に子種を注がれ続けているような官能が止まらなくなり、脳髄まで白くとろけていく。

両手が食いこむ柔尻の中心で陰唇が菱形に咲き伸び、まん丸と開いた膣口から、視姦を喜ぶ変態女のごとく絶頂蜜がどろどろと太く垂れてしまう。

涼と原田にどっと嘲笑われ、静香は涙を千切り飛ばして恥じらった。

「涼君も原田先生も、私が息んでるところなんてもう見ないでっ……んあんッ……お腹の中がぁ……あうンンッ……精液熱いぃッ」

静香はもう消え入りそうになりながらも、陰核が捲れるほど強く豊臀を割り広げた

まま、ガスと蜜をひり出し続けるしかなかった。

静香の痴態をひとしきり見物すると、涼と原田が椅子から腰を上げた。

「さあて、俺と原田は授業に戻るぜ。静香はそんなボテ腹じゃ、さすがに他のやつらにバレちまうからな。ここでゆっくり休んでな」

涼と原田が保健室を出ようとしているのを見て、静香は慌てた。

「ま、待って涼君、このお尻の栓、外してくれないの？」

「静香は随分と、精液がお気に入りになったみたいだからな。そのまま放課後まで腹に溜めこんでな」

『放課後』という涼の言葉に、静香の目の前が真っ暗になる。

「そ、そんなの絶対無理よ！　もう一秒も我慢できないくらいお腹が……あ、熱いのにぃ」

「大丈夫ですよ、片霧先生。大腸は水分の浸透が早いですから、精液をすべて吸収すれば楽になります。それに腹の中の水分を汗として搾り出せるよう、クーラーを使えないようにしておきますからな。今日は涼しいので、熱中症にもならないでしょう」

廊下に出た原田が、クーラーの電源を落とす。さらに涼が保健室の窓を全開にすると、大量の湿気を帯びた温風が室内に押し寄せてきた。

静香の全身からすぐに甘汗が噴き出し、白いブラウスがじっとりと湿ってくる。

「放課後まで立ち入り禁止にしておくから、ここで遠慮なく乱れてな。それだけ水分を溜めこんでたら脱水症状になる心配はねえと思うが、喉が渇いたら、そこの冷蔵庫に入ってるミネラルウォーターを好きなように飲みな。じゃあな、静香」

許して貰おうと懇願する静香をよそに、涼は保健室を出ていってしまった。

獲物が逃げ出せないよう、外から扉に鍵をかけられる。

しばし呆然となっていた静香だったが、孕み腹がグギュルッと鳴いて我に返った。すぐに裸の大尻を高々と上げた四つん這いに戻って、涙ながらに息まされる。

精臭のする湯気を噴いても噴いても、すぐにボコボコとガスが発生して大腸を膨らまされ、白く滲んだ脳裏がぐるぐると回る。人目がないうえに、室内にはびこる夏の熱気で、静香の理性が完全に抜け落ちた。

大腸を占拠する水分を一刻も早く搾り出そうと、ベッド脇に置かれていた空の鉄製の洗面器を股間にあてがった。膣口からどろどろと絶頂蜜を垂らしながら、尿口から透明な潮と小水までも、ジュッジュッと断続的に漏らしてしまう。

さらに尻谷をバルーンの形にボコンボコンと膨らませて、霧状の精液を噴き上げ、柔肌中が朱に染まるほど渾身の力を入れて、全身から脂汗を搾り出していく。

「出したいのっ……ああンンッ……もう精液出したいのおっ……んあンンッ……もう

お腹の精液でイクのいやあああッ」

静香はおぞましい精液絶頂に鞭打たれるがまま、甘汗にまみれた肢体をなめくじのように、ぬらぬらと悶えさせ続けていた。


涼と原田に挟まれた静香が、夕焼けに染まった三年A組の教室にふらふらと入ってくると、放課後まで残っていた生徒三十人が一斉に囃し立てた。

「静香先生、プールのビデオ見たよ。今日も凄いエロいことされちゃったね」

「一年坊主たちも遠慮ねえよな。静香先生の肛門に、あそこまで精液詰めこむんだからよ」

「あれ？　先生のお腹、だいぶ小さくなってるな。今日は暑かったから、消化されてほとんど汗で出ちゃったんだな」

静香の汗で湿った白いブラウスのお腹は、妊娠五か月程度にまで凹んでいた。

一日の授業を終えた涼が保健室へ入ると、バケツをひっくり返したようにぬめるシーツの上で、冷蔵庫から出したらしき冷却枕を額にあてた静香が、べちゃりと俯せになって放心していた。

押し潰れた豊乳を両脇から飛び出させて、蟹股になったはしたない姿は、まさに潰れた蛙のような悲惨な有様だった。

どれだけ異常な量の蜜と潮と小水を、搾り出したのだろう。その股間に添えられた洗面器には、透明な粘液がなみなみと溜まっており、精臭を掻き消すほどの静香の雌匂が、香水をぶちまけたサウナのごとく、むわっと満ち満ちていた。

こうしている今も、静香の汗みずくの肢体から、甘く上品な雌匂がむわむわと香り立ってきて、生徒たちは一斉に唾を飲みこんだ。

「涼君、もう先生のお尻の栓を外して、トイレに行かせて……」

静香はもう夢遊病者のように、意識も足取りもあやふやになっていた。

すでに排泄欲は薄れているが、子種が凝縮されてしまったせいで下腹がリアルに重たく、おぞましさも数十倍になっている。今すぐにでも吐き出したい気持ちは変わらなかった。

「もう少しだけ待ってな。準備が終われば、トイレで出させてやるからよ」

涼に濡れた背中を押されるがまま黒板の前に行くと、教卓をどかされた場所の天井から一本の鎖が垂れ下がり、一・五メートルほどの黒い角材が水平にぶら下がっていた。角材の両端には赤い革枷が二個ずつ、計四個ついている。

静香は両手を左右に伸ばされ、その内側についている枷に両手首を拘束されてしまった。柱がない十字架にかけられたような格好だ。

両手の自由が奪われたところで、白いブラウスのボタンを外され、濡れた美巨乳を左右へ引き出される。乳首と乳輪が恥ずかしく痼り勃っているのを教え子たちに見られ、静香は淡桜色の軌跡をぶるんぶるんと艶めかしく描いて身悶えた。

さらに涼と原田に両足首を持ち上げられ、静香は「ひっ⁉」と豊乳を跳ねさせてしまう。両手首に全体重がかかるが、革枷の内側に柔らかなラバーがついているため痛みはない。

黒いストッキングに包まれた美脚を、ピンと伸ばされて左右に広げられると、紺色のタイトミニが腰まで跳ね上がり、ぬめる豊臀がむちゅりと丸見えになった。

そのまま大角度のV字開脚にされて、静香は角材の両端についた革枷に、両足首を拘束されてしまう。桜色の熟れ咲いた陰花が真上を向き、黒い大玉をくわえた桃色の丸肛門が、教室の後ろへ突き出されるほどの大開脚である。

三十人の教え子にどよめかれ、静香の美貌中がボウッと火を噴いた。

朦朧となっていた意識が明確になり、嵐のような恥ずかしさが降ってくる。

「こ、こんな恥ずかしい格好で吊り上げないでッ……い、いやよお……せ、先生のあそこも……お尻の開いてるとこも、全部見られてるぅっ」

赤いハイヒールをもがかせ、二穴を突き出す大尻を宙でむちむちと揺らして恥じらう静香を、生徒たちが口笛を吹いてからかう。

「すげえや。静香先生、パイパンになっただけじゃなく、ほんとにおま○こも尻穴も綺麗な真っピンクに脱色されたんだな。ビデオで見るのとは段違いの迫力だ」

「うわ。肛門もあんな大きくまん丸と開いてる。先生、気張りすぎだろ。今日一日で、かなり自分で拡張しちゃったんじゃないのか？」

熱く淀んだ大量の視線に二穴を焼かれるのに耐えきれず、静香は亜麻色の髪房を振り乱していたが、──涼にアナルバルーンを触られて、はっとなった。

尻栓の底に管が挿されると、空気が抜ける音とともに、直腸が萎んでいく。

「え⁉ な、なにをしてるの涼君？ こんなところでお尻の栓を抜かれたら……」

「準備が終わったら、トイレで出させてやる約束だっただろ？ 下を見てみろ。ここが静香のトイレなんだよ」

静香がわなわなとうつむくと、真下の床に大きな花瓶が置かれていた。

教室に潤いを与えようと静香が選んで買ってきた、お気に入りの品である。

紅潮していた美貌が、真っ青になる。

「い、いやよっ、きょ、教室でなんて漏らしたくないわっ。涼君、お願い、考え直してっ──ひゃン⁉」

萎んだゴム風船がちゅぽんと抜けて、桃色の肉弁がキュウッと締まる。静香は尻底まで凍りついたが、もう水分をほとんど吸収してしまったようで、液体は噴き出さなかった。……だが静香が安堵できたのは、一瞬だけだった。

バルーンに占拠されて空っぽになっていた直腸に、S字結腸口からムチムチと固形物が下りてきて狼狽する。戦慄せんばかりの嫌な予感が膨らんだが、一日中押し開かれて疲れ果てた桃菊は、素直に捲れ裏返ってしまう。

大量の菊皺がすべてピンと伸びきって、生々しく迫り出す。桃色の大口をまん丸と広げた肛門から、ぐじゅッと頭を覗かせた太い物体は、

──精液と腸液が水分を奪われて凝り固まった、白い固形便だった。

魂が燃え尽きるほどの灼熱した羞恥が、静香の心に容赦なく突き刺さってくる。

「──い、いやぁぁあああああああああああああああぁぁぁ──ッッ」

噴き出し口を自ら一日中拡張していたせいで、ミチミチと一ミリ刻みでひり出される白便は、指で輪を作れないほど極太だった。

便臭の代わりに、濃縮された精臭がむわむわと立ちのぼる。

雌豚ですら赤面する下品に太い白便を、清楚な担任女教師が排泄している淫猥すぎる光景に、生徒たちがどよめく。

静香はトイレの個室でするときですら、いつも赤面してしまう汚辱の行為を、教え子たちに噴き出し口を突き出した状態で、ぶじゅぶじゅと演じている現実が信じられなかった。

なんとか白便を断ち切って排泄を中断しようと思うものの、水分を奪われた固形物

は粘土のように固く、衰弱した肛門では丸く開ききった桃弁をわななかせることしかできない。

「き、切れない……切れないぃ……んあンンッ……こんな太いの、もう出したくないぃっ……ひいンンッ……い、いやッ、まだまだ出てくるわっ」

もはや尻丘より高く膨らんでいる桃色の丸肛門から、壊れたソフトクリーム製造器のごとく、ムチムチとひり出させる極太の白便は、二十センチをすぎ三十センチとなっても、まだ垂れ続いてている。

声もなく息を呑んでいる生徒たちに代わって、原田と涼が爆笑した。

「素晴らしいですな、片霧先生。今まで何十人もの雌豚に、こうして腸に精液を溜めこませて排泄させたことがありますが、これほどまでに太く長い精液便をひり出す女を見たのは初めてですよ」

「肛門を押し開く癖がついちまったようだな。これからは一生、こんな極太の大便をひり出すことになるぜ？　嬉しいだろ、静香」

涼に続いて三十人の教え子にも嘲笑われ、静香はもう死んでしまいたくなった。

静香が涙をこぼして、吊られた肢体を振り乱す間にも、尻底からぶら下がった長大な白い尻尾は、四十センチ、五十センチと常識外にブチブチと伸びていく。

六十センチも垂れ下がった頃、ようやく白便が断ち切れ、花瓶の中にボトリと落ちた。噴き出し口が尻底に引っこみながらくるまり、濃い桃色の放射皺がキュッと刻まれて、ようやく排泄が終わる。

緊張の糸が切れた静香は、むせび泣いてしまった。

「さあて。ちょうど片霧先生の腹の中が空になってますからな。今後、浣腸責めするときのために、大腸の最大容量をはかってあげますよ」

原田に背中から声をかけられ、静香が可愛らしく鼻をすすって振り向くと、巨漢の体育教師が深呼吸をしていた。厚い筋肉に覆われた原田の胸板が、みるみる膨らんでいく。なにをするつもりだろうと思っていると、

――いきなり桃菊に唇を押しつけられ、豊臀と豊乳が跳ね上がった。

「ひゃん⁉　ま、ま、まさか原田先生っ、私のお尻の中に……ひぃッ……そんなおぞましいことはやめ――――ひぃいいいいいいンン――――ッ⁉」

嫌いな原田の生臭い息が、一気に桃菊へ吹き入れられる。直腸がまん丸と広がり、S字結腸が丸々と太り、大きな逆U字を描く広い大腸が柔軟に膨らんでいく。

静香の凹んだばかりのお腹が、またも臨月の妊婦のごとく膨らみ、紺色のタイトミニがはち切れそうになった。お腹の中で子宮が腸袋に押し潰され、真上を向いた膣口からブジュッと蜜が噴く。

吊られた蛙のような悲惨な姿にされてしまった静香は、V字に大開脚された黒いストッキングを震わせ、豊乳と孕み腹をぶるんぶるんと揺すってあえいだ。

「な、なんて、おぞましいことを、するんですか、原田先生っ……くあぅぅ……お腹が苦しいぃ……」

「これは素晴らしい。ちょうど四リットルも空気が入りましたよ。普通の女性はせいぜい二リットルが限界なんですがな。片霧家のご令嬢はおま○こや尻穴だけでなく、腸の中まで柔軟な名器なんですな」

原田に嘲笑されたが、あまりの圧迫感のせいで、屈辱を感じる余裕もなかった。

と、桃菊を押さえていた原田の手が離され、静香は狼狽した。

口を開けられた巨大風船のごとく、大量の空気が腸管を雪崩れ下りてくる。

ブジュ――ッッと布を引き裂くような汚辱音が響き、静香の羞恥が爆発した。

教室が騒然となる。

「いやあぁあああぁ――ッ！　こ、こんな音……あくッ……こんな汚い音、聞かないでっ……んあンンンッ……みんな耳を塞いでてっ」

トイレで息むときですら、いつも水を流して誤魔化しているほど恥ずかしい音。

そんな汚辱の放屁音を、ジュージューと躍る桃菊を教え子たちに向けた格好で、長々と途切れなく発しているのだ。

もう美貌も豊臀も真っ赤に紅潮させて、吊られた肢体を暴れさせるが、お腹が妊婦のごとく膨らむほど吹きこまれた空気が、そう簡単に抜けるはずもない。

「片霧先生は肛門皺が異常に長く多いですから、より激しく肛肉が摩擦するようですな。これほど下品な放屁音を奏でる女にも、初めてお目にかかりましたよ」

原田の嘲り通り、静香の大量の桃菊が発する摩擦音は、騒然となった生徒三十人の声より大きく鳴り響き、教室中に恥ずかしく轟いている。

静香はこの下品極まりない大音響を、自分が発しているのが信じられなかった。

断続的な放屁を続ける間にも、腸管の内壁にこびりついていた内容物がどろどろと垂れ落ち、直腸一杯に溜まってしまう。

とうとう白便と透明な腸液が混ざった半固形の塊まで、ブジュジュジュゥッと撒き散らすようになってしまい、静香は吊られた肢体を振り乱して泣き叫んだ。

涼と原田が肩を揺らして笑い、三十人の教え子たちがさらにどよめく。

さらには極限の恥ずかしさで子宮が煮立って、排泄絶頂から下りられなくなる。

真上を向いた尿口と膣口から、潮と特濃の絶頂蜜がビュルビュルと噴き上がり、すでに桃色の菊皺を十センチも伸び広げて躍り狂う肛肉から、白便と透明な固形腸液が噴石のごとく、ぐぷゅッぷぷゅッぐぷりゅりゅッと八方に散り撒かれる。

さすがの涼にも苦笑され、静香はもう本当に消え入りたくなった。

「おい静香！　いくらなんでも、ぶちまけすぎだろ。ここが教室だってこと、忘れてんじゃねえのか？」

「ごめんなさい……うぅっ……ごめんなさいぃ……あぁっ……あそこからもお尻からも、どんどん出てくるわっ……も、もういや……もういやあぁッ、これ以上見られるのも、音を聞かれるのも……ぅんち漏らすのもおッ、もういやなのぉッ」

止まったかと思えばギュルギュルと腹が鳴り、渾身の力でブジュブジュと息まされ、ひと噴きごとに排泄絶頂に突き上げられる。その残酷な繰り返しだった。

静香は結局二十分以上もかけて潮と蜜と白便と腸液を撒き散らし、教え子たちを長々と喜ばせてしまった。

3

すべてを搾り尽くした静香は、極端なV字開脚で吊られた肢体を揺らして、ぐったりとなっていた。

……ようやく、地獄の辱めが終わった。

これでこの拘束具から下ろされて、家に帰して貰える。また明日には淫獄へ沈められてしまうだろうが、とりあえず休息が貰えるだけでも今は嬉しかった。

静香はそう信じていたが――、

「さて。次はこの特大のアナルビーズを使って、肛門を調教してあげますよ」

原田の言葉と、その手に持っている責め具を見て、静香は魂の底まで戦慄した。

原田の亀頭ほどもある黒い大玉が、一・五メートルも繋がった、凶悪なアナルビーズだった。とても静香の肛門に埋まるとは思えない、太さと長さである。

「は、原田先生っ、な、なんですかそれはっ、まだ私を嬲るつもりなんですか⁉」

「これほどいやらしく肛門がとろけていれば、肛肉の動かしかたを教えこむには最適ですからな。ちなみに、この責め具は浣腸液を内包できるようになっています。感じすぎて不用意に締めつけてしまうと、浣腸液が滲み出てきてまた排泄欲が止まらなくなりますよ」

原田がアナルビーズの底に浣腸器を挿して、大量のグリセリンを詰めていく。黒い大玉の一つが握られると、表面からじわりと薬液が滲んできた。

震え上がった静香に構わず、豊臀の底に黒玉が当てられ、最初の大玉を難なく、ぐぷんと丸呑みさせられた。

雌奴隷ですら怯えるだろうほど太い異物だというのに、どろどろになった肛肉は柔らかく捲れ開いて、二つ目三つ目と苦もなく、ぐぷぐぷと呑みこんでしまう。

「い、いや、こんな太いのいやああっ……お尻の中でゴリゴリ当たってぇ――ひん⁉

も、もう入らないです、原田先生っ、奥に当たってますッ」

四つの大玉を呑みこんだところで、直腸の最奥につっかえてしまった。

「S字結腸へ至る肉弁に行き当たったようですな。まずはこのS字結腸口を、自由に開けるようにしてあげますよ」

原田にアナルビーズをさらに押しこまれると、先端の一玉がごぷりとS字結腸に入ってしまった。

「ひゃぐン⁉」と直腸袋が締まり、玉の表面からグリセリンが滲む。キュルルとお腹が鳴いて異物感がさらに膨れあがり、静香はまたも強く息んでしまった。

桃菊がぐちりと派手に捲れ裏返り、黒い大玉が一つだけ吐き戻される。が、最奥の一玉がS字結腸に引っかかっており、それ以上は排泄できなかった。

排泄反射が止まり、下腹から力が抜ける。――と、ひり出したばかりの黒玉が、なぜかぐぷりと直腸へ抉り戻ってしまい、静香は狼狽した。

「ひいっ⁉ ど、どうして、またお尻の中に戻ってくるんですか⁉」

「人の肛門は、息むとS字結腸口が押し下がって、異物を排泄する仕組みになっておりますからな。息むのをやめるとS字結腸口も元の位置に戻りますから、奥の肉弁に引っかかったアナルビーズも、肛門の中へ戻っていくというわけですよ」

静香はなんとか異物を排泄しようともがくが、直腸奥の肉弁からアナルビーズの先端がどうしても外れない。息むたびに噴火口のごとく盛り上がった桃菊で、ぐちぐちと大玉を恥ずかしく抽送させてしまうだけだ。

「さあて。奥の肉弁の締めつけを覚えたところで、肛門の動きだけでアナルビーズを呑みこむ技も教えてあげますよ。こうして息んだ瞬間を狙って、括約筋だけを締めつけさせてやれば――」

染み出した浣腸液の刺激で下半身に力を入れた瞬間、豊臀をバチンと平手打ちされた。たまらず桃菊がキュウッと締まって排泄できなくなるが、S字結腸口は構わず押し下がってくる。直腸の中で行き場を失ったアナルビーズが、さらに一玉ぐぶんと奥の肉弁に呑みこまれてしまった。

「ひゃうン!?」と息むのをやめると、奥の肉弁が元の位置に持ち上がり、桃菊に新たな一玉がぐぷりと入っていく。

おぞましさで豊乳と亜麻色の髪を戦慄かせると、原田が愉快そうに口を歪めた。

「どうです？　手を使わずに玉を呑みこめたでしょう。さあて、残りのアナルビーズも、どんどん丸呑みして頂きましょうか」

静香の肛門の動きだけを使った、淫猥な連続挿入が始まった。

息むたびに豊臀を叩かれ、桃菊をキュウキュウと締めつけさせられて、奥の肉弁で大玉を丸呑みさせられる。息むのをやめようにも、すでに玉の表面からはグリセリンが滲みっ放しになっているため、排泄反射が止まらなくなっている。

淫靡な手品のごとく手放しで極太のアナルビーズを、肛門へぐぷりぐぷりと丸呑みしていく清楚な女教師の姿に、三十人の教え子が手を叩いて囃し立てる。

黒玉の先が広い大腸まで進入すると、アナルビーズの丸呑みがさらに加速した。息んでS字結腸口が押し下がるたびに、豊臀に朱色の大きな手形を増やされ、淡桜色の乳頭や桜色の陰核までつねられて、桃菊の締めつけを自在に操られる。

嫌っている原田に排泄口の動きすら支配される恥辱に、静香は打ち震えた。

下行結腸、横行結腸、上行結腸と自ら極太アナルビーズをぐりゅぐりゅと受け入れてしまい、とうとう長い大腸すべてに腸詰めさせられてしまった。

あれだけ長かった責め具も今や、戦慄く桃菊から二つの黒玉がぶら下がるだけ。

またもお腹を妊娠中期のように張り詰めさせられ、大腸中を固い異物でゴリゴリと膨らまされた静香は、極端なV字開脚で吊られた肢体と豊乳をぶるんぶるんと揺さ振って、半狂乱になった。

「……はあはあ……こんなに奥まで入れるなんて酷すぎますっ――くあうぅッ」

責め具全体から浣腸液が滲んできて、静香は渾身の力で息んでしまった。

菊皺がピンと伸びきって桃色の丸肛門と化し、黒玉が二つもごぷぷっと吐き出される。ひだまみれの直腸まで大きな筒状に開き、黒玉を食い締めながら迫り出したドーナツ状のS字結腸口まで、生徒たちにぐちゃりと丸見えになってしまう。

だが、息むのをやめるとすぐに黒玉が二つとも直腸へ抉り戻ってしまい、静香の澄んだ瞳から苦悶の涙がぽたぽたと落ちた。

たまりかねたように原田が哄笑《こうしょう》する。

「吐き出すときは、呑みこんだときと逆の動作をすればいいのですよ。息んで玉をひり出した瞬間に肛門を締めつけて、奥の肉弁だけを開いてやるんです。みなで見物してあげますから、やってみせてください」

静香は躊躇すらしなかった。一刻も早くこの気持ち悪い異物を吐き出そうと、脳裏を焼けつかせながらも肛肉を操っていく。

大玉を一つ排泄した瞬間、捲れ裏返った桃菊をキュウッッと締めつけ、玉と玉の間を肛門できつく捕らえたまま息むのをやめる。と、元の位置に持ち上がったS字結腸口から、ようやく一玉だけ、ぐぷんと吐き出された。

「ひやあンッ」と静香は甘くうめいてしまうが、休んでいる余裕はなかった。

肛門とS字結腸口を恥ずかしく交互に動かして、一玉一玉丁寧にぐちゅぐちゅと排泄していく。糸で繋がれた黒い卵を産卵しているような淫猥な光景だ。

原田が感嘆するように笑った。

「まったく、素晴らしい名器の肛門ですな。ほとんど調教していないというのに、肛門の二段締めどころか、こうまで自在に肛肉を操れるとは。──ちなみに、この肛肉の動きを使えば、腰も使わずチンポをしごき立てられますよ。肛門奴隷ですら難しい淫乱技を仕込まれた感想はいかがですかな？　片霧先生」

知らないうちに、肛門で雄の肉塊をしごき立てる技を仕込まれていたのに気付き、静香は愕然となった。

今さらながら猛烈な恥ずかしさが降ってきて、排泄が止まってしまう。

「さあて、静香。今から俺たち全員で、空いてるおま○こを犯してやるぞ。アナルビーズを全部ひり出せたら許してやるから、輪姦を止めて欲しけりゃ、全力で肛門を動かしな」

その涼の言葉は、静香にとって死刑宣告に等しかった。

とろとろになった美貌を上向けると、すでに教え子たちが下半身だけ裸になり、いきり勃つ三十本もの陰茎を露わにしている。

とうとう涼と矢島と丸亀だけでなく、担任する生徒たち全員と交わらされてしまうのだ。静香の中で、大切ななにかが壊れていく音がする。桃菊からぶら下げた黒い尻尾を震わせて凍りつく静香の下へ、生徒たちが群がってきた。

教え子の熱く雄々しい陰茎が、すでにどろどろになった静香の蜜壺をぐちゃぐちゃに掻き回している。

さらに静香の排泄を邪魔しようと、豊乳の先で痼り勃つ淡桜色の両乳首を絶えずつねられて左右へ引かれ、何本もの鳥の羽根で首筋、両脇の下、黒いストッキングから搾り出た内腿、赤いハイヒールを脱がされた足の裏と、全身の性感帯がくすぐられていく。

幾度となく達してより過敏になった膣管を、心を通わせていた教え子の陰茎にこすり回されながら、肢体中を弄ばれて桃菊を締めつけさせられているのだ。

肛門とS字結腸口を、自由に動かせるはずもない。

「んあうンッ」と渾身の力で息んで、ようやく二玉をひり出したかと思えば、すぐにグポポッと二玉戻してを繰り返してしまい、いつまでたってもアナルビーズが排泄できない。

高嶺の花だった清楚な女教師に、ひだまみれの名器である蜜壺を息むたびにグニグニと蠢かされ、直腸側で出し入れしている大玉で、膣壁越しに裏筋をグリグリとこすり立てられる。

そんな蜜壺の蠢きをされては、生徒たちは二分と耐えられず射精してしまう。

「す、すげえっ。なんだよ、このおま○こは。——くッ、もうイッちまうっ」

「先生の尻に詰まってる玉が、チンポの裏をゴリゴリこすってきてッ——ううッ」

「なんだこれ。腰動かさなくても、腹中の肉をぐちゃぐちゃに動かして、俺のチンポしごいてくれるぞっ。──くうぅッ、もう静香先生、ただのおま○こマシーンじゃねえかよ」

教え子たちが入れ替わり立ち替わり、静香の蜜壺を全力で抉り回し、亀頭で子宮口を押し上げて、どびゅるるッぶびゅりゅるッと灼熱する精液を注入していく。

胎内で渦巻く子種が十人を超えると、静香はどす黒い官能が堪えられなくなり、またも絶頂から下りられなくなってしまった。

桜色の淫花から潮と絶頂蜜が散り撒かれ、黒玉を抽送させる桃菊から透明な腸液が噴く。蜜壺の蠢きに絶頂の締めつけまで加わった肉穴を、さらに淫猥に締まる淫具にしようと、豊乳に螺旋皺が刻まれるほど両乳首をひねられ、何本もの羽根で全身を無茶苦茶にくすぐられていく。

「ひいいいいい──ッッ、いやっ、いやあああっ……あぐッ……もう先生の中に、みんなの精液出さないでぇっ、くすぐられるのも乳首つねられるのも……ィ、イキ続けるのも、もういやなのおッ、もう先生の身体で遊ばないでよおっ」

静香は胎内に注がれ続ける精液で溺れるように、魂の底まで真っ白にさせられて、延々と悶え狂わされた。

とうとう涼以外の担任生徒全員に陰唇を犯され、子宮が満腹になるほど精を注ぎこまれた静香は、極端なV字開脚に吊られた肢体を揺らして虚脱していた。

陰茎を抜かれた後も、桜色の花弁は男の形に広がったままで、筒状になったひだまみれの蜜壺から、絶頂蜜がどろどろと粘り垂れている。

痼り勃った陰核の下に開いた尿口からは、潮がジュッジュッと断続的に噴き上がり、蜜壺の最奥で丸見えになったドーナツ状の子宮口からは、溜めこまされた三十人分の白濁液をブジュッブジュッと射精している。

桃菊からは黒玉の連なりが床につくほど垂れ下がっているが、S字結腸口にはいまだ先端が挟まったままで、残り数個がどうしても抜けてくれなかった。

幼馴染みである女教師の淫猥すぎる仕上がり具合に、涼が口端を弛めた。

「薬でだいぶ粘膜が鍛えられたみてえだな。クラス全員で一周輪姦してやったのに、まだおま○こが腫れ上がらずに綺麗なピンク色してやがる。これ以上、輪姦《まわ》すのはさすがに可哀想だからな。今日は、あと一人だけで許してやるよ」

涼が顎をしゃくった先を見ると、原田が凶悪な亀頭を黒光りさせた陰茎をいきり勃たせていた。静香の朦朧としていた意識が、一気に戻る。

「い、いやよっ、原田先生のだけは入れられたくないッ」

つい本音を叫んでしまい、さすがに気分を害されるかと思えば、原田は嫌悪されるのを心から楽しむように、醜悪な日焼け顔を愉悦に歪めている。

原田の熱固い亀頭をついに蜜壺に埋められ、グチリと根元まで突き入れられた。

心底嫌っている男の最も汚い肉が、静香の大切な産道でビクンビクンと不気味に脈を打っているのがはっきりわかり、肛姦されたとき以上のおぞましさに襲われる。怖気立つあまり蜜壺中のひだが、かえってぐりゅぐりゅと蠢いて吸いつき、原田の陰茎を隅々まで舐め回してもてなしてしまう。

静香はもう、子宮の底まで真っ赤になった。

「くうッ、こ、これは想像以上に凄まじい名器ですな。みながたやすく精を搾り取られたのも、納得できますよ。――さあて。私は膣側から直腸を突き回すことで、ある程度肛肉を操ることができますからな。できるだけ長く片霧先生と愛し合えるよう、またアナルビーズを呑みこんで貰いますよ」

膣管越しに亀頭で直腸の壺を押されると、S字結腸口が勝手に開いて押し下がり、大玉をまたも奥へ「ひゃう⁉」と丸呑みしてしまう。

凶暴に張った肉傘で膣管の蜜汚れをゴリゴリと掻き出されると、怖気で脱力した桃菊へ新たな一玉が「ひいン⁉」と入っていった。

蜜壺中をとろけ崩すような激しい抽送が始まると、静香の肛肉がいとも簡単に操られ、一突きごとに黒玉をグプングプンと呑みこまされてしまう。

「――入れないでください、入れないでくださいぃッ……いやあっ、せっかく出したのに、お尻の中にどんどん玉が戻ってくるわっ」

桃菊が貪欲な蛇の口のごとく咀嚼《そしゃく》して、驚くほど早く大腸すべてに極太アナルビーズを充填されてしまった。嫌いな男に蜜壺を突き回される恥辱と、腹中を占拠する猛烈な異物感で、静香の脳裏が白と黒で磨《す》り潰されていく。

原田がさらに残酷な命令をした。

「おい、お前ら。片霧先生がもっと楽しめるよう、さっきみたいに身体を嬲ってやりな」

教え子たちの手が殺到して、淡桜色の両乳首を左右につねられてまたも豊乳に螺旋皺を刻まれ、何本もの羽根で過敏になった全身の性感帯をくすぐり回される。

キュウッと締まった蜜壺が陰茎中に絡みついたところで、なんと一突きごとに射精しながらの抽送を始められた。

コリコリとした子宮口を突き回されるたびに、灼熱するおぞましい精液をびゅくびゅくと追加され、煮立っていた胎内が凍りついていく。

もう静香はアナルビーズをひり出すどころではなく、排泄反射に押されるがまま、黒玉を三個単位でぶじゅぶじゅと出し入れさせてしまうばかりになった。

嫌悪する雄の子種から逃れようと子宮がキュウキュウと跳ね回るが、皮肉にもその胎動のせいで、冷たい精液絶頂が止まらなくなってしまう。

ぶじゅるるッぐぶゅるるッと射精抽送をされるたびに、静香の不可侵の心にまで、原田の醜悪な精液が浸透してくる錯覚がして、もう気が変になりそうだった。

「ひいっ、ひいいッ、もういやっ……原田先生の精液出させるの、もういやぁッ、そんなに中に注がれたらぁ……ひぐンッ……頭も子宮もおかしくなるぅっ」

「おおっ。おま○こをここまでグチャグチャに蠢かせて奉仕してくれるとは、よほど私のチンポと精液で感じているのですな。ですが、腰の振り立てが足りませんな。この、でか尻をこうして振り乱せば、もっと気持ちよくなれますよ！」

アナルビーズを一気に十玉分もブジュジュッと引き抜かれ、子宮口に亀頭を叩きつけられた。大腸とS字結腸と肛門を同時に抉られ、「ひゃうンンッ⁉」と結腸全体でも絶頂が止まらなくされたところで、

――またも亀頭で膣管越しに直腸の壺を押し叩かれて肛肉を操られ、引き抜かれた黒玉すべてをグプグプと丸呑みさせられてしまった。

アナルビーズを十個単位で引きずり出されては呑みこまされてを続けられながら、絶頂で躍る蜜壺を無茶苦茶に抽送される。

静香の極端なV字開脚で吊られた肢体が、ブランコのように大きく前後に揺らされ、もう魂の底まで原田に翻弄されてしまう。

「どうですかな、片霧先生。肛門に繋がれたアナルビーズで尻を無理矢理振り立てられて、嫌いな男のチンポに延々と射精され続ける感想は」

「は、原田先生……ひいンッ……他のことならなんでもしますからあっ……ひゃぐぅッ……も、もう許してくださいぃ、いやあああッッ、お尻壊れるうぅ――ッ」

とどめとばかりに一メートルは残っていたアナルビーズを、ズブリュリュリュ――ッと一気に引き抜かれた。

大腸中が裏返されたような排泄絶頂に襲われ、より押し下がった子宮口に、ひときわ大量のおぞましい子種をぶびゅるるるっと注ぎこまれる。

「ひゃぐううううう――ッッ、原田先生ので、静香イクううう――っっ」

静香は無意識に恥ずかしい絶頂声を晒しながら、どす黒い官能の奔流に呑まれていった。

どろどろになった陰唇に涼の亀頭を押しつけられて、静香の意識が戻った。

「あ……あん……涼君……」

嫌悪していた原田に極限まで嬲られた直後のせいもあり、幼馴染みの少年の性器に陰唇を撫でられただけで、奇妙な安堵感に包まれてしまう。

荒々しく暴れていた心臓まで、優しい音に静まっていく。

衰弱しきった静香の心は、もう涼の中にある昔の面影にすがるしかなかった。このまま涼に愛されたならどんなに心地いいだろうと、うっとりと瞼を閉じたところで、

「さあて、静香。俺におま○こを掻き回して欲しかったら、覚悟を決めて誓いな。——俺と婚約して、一生性奴隷として嬲られて暮らすってな」

涼にとんでもない求婚をされて、静香の理性が蘇ってきた。

「そ、そんな駄目よ……奴隷になるために……涼君と結婚するだなんて」

もしも涼に、愛のあるプロポーズを正式にされたとしたら、自分はどんな返事をするだろう。そんな意味のない空想をしてしまい、静香は無性に悲しくなった。

「そうかい。俺と婚約すれば毎日このチンポを、こうしてくわえこめるんだぜ？」

涼の雄々しく反り返った肉塊を、ちゅぷりりっと優しく最奥まで挿入された。

鍵と鍵穴が合ってしまったように、二人の腰がとろけ合っていく錯覚がする。

切なさでたまらなくなり、静香は蜜壺中のひだを蠢かせて、彼の肉をくちゅくちゅとしごき始めてしまった。涼に苦笑されてしまう。

「勝手に、おま○こを動かしてんじゃねえよ。返事はどうした？」

静香は陰肉の蠢きを止められないまま、亜麻色の髪房をふるふると振った。

「痩せ我慢してんじゃねえよ、静香。こうして、毎日おま○こをグチャグチャにこね回されたいだろ？　子宮口をゴリゴリと押し上げられていたいだろ？」

絡みついた肉ひだを振りほどいて雄々しい肉塊を抽送され、キュウキュウと押し下がる子宮口を逞しく熱固い亀頭でコツコツと叩かれた。

「ああんンっ」と、静香の唇から歓喜の艶声と涎が漏れてしまう。

「だったら、俺の婚約者になって、一生こうしておま○こを虐められたいって宣言しな！」

……もう駄目だった。子宮に溜めこまされた三十人以上の精液すら浄化されるほどの、柔らかくも深い官能がこみ上げてくる。

魂まで衰弱しきった静香は、もうその歪んだ幸せにすがるしかなかった。

潤んだ可憐な瞳で涼を見つめながら、可愛らしく宣言してしまう。

「なりますっ！　私、涼君の婚約者になって、一生こうして虐められたいですっ」

教室がどよめいたが、もう静香の瞳は、幼馴染みの少年しか映していなかった。

ご褒美とばかりに、涼に熱い口づけをされると、今日受けた死にたいほどの辱めすら帳消しになるほどの、大海のような安らぎが湧いてくる。

唇に進入してきた彼にリードされるがまま、二人の舌を熱く熱く絡め合わせ、唾液を交換し、愛しい彼の口内を隅々まで掃除していく。

「ようやく、静香も素直になったみたいだな。――そら。足の枷だけ外してやるから、未来の旦那様にご奉仕してみな」

両足首を拘束していた革枷を外されると、静香は迷うことなく彼の腰へ、黒いストッキングで締まる美脚を回してロックした。

限界まで深くグブンと陰茎を受け入れたところで、自ら腰を振り立て、ぐりゅぐりゅと様々な腰文字を描いていく。さらには、桃菊から透明な腸液がブジュブジュと散り撒かれるのも構わず息み続けた。

蜜壺が口腔《こうこう》と化したように彼の肉塊へむしゃぶりつき、雄々しい亀頭傘と肉柱をしごき立てて、キュンキュンと絶頂で押し下がる子宮口で亀頭を愛おしげに撫で回していく。

静香は彼の精悍な顔をうっとりと見つめながら、名器を駆使した淫猥すぎる蜜壺奉仕を、ぐちゅぐちゅくちゃくちゃと続けていく。

「静香イクっ、静香イッてるのおっ……ああんっ……涼君のおちんちん気持ちいいっ……ひゃんっ……静香、頑張ってご奉仕しますからあっ……あひぃっ……涼君も気持ちよくなって、静香の子宮にびゅくびゅく精液注いでくださいぃっ」

どこまでも歪んだ愛に呑まれるがまま、延々と乱れていた静香は、彼の愛しい子種を胎内にドビュルルッと注がれると、あまりの幸せで意識が遠のいた。

静香は涼と繋がったまま、女神のごとく安らかな顔で、深い深い眠りに堕ちていった。

第四幕　淫獄の果て

1

涼との婚約を承諾してしまった静香は、翌日から『性奴隷としての花嫁修業』と称されて、さらに徹底的に嬲られた。

もはや、ノーブラノーパンで登校させられる程度ではすまない。

校内では胸元や下半身を手で隠したり、乱れた服を整えることすら禁じられ、授業では生徒たちの席の間を常に歩くよう、取り決められてしまったのだ。

しかも静香がいつも着せられていたのは、スナップボタンでとめただけのブラウスと、伸縮性の高いラバーで作られたきついタイトスカートなのである。

そんな格好で動き回ればすぐに、ブラウスがはだけて豊乳がぶるんと左右へこぼれ出し、タイトスカートも腰まではじけ上がって、豊臀も無毛の恥丘も、むっちりと丸見えになってしまう。

それでも、涼の脅しが行き届いている生徒たちは、静香の淫猥すぎる肢体に悶々となりながらも、女教師への敬意をなんとか忘れまいと礼儀正しく接してくる。

しかし、静香が恥部を隠したり服を戻そうとしたり、足を止めてしまったときだけは、指による罰のみなら自由に与えて、卑猥に煽り立てて患部を揉み回してもいい決まりにされているのだ。

露わになった豊乳をつい手で隠してしまうたびに、四方から伸びてきた生徒たちの手で、淡桜色の乳首ごと胸脂肪を揉みくちゃにされ、腰巻きと化したタイトスカートを直そうとするたびに、桜色の陰唇と大輪を咲かせる桃菊を何本もの指で抉り回されて、嘲笑されながら豊臀を平手打ちされてしまう。

たまらず絶頂して足が止まったら最後だった。もう授業が終わるまでクラス全員の愛撫に晒され、潮と腸液を噴かされ続けて動けなくされてしまう。

乱れた服を直すには、生徒に囃し立てられながら廊下を半裸で歩いて、体育準備室まで出向き、原田の肉椅子に肛門で座って許しを請わなくてはならない。

直腸が満腹になるほどの精液浣腸と引き換えに服を整えても、次の授業が終わったときにはもう、豊乳や朱色の手形まみれの豊臀が丸見えの状態に戻っている。

職員室で摂る昼食は、ぬめり光る臀部を後ろへ突き出した格好で立ち食いさせられ、便を浄化する薬剤と媚薬の入った豪華な料理を完食するまで、涼以外の三年A組の生徒たちに代わる代わる二穴を犯されてしまう。

ようやくすべての授業が終わっても、帰宅する先は豪蔵の待つ壬生嶋家だ。

帰った早々に静香は大浴場へ放りこまれ、様々な責め具を手にした豪蔵に裸身を嬲り洗われながら、完璧な娼婦となるべく淫らな礼儀作法を躾《しつ》けられる。

そうして、身も心もぼろぼろになって一日が終わると、涼にご褒美とばかりに優しいセックスで寝かしつけられ、衰弱した魂をさらにとろとろに堕とされてしまうのだ。

そんな淫惨すぎる花嫁修業を、静香は一か月も受けさせられた。


「あんっ……気持ちいいぃ……ひあんっ……気持ちいいのぉ……奥でぇ……んあンッ……奥の子宮で、涼君のおちんちんにキスするの気持ちいいのおっ」

自室のベッドで仰向けになった涼は、騎乗位で繋がった静香が延々と腰を揺り動かし、子宮口と亀頭のディープキスを繰り返すあられもない姿を、鬱屈とした思いで見上げていた。

幼馴染みであり、絶世とも呼べるほど美しいこの女教師を、最初に犯した日から、もうひと月がすぎていた。

口や陰茎での接触こそ、三年A組の男たちと原田と豪蔵にしか許していないが、その他の考えつく限りの性行為は、比較的自由に与えていい決まりにしている。

もはや城蘭高校の生徒三百六十人が、花嫁修行の調教師と化していた。

その全員に自慰を禁じて、例の精液が大量に溜まる薬を飲ませているため、性欲を堪えられる者などいない。

生徒たちは涼の顔色を窺いながらも、高嶺の花だった女教師の豊満な肢体を、素手はもちろん羽根や鞭やマッサージ器など、あらゆる道具を使って嬲りつくした。理由をつけては『罰』と称して、あらゆる羞恥姿勢をとらせて三穴を開かせ、淑やかな唇やひだまみれの膣穴や桃菊をぴんと伸びきらせた丸肛門に、どびゅどびゅと十条単位の射精をして、その腹が凹む暇がないほど精液を詰めこんだ。

それほどまでに凄絶な調教を、一か月も続けたのである。

静香も他の雌奴隷たちと同じく、精神が病んでしまうか色に溺れて、二週間ともたずに堕落するだろうと涼はたかをくくっていた。

——だがいまだに静香は、清廉とした美しさを失っていない。

涼の陰茎に深く腰掛けて悶えさせている肢体は、豊乳も豊臀もよりむっちりと脂肪が乗って淫靡さが増しているが、堕落とは無縁の瑞々しい張りを保っている。

亜麻色の髪をそよがせ、官能に襲われるたびにヒクンヒクンと上向ける美貌にも、自身の淫猥な肉体に戸惑うばかりの、楚々《そそ》とした恥じらいが残っている。

豪蔵の夢である、『芸術品のごとく完璧な娼婦』がすでに完成しているのだ。

その美と淫の見事な調和ぶりに、涼は胴震いするほど感嘆するが、同時に狂おしいまでに心が惹かれて、胸奥がたまらなく締めつけられる。

この胸の痛みと鬱屈は、静香が精液漬けにされるのを見るのはもちろん、生徒たちがその玉肌に触れるだけで、鉛の病巣のごとく重くどす黒くなる。クラスの連中や原田や豪蔵の陰茎で、静香が三穴を犯されているときなど、嫉妬すら焼き尽くす憎悪がこみあげ、彼女と繋がった奴ら全員の首をねじ切りたくなるほどだ。

涼は鈍感でも間抜けでもない。この胸にある感情の正体はわかっている。

だが、静香を地獄に堕とした張本人が、そんな思いを吐けるはずがない。今さら彼女を愛妻として迎え入れるなど、己を含めたこの世の誰もが許さないだろう。

もう涼には壬生嶋家次期当主として、悪党に殉じる道しか残されていないのだ。

今日は、この一か月の花嫁修業を耐えきったご褒美として、涼一人だけで静香を一日中やさしく抱いてやっている。

騎乗位で貫いた静香には、感じたいがまま好きに動けと命令してある。だが、官能で潤んだ瞳を恥ずかしそうに上目遣いにしながらも、豊臀が波打つほど激しく蜜壺をぐしゅぐしゅと泡立てるさまは、明らかに涼を喜ばせようとする腰使いだ。

そのいじらしい仕草からは、雄に媚びる雌奴隷などではなく、心から愛する夫に尽くす妻のような、柔和な愛情をありありと感じてしまう。

涼の胸奥が、さらに嫌な音を立てて軋む。

「おい、静香。俺への奉仕なんて考えなくていいから、もっと好きに腰を使えよ」

駄々っ子を叱るように豊臀をぴしゃりと張ると、静香の腰が最奥で止まった。

蜜壺の痙攣と荒い息を整えてから、静香が落ち着いた声をかけてくる。

「ねえ、涼君。私、どうしても聞いて欲しいお願いがあるの」

「なんだ？　この期に及んで、『見逃して欲しい』とでもいうつもりか？」

静香が亜麻色の髪を、ふるふると振る。

「嘘でいいの。嘘でいいから私に、――『愛してる』っていって」

涼の心臓が、どくりと跳ねた。

「私はもう涼君にこうして、ご褒美をもらえないと生きていけないの。毎日学校中の生徒たちに、あんな恥ずかしいことをされて……。涼君にやさしく抱いて癒やしてもらえることだけで、ようやく自分を保ててるの。だから、たとえ嘘でも、涼君に愛してるっていってもらえたなら、それだけで救われるの。その言葉を支えにすれば、どんな辱めにも耐えられるからっ。――ねえ。お願いよ、涼君！」

涼は臓腑のすべてを鷲づかみにされた。不滅の宝石のごとく鉄壁だと思っていた静香の心が、とうにひび割れて血まみれになっていたのだと、今の今になってようやく気づいたのだ。――当たり前ではないか。

これほどの恥辱に晒されて心が無事でいられる女性など、いるはずがない。

きつく抱き締めて、その傷口を塞いでやりたいと狂おしく思ったが、ここまで彼女を追い詰めた悪党が、そんな身勝手な言葉を吐けるはずもない。

「お前こそ、どうなんだ。たとえ嘘でも、俺を『愛してる』だなんていえるのか？　いえるわけねえよな。俺はお前の人生を、滅茶苦茶にした張本人なんだからな」

「涼君が私にしていることは怖いし……ゆ、許せないわ。でも、でも涼君をどうしても嫌いになれないの。私、こんな目に遭わされても憎めないほど、幼馴染みの涼君が……す、好きだったんだと思うの。だからもう、まやかしでいいの。まやかしでもいいから私、涼君を本気で愛したうえで結婚したいのっ」

涼の根底がぐらりと揺れた。悪党の殻が砕かれ、剥き出しになった良心が罪の刃で切り刻まれていく。それでも、すんでの所で悪ぶったセリフを吐けた。

「――はっ。いいか、よく覚えておけ。俺は静香が大嫌いなんだ。俺がお前に、愛を伝えることがあるとするなら、調教中に動揺させていたぶるときだけだ。そのときは、せいぜい勘違いしてイキまくっていればいいさ」

涼は静香の裸身を乱暴に抱き寄せ、正常位になって組み伏せた。

卑怯な弱音を吐かぬよう口端を噛み締め、鋭い双眸を細めて見下ろしてやる。

そうして顔に嘲笑を貼りつけながらも、この一か月で見抜いた静香が本来好きな『愛されかた』を、全身全霊で与えていく。亀頭でやさしく最奥をくすぐりながら、最愛の女性へ捧げるように深く丹念な抽送を、くちゅりくちゅりと続ける。

とたんに深い官能に呑まれたのか、静香の瞳に浮かんだ涙が切なそうに震えた。

「やっ、こんなやさしい腰の使いかた……あんっ……勘違いしちゃうぅ……駄目、涼君……ひやぁんっ……こんなやりかたで私をいじめないでっ……」

胸板を押しのけてきた華奢な両手を取って、互いの指を組み合わせる。さらに唇を吸って舌を熱く絡ませて反論を封じると、静香がたまらず美脚を腰に回してロックしてきた。舌と舌、子宮口と亀頭が、くちゅくちゅと深く深くとろけ合う。

鬱屈とした思いのまま涼は、思いの丈を吐き出すように無言で抽送を続け、静香のすべてがとろとろになるまで延々と愛し続けた。

2

翌日、静香と涼の結婚披露宴が行われた。

会場である名門ホテルの大宴会会場には、壬生嶋家の力が及ぶ政財界の重鎮や、城蘭高校に通うその息子たちが、のべ五百人以上も招かれている。

立食形式の豪華な料理が並ぶテーブルの間で、黒く腐敗した政財界関係者たちが、ワインを片手に下卑た話の毒花を咲かせる光景は、日本の暗部を煮詰めたような醜悪さだった。

ふいに会話の波が凪ぎ、男たちが一斉に大扉へ向き直る。

涼にエスコートされた静香が、入場してきたのだ。

崇高な片霧家のあの見目麗しい御令嬢が、壬生嶋家の跡取り息子に一か月もの間嬲られ、淫猥で従順な花嫁として調教されてしまったことは、もはや裏社会全体に知れ渡っている。

静香嬢が毎日、どんな破廉恥な格好でどんな卑猥な調教を受けているのかを、高校に通う息子に詳しく自慢されるたびに、男たちは信じられない思いとともに、股間がはち切れんばかりの情欲をたぎらせたものだった。

そんな、たまりにたまった欲望も露わに、鼻息を荒くした男たちだったが、

——静香の姿を見た瞬間、淀んだ感情が浄化されてしまった。

本日は、婚姻前の披露宴との名目だったが、片霧家の令嬢教師は純白のウェディングドレスで着飾っていた。

スポットライトを浴びた亜麻色の髪が、頭を彩る小さなティアラより鮮烈な虹色の光砂を振りまき、腰の下までふわりと巻き毛をそよがせている。

上品に通った鼻筋に淑やかそうな唇。薄化粧で彩られた美貌は以前にも増して艶めき、長い睫毛の下で揺れる瞳の美しさなど、一目で魅入られそうに蠱惑的《こわくてき》だ。

露わになった鎖骨も両肩も長手袋をつけた細腕も、少女のように華奢だったが、ハ

ートカットの布花に包まれた乳房は、日本人離れした豊満さでたゆたっている。

見事に締まった腰から急角度で広がるミディ丈のスカートは、歩みを進めるたびに鼠径部や尻谷の凹みが浮かぶほど薄手だが、驚くほど豊かに育った臀部に押されて、ペチコートを一枚重ねただけとは思えないほどふわりと膨らんでいる。

純白のストッキングに包まれた美脚には、爪先立ちに見えるほど高いヒールを履いているものの、足取りは一本の線上を歩くように優雅だった。

その静香の神々しさすら感じる美しさに、大人たちはもちろん、女教師の痴態を散々見てきた生徒たちですら、心を射貫かれたように棒立ちになってしまった。

とうに陥落した心を叱咤して、なんとか毅然と入場してみせた静香だったが、もう恥ずかしさで、今にもへたりこみそうになっていた。

この一か月間、ありとあらゆる恥辱を受けたが、未だに心は壊れていない。

それどころか、生まれ持った気品のせいで羞恥に慣れることすらできず、辱められれば辱められるほど、心を苛《さいな》む恥ずかしさも際限なく増していくばかりだ。

ウェディングドレスで着飾っているものの、今も下着はつけていない。

痴女そのものの格好で、五百人以上の男たちが注目するただ中を歩かされると、嬲りつくされて開発されきった肢体が、淫熱で倒れそうなほど火照ってしまう。

もう乳首と陰核は、糸で根元を縛られたようにビクビクと膨らみ勃ち、三つの肉豆が脈動するたびに、甘痛い電流で子宮を鞭打たれてしまう。

膣道はもちろん直腸までもが、淫液の張り型を二本挿入されたかと思うほどブクリと膨らんで、豊臀をむちむちと踊らせて歩むたびに、スカートの内側からクチャクチャと蜜鳴りがしてしまう。

公衆の面前で発情している恥ずかしさと、子宮の昂りをどうにか隠そうと、静香はエスコートしている涼の手を強く握ってしまった。

てっきり冷たく振り払われるかと思ったが、涼は厳つい顔を前に向けたまま、静香をなだめるように、らしくもなく優しげに指を絡み合わせてくる。たったそれだけのことで、熱くとろけた子宮に、じんわりと幸せが膨らんでしまう。

もう静香は身も心も子宮も、涼の妻であり雌奴隷となっているのだ。

最奥にある舞台前には、どす黒い笑みを浮かべた豪蔵が待ち構えていた。豪蔵と涼に挟まれて招待客に向き直ると、静香はもう羞恥でうつむくばかりになる。

澱んだ笑みを深めた豪蔵が、マイクを取った。

「本日は私の息子と片霧静香嬢の結婚披露宴に、よくぞ出席してくれた。さて。この場にいる者たちならば、我が宿願も知っておるだろう。どれほど男に嬲られようとも淫蕩に染まらず、辱めれば辱めるほどに美しさが際立つ、男の欲望を体現するがごとく崇高かつ妖美な娼婦を作りあげたい。それが我が願いだ。そして、ようやく完成させたその完璧な娼婦こそが、この静香嬢なのだ！」

豪蔵が得意げに、静香へ手を向けた。

「私と息子らの手によって、すでに調教は完了しておる。この一か月間、静香嬢がどれほどの恥辱に晒されたかは、お主らも聞き及んでおるだろう。毎日、城蘭高校の担任生徒たちに口と膣と肛門を犯され、全校生徒の指と精液で、肉の内も外も嬲り者にされておる。だというのに、これほどの気品と美しさを保ったままなのだ。まさに奇跡のような女性ではないか！」

豪蔵の澱んだ狂熱が、会場中に伝播していく。

「宴の名目は結婚披露宴だが、披露するのは完璧な娼婦となった静香嬢の肢体だ。すでに静香嬢は、何十何百という男に連続で犯されようとも、肌も性器も腫れ上がらぬほど、頑丈で都合のいい肉体に改造済みである。本日は、無礼講だ。静香嬢への姦淫もすべて許そう。この場にいる皆で精が枯れるまで、静香嬢の唇も膣口も肛門も犯しつくして、我が至高の作品を堪能するがよい！」

豪蔵の狂った宣言を聞いた招待客たちが、一気に色めき立った。崇高な貴婦人を見るように呆けていた顔が、雌豚へ向けるがごとく下卑た欲情で歪んでいく。

この会場で受ける淫惨な仕打ちは聞かされていたため、静香も処刑台に上る気持ちで覚悟を決めていた。だが、いきり勃つ陰茎をしごき立てているかのようなおぞましい劣情を、五百人もの男たちから一斉に浴びせられると、すでに蜜袋となった子宮まで、キュウッと恐怖で萎縮してしまう。

豪蔵が手をあげて制すると、男たちがようやく静まった。

「さて。静香嬢を嬲る前に、この宴を盛り上げる最高のゲストを紹介しよう。たいそう高貴な方々ゆえ、くれぐれも静香嬢の下卑た噂など口にするなよ？」

会場の大扉が開かれ、招待客たちがざわめく。静香は、ひゅっと息を吸いこんでしまった。入場してきた貴婦人と紳士が、なんと静香の両親だったからだ。

最高級京友禅の黒留袖を着た片霧峰華《みねか》が、加齢で凄みが増した美貌を上向け、周囲を睥睨《へいげい》しながら静かに歩んでくる。片霧家当主の威厳あふれる母の後ろで、紋付羽織袴姿を丸めておどおどしている小柄な中年男性は、父の片霧逸治《いつじ》だ。

両親の反対を押し切って教師となって以来、半ば絶縁して一人暮らしをしていたため、母と父に会うのは半年ぶりだった。

まさか、両親の前で嬲られてしまうのだろうか。静香は背筋が凍りついたが、涼と豪蔵に挟まれた娘の前に立った両親は、意外にも好意的な視線を向けてきた。

「お久しぶりですね、静香。まさかあなたが、あの壬生嶋家の息子と婚姻を決めるなどとは思いませんでしたよ。家格こそ劣りますが、片霧家の一人娘としては、なかなかのお相手を見つけましたね」

切れ長の目を細めた峰華が、きつい美貌を和らげてにこやかに笑う。

「お、お母様、お久しぶりです。まさか、お母様とお父様にご来賓いただけるとは思いませんでした」

静香はおずおずと頭を下げた。豪蔵にも匹敵する威圧感をもつ母には、いつもながら心が冷えてしまうが、なにも事情を知らないのがわかって安堵する。

先代から片霧家に残る莫大な負債を、壬生嶋家が肩代わりする約束になっているのだ。浪費家の母にとっては、まさに濡れ手で粟の縁談なのだろう。

「静香。お前がこの縁談を決めたと聞いて、片霧家のためにその身を犠牲にしたのかと心配していたが……」

父の逸治が柔和そうな笑い皺を深めて、愛娘の手元を見てくる。

静香は心細さから、ずっと涼と指を絡ませたままだったのに気づいた。

「年の差こそあるものの、静香は昔から涼君と仲がよかったからな。静香は本当に、涼君を愛したうえで結婚すると決めたのだな」

気弱だが優しい父に微笑まれると、罪悪感で押しつぶされそうになる。だが、

「はい、お父様。私は壬生嶋涼君を、——愛しています」

あっさりと口にできて、静香本人が驚いた。子宮の底まで狂わされた結果なのかもしれない。それでも、もう静香はまぎれもなく涼を愛してしまっているのだ。

絡み合わせた涼の指が、感情を堪えるように震えていたので、激怒されているのかと思った。だが涼は口端を強く噛んで、両親に一礼しただけだった。

「さて、おふたかた。親子で積もる話もあるかと存じますが、まずは別室で『これからの両家の政治』について話し合おうではありませんか」

豪蔵に促されて三人が退場すると、静香はようやく息をつけた。

「涼君、原田先生！　こ、こんな場所に身体を埋めて……ああっ……私になにをするつもりなの？」

安堵していたのも束の間、静香は涼と原田に脅されるがまま、会場の舞台に置かれた拘束台にあげられ、壁に空いた穴に下半身を埋められてしまった。

ウェディングドレスの腰部分と壁穴の隙間に、速乾性の発泡ウレタンを詰められ、左右の長手袋から覗いた細い上腕を、拘束台のベルトで固定されて、上体を伏せた格好で動けなくされてしまう。

客席へ美貌を向けさせられているため、注目している五百人もの面々がよくわかる。城蘭高校の生徒もいるが、大部分は静香が社交場でいつも避けていた、後ろ暗い噂の絶えない中年の政財界関係者たちである。

澱んだ劣情の津波が再び押し寄せてきて、壁に埋まった豊臀がぶるりと震える。

「この一か月間、あらゆる変態プレイで嬲られて、精液浣腸をせがんでくる、そろそろ片霧先生も物足りなくなった頃でしょう。毎時間私の肉椅子に座って精液浣腸をせがんでくる、アナル狂いになった頃でしょう。片霧先生でも楽しめるよう、豪蔵様が趣向を凝らしてくれたのですよ」

タキシードがはち切れそうな巨体を揺すって原田に嘲笑されると、毎日二十発は巨根でぐちゃぐちゃに耕されている直腸が、精液浣腸のトラウマで凍りついた。

「この宴を盛り上げるために、静香の両親を招待したと親父がいっていただろ。後ろの映像を見れば、すぐに親父の意図がわかるだろうぜ？」

涼に顎をしゃくられて真後ろを見ると、舞台のスクリーンの半分に、恥じらう静香の上半身が大写しになっており、もう半分に別室の映像が投影されていた。

静香の目の前や会場中に置かれたモニターにも、同じ映像が映っている。

その室内に、豪蔵に先導された峰華と逸治が入ってきた。

峰華のきつい声が、会場のスピーカーから聞こえてくる。

『豪蔵さん。こんな貧相な部屋で、片霧家と壬生嶋家の政治を取り決めするのですか？

静香への挨拶はすませましたから、早々においとましたいのですが……。あんな下劣な輩たちが集まる会場に、これ以上とどまるのは耐えられませんわ』

『ご心配なさらずとも、片霧家の負債をすべて肩代わりする約束は、この壬生嶋豪蔵の名にかけて違えたりはしません。ただその見返りとして、本日一度限りで結構ですから、この会場にいる下賤な輩を喜ばせる宴に協力してくださ い』

豪蔵の酷薄そうな笑みが、さらに邪悪な色を帯びる。

『政財界の事情通である峰華様ならば、我が宿願もご存じでしょう』

『確か…… 〝芸術品のごとく完璧な娼婦を作り上げたい〟でしたかしら？ 壬生嶋家の当主らしい、なんとも下劣な宿願ですわね』

峰華が、豪蔵にも匹敵する威圧感を伴った冷笑を返す。

『ええ、誠に下劣な宿願です。ですが、その卑しさすら塗り潰すほど、妖艶かつ崇高な娼婦を作り上げたいのは、堪えようもない本望なのですよ。そして苛烈な調教の末に、ようやく完成させた完璧な娼婦こそが、この女性なのです！』

豪蔵が紐を引くと、小部屋の一面に引かれていたカーテンが左右に開いた。

そこにある異様な物体を見て、峰華と逸治が眉をひそめ、静香も目を疑った。

なんと露わになった壁から、ウェディングドレスを着た女性の腰から下だけが、突き出ていたからだ。

純白のミディスカートは尻の凹みが浮かぶほど薄手だが、細腰から急角度で膨らむ臀部があまりにも豊かなため、パニエをつけたようにふわりと広がっている。

スカートのレース花からすらりと長く続く、白いガーターベルトストッキングで締まった美脚は、ヒールが爪先立ちになるほどピンと伸ばされて震えていた。

間違いなく、静香の下半身だった。豪蔵たちがいる小部屋は、この壁穴のすぐ向こう側にあったのだ。

豪蔵の趣向を理解した瞬間、静香の全身に悪寒が走る。

「ま、まさか、お母様とお父様が見てる前で、私を嬲り者にするつもりなの!? そ、そんなのいやあぁあッ、そ、それだけは許して、涼君！」

叫んでしまってから、静香は慌てて唇を噤《つぐ》んだ。

「声をひそめる必要はありませんよ。あちらの小部屋の遮音は完璧ですから、いやらしい片霧先生がどれだけ絶頂声をあげても、聞こえませんからな」

「親父自慢の娼婦が、あんまり尻をはしたなく暴れさせせんじゃねえよ。その淫猥なでか胸をいつも通り丸見えにしてやるから、大人しく見世物になってな」

原田と涼にドレスの胸元を探られ、たわわに実った双乳を、ぶるんと左右に引き出されてしまった。痼り勃った乳頭が、宙に淡桜色の軌跡を扇情的に描く。

片霧家令嬢の巨乳がスクリーンに大写しになると、会場がしんとなる。

静香は頭が沸騰したが、拘束された両腕は肘から先しか動かせないうえ、全校生徒から嬲られたトラウマで、もはや恥部を隠すことすら恐怖になっている。

舞台のスポットライトを浴びてきらめく胸脂肪は、ゴム毬そのものの大きさと弾力でたゆたい、きめ細かい白い胸肌はけぶるように美しい。だが、その淡桜色の胸先は、見えない搾乳機で吸引されているように、乳輪ごと男児の陰茎のごとくビクビクと痼り勃ち、射精でもせんばかりに乳口を伸び縮みさせているのだ。

華奢な令嬢の胴体についているとは思えない、美と淫を体現した美巨乳だった。五百人の観客に、どっと囃し立てられ、静香は豊乳を振り悶えさせたが、

『はっ。豪蔵さんらしい、なんとも悪趣味な壁飾りですこと。……ところでこの女性、静香と同じドレスを着ておりますわね。理由をお聞かせ願いませんか？』

実の母に冷たく指摘されると、背筋の毛穴が一気に収縮した。

『清廉な御令嬢である静香嬢にはもちろん伝えておりませんが、本日の宴はこの娼婦の披露も兼ねておるのですよ。我が作品であるこの女性を、あの麗しい静香嬢と重ねて、会場の下賤な輩たちで密かに楽しむ趣向なのです』

豪蔵に正体を隠してもらえたが、静香が安堵できたのは一瞬だけだった。

『静香嬢とは別人なことは、この淫猥な仕上がり具合を見れば一目瞭然でしょう』

豪蔵がいきなり、ミディスカートを捲り上げてきたのだ。

スカートが落ちないようペチコートごと腰に巻き止められると、裸の豊臀が丸見えになる。ひやりと冷房の風に愛撫された尻肌が、羞恥で燃え上がった。

スカートが作る純白の布花の中心に晒された静香の双臀は、全校生徒から尻打ちされた後のごとく、すでに紅潮しきって美味しそうに汗ばんでいた。

日本人離れしてむっちりと脂肪が乗った豊臀だったが、その無毛の谷間には、股縄が食いこんだように深い縦皺がキュウキュウと抉れ走るばかりで、小陰唇も桃菊の大輪も、ふっくらとした陰肉に隠れている。

静香は一か月もの間、蜜壺と直腸壺と括約筋の淫らな蠢きを調教され続けた影響で、陰肉すべてがくるまるほどの、締めつけ癖が直らなくなってしまったのだ。

どんな紳士ですら股間がたぎる、聖女と熟女の魅力を併せ持つ豊臀だった。

にやりと笑った豪蔵に尻肉を気持ち悪く鷲づかまれ、静香は美貌を跳ね上げた。

「ひッ⁉ だ、駄目です、豪蔵さん！ い、今はお尻を広げないでくださいっ、そんなことをされたら中から全部こぼれてぇ――」

果実の熟し具合を暴くように、容赦なく尻房をぐちりと割り広げられた。

縦皺奥から小陰唇と菊皺がぬめり出て、二輪の蜜花が淫猥に咲き誇っていく。

露わになった女性器は、担任生徒の陰茎数十本で毎日散らし尽くされた影響で、桜色の薄い花弁が幾重にも増しており、淫靡ながらも美しい形状に成長している。

だが静香の最も恥ずかしい器官である肛門は、原田の巨根による抽送拷問と精液浣腸を受け続けたせいで、菊皺の大輪がさらに淫らに熟れ育ってしまっていた。

真っ白な豊臀の中で一番感じる部分なのだと主張するように、女性器より濃い桃色の菊皺が、直径十センチ以上にもいやらしく大量に散り広がっている。事実、静香は菊皺に滲んだ腸液を爪でひと掻きされただけで、縦筋をこすられた幼女のごとく失禁寸前まで追い詰められるほど、肛門を開発されてしまっているのだ。

さらに尻肉を真っ平らにされると、陰核包皮にしごかれながら桜豆がムチュリと剥け飛び出し、静香はたまらず息んでしまった。

捲れ裏返った二穴が尻丘より高く盛り上がり、ためにためてしまった白濁蜜と透明な腸液を、ブジュウッッと両親の足元まで噴いてしまう。

「い、いやあああああぁ――ッ、見ないでください、お母様お父様ぁ！」

美貌どころか脳髄まで灼熱して、羞恥でなにも考えられなくなった。

片霧家の御令嬢とは思えない恥液のためこみぶりに、会場がどっと沸く。

静香は台に固定された腕をなんとか動かして、助けを求めるように涼の手を探った。だが白い長手袋が空を掻いてしまう。横を見ると、いつの間にか涼も原田も舞台袖に引き上げており、ニヤニヤと笑っていた。

豪蔵に任せて視姦に徹するつもりなのだろう。身の内で羞恥と心細さが膨らみ、浴びせられたスポットライトに焼かれるように、子宮がキュウッと縮こまる。

『いかがですかな？　〝我が至高の作品〟の膣口と肛門の熟れ具合は。すでに数十人に犯し尽くされた後のような有様ですが、本日はまだなにもしておりません。この女性は、下着をつけずに衆人環視の中を歩かせただけで、膣液どころか腸液までためこんでしまうほどの露出好きなのです。清廉な静香嬢とは対極とも呼べる、淫靡な美しさでしょう？』

豪蔵が得々と説明するが、峰華も逸治も唖然とした顔で硬直していた。

たまらず、亜麻色の髪と豊乳を振り乱して身悶えた静香の目に、背後のスクリーンや会場中にあるモニターの映像が飛びこんでくる。

豪蔵に割り伸ばされた豊臀の谷間から、桜色の8の字に開口した二穴が、両親に最大口径を見せつけるように高く下品に迫り出している。皺まみれの内壁を晒した膣道も直腸も、今まさに透明な陰茎に二穴責めをされているがごとくビクビクと蠢いており、ドーナツ状の子宮口もS字結腸口も丸見えになっていた。

羞恥が爆発した静香は、「ひぃッ」とあえいで淫乱な恥部を隠そうとするが、鍾乳石のごとく太く垂れ落ちた粘液に、剥き身の陰核を撫でられ続けていては、性感でヒクンヒクンと上下する豊臀をまるで締めつけられない。

五百人もの観客に狂ったように囃し立てられるのも恥ずかしかったが、調教され尽くした二穴を両親に見られているほうが、遥かにつらかった。

「お母様とお父様に……あ、あぁっ……こんなはしたないところを見られてるぅ」

——唐突に、静香の脳裏に幼女の頃の記憶が蘇ってきた。

お漏らしでもしてしまったのか、屋敷の女中たちの前で濡れた小尻を露わにされ、母と父の二人がかりで尻打ちをされている記憶だ。

——そうだ。あまりに恥ずかしい思い出だったので封印していたが、幼い静香は毎日のように『粗相』をして、両親から性的とも呼べる躾を受けていたのだ。

だが、お漏らしをしただけにしては厳しすぎる仕置きだ。気品を重んじる母が性的な躾をするのも妙だし、やさしい父が娘に手を上げていたのも信じられない。……いったい自分は、どんな酷い『粗相』をしていたのだろう。

静香の背筋が、嫌な予感で粟立っていく。

押し黙っていた峰華が、淫気を吹き払うように一笑した。

『はっ。確かに、こんな破廉恥な女性が静香であるはずがありませんわね。あそこどころかお尻の穴まで、こんなに下品に広がるだなんて……。これでは娼婦というより、ただの淫乱な雌豚ではないですか』

母の侮蔑が、容赦なく二穴の底まで突き刺さってきた。静香の被虐性感が刺激され、露わになった子宮口とS字結腸口から、ビュッと粘液を噴いてしまう。

羞恥で消え入りたくなった静香に、父が冷たい声で追い打ちをかけてくる。

『なじられても嫌がるどころか、なおも濡らして喜ぶとは……。なんとも恥知らずな娘さんだ。こういった女性と、私の大切な静香を重ね合わせて楽しもうなどとは、まったくもって不快《さげす》ですな』

やさしい父に蔑まれると、瑞々しい瞳から涙がこぼれそうになる。

猛烈な恥ずかしさで尻肉が縮こまり、豪蔵の手を押しのけるように豊臀が締まった。陰肉に深い深い縦皺がキュウッと抉れ走り、粘液柱が断ち切れる。

豊臀から手を放した豪蔵が、悪魔めいた笑みで告げた提案は、

──静香にとって、死刑宣告にも等しかった。

『聡明なお二方なら、もうお察しでしょう。この静香嬢と重ね合わせた女性を、お二人に嬲って貰いたいのです。峰華様の高貴な手で責め立て、逸治様の陰茎で犯し尽くして頂く。それが、片霧家の負債を肩代わりする見返りです』

羞恥で茹だっていた頭が、一瞬で凍りついた。

「そ、そんな恐ろしいこと、い、いや……いやあああッ！　涼君、やめさせてっ」

静香は舞台袖に立つ涼に懇願したが、酷薄な笑みではねつけられて絶望する。

切れ長の目を細めた峰華が、小部屋のカメラを睨み上げた。

『そうですか。この娘だけでなく私と夫をも見世物にして、下賤な輩たちで笑い物にしようというのですね。豪蔵さんの下劣さは承知していたつもりでしたが、想像以上

でしたわ』

そうだった。まだ救いはある。いくら浪費家とはいえプライドの高い母が、こんな屈辱的な条件を引き受けるわけがない。

静香は心を落ち着かせようとするが、豪蔵はさらに酷笑を深める。

『笑い物にしようなどとはとんでもない。この会場にはお二人を蔑む者など一人もおりません。この場にいる誰もが峰華様と逸治様を、心より尊敬しているのですから。我々はあらゆる裏事情に精通しておりますから、〝片霧家の秘密〟もすべて知っております。——もっとも静香嬢は、なにも聞かされていないようでしたがな』

……片霧家の秘密とはなんだろうか。静香が知るのは、祖母が公爵の位をもっていた、由緒正しい女系の名家だということだけ。

嫌な予感がまたも膨らみ、うなじの毛が逆立つ。

豪蔵が続けた話は、驚くべき真実だった。

『片霧家の女性は代々床上手であり、常に格上の男子を迎え入れることで名を上げていった。裏社会ではそんな噂が広まっておりますが、真実は少し違います。片霧家の女性は意図的に、男を惹きつける肉体を作り上げていったのです。あらゆる房中術を学び、雄をさらに魅了する娘を産めるよう胎内から作り替えていく。そうして、片霧家秘伝の房中術と淫らな女体を平安時代から脈々と受け継ぎ、男を籠絡して成り上がるためだけに、肉の質を高めていった淫らな血族。それが、片霧家なのでしょう?』

嘘だと思いたかった。静香は二穴を犯されるたびに、膣や直腸の名器ぶりを揶揄されてきたが、片霧家がそんな淫猥な血族だったなどとは信じたくない。

母に笑い飛ばしてもらいたかったが、

『ええ、そうです。それが片霧家の正体です。豪蔵さんの壬生嶋家となんら変わらない、卑しい家系なのは自覚しておりますわ』

峰華は否定してくれなかった。目の前に鉛のとばりが降りてくる。

同時に静香は、性とは無縁の生活を送ってきた自分が、なぜこうも雄に都合のいい肉体に育ってしまったのかを、ようやく理解できた。

男に媚びるためだけの女体と性技を平安時代から脈々と受け継ぎ、淫らな血を凝縮させていった一族の末裔。千年にも及ぶ片霧家の集大成とも呼べる肉作品。

それが、片霧静香という女性なのだ。身の内に流れる気高い血が、どろりと精液に変じてしまったような、とてつもない汚辱感に襲われる。

母が告白を続ける。

『ですが、そんな古い因習は私の代で終わりにすると決めたのです。静香にはなにも伝えておりませんし、身に受け継がれた片霧家の〝淫らな血〟が開花しないよう、それこそ片霧家秘伝の房中術を駆使して厳重に躾けました』

静香の記憶の蓋が次々に開いていく。

……そうだった。幼い頃の静香は小さな子宮からこみ上げる欲情を堪えられず、理性が麻痺してしまう就寝中は、毎晩のように『粗相』を、

――苛烈なまでの自慰をしていたのだ。

本能的な恐怖が残っていたお陰で、処女地にだけはふれなかった。だがその他の性感帯は、受け継がれた淫らな血に誘惑されるがまま嬲り尽くした。

幼い静香は毎晩、眠りに落ちると夢遊病者のように明確な手つきで、淫らな夜遊びを始めてしまう。

柔らかすぎる乳首を指で磨り潰して、幼女ながら淡桜色の乳輪ごとぷくりと勃たせられるほどに乳腺を育んでいく。処女を傷つけないよう陰肉を鷲づかみ、深く深くした幼裂で小さな桜豆をグリュグリュとこね回し、檸檬《れもん》でも潰すような乱暴さで幼蜜を搾り出していく。

幼児期の排泄性感が残っている肛門は、さらに手酷く遊び尽くした。

おしゃぶり癖が抜けない幼女のごとく、桜色のうぶな菊皺に両手の指を何本も飲みこませ、直腸越しに膣側のGスポットや子宮口をグリグリと責め立てて、透明な腸液を垂れ流しにしてしまう。

そこまで自らを追い詰めても、幼すぎる肢体では快感の頂に登り詰められず、絶頂

間際で延々と焦らし責めにさせられる。それでも静香は、絶頂より先に潮を噴けるようになるほど、幼体を虐め尽くした。

そうして朝になると、静香はパジャマを脱ぎ散らかした全裸になっており、小さな小さな右手がいつも、なんと手首まで肛門に埋まっているのである。

そんな状態で目覚めさせられては、幼女のうぶな心が耐えられるわけがない。直腸の猛烈な拡張感に鞭打たれた静香は、恥ずかしさと排泄性感ですすり泣きながらも、深い縦皺から潮をシューシューと噴きつつ手首を引き抜くしかなくなる。

ぬちゃりと右手を排泄できた瞬間、まん丸と開いた幼肛から透明な腸液まで、ぶじゅると盛大に漏らして、ベッドをさらにどろどろにしてしまう。

それほど奔放な夜遊びが、両親にバレないわけがない。

粗相が見つかるたびに静香は、全裸のまま屋敷の大広間に引き出され、気まずい顔で見守る女中たちの眼前で、厳しく躾けられてしまうのだった。

〝静香！　その欲求を制せるようになりなさいといったでしょう！　あなたにとってその欲求は、身を滅ぼす猛毒なのですよ。あなたを普通の娘に戻すためならば、私もお父さんもいくらでも鬼になりますからね！〟

そう叱られながら母にされる躾は、濡れた小尻を叩かれるだけではすまない。

理性の戻った幼肛に母の指を二本も根元まで埋められ、片霧家秘伝の房中術を駆使して、直腸越しに下腹部の性感帯すべてをこね回されて性折檻されるのだ。

〝お母様ぁ、静香もうお尻で遊びませんからぁ、お尻の罰を許してくださいぃ〟

それは過食症の子供が満腹になってもなお食事を詰めこむような、欲求を嫌悪させるための行為だった。つたない手淫とは比べ物にならない性感を叩きこまれた静香は、もう立ったまま潮と小水と腸液を撒き散らす肉人形になってしまう。

そんな静香がようやく夜遊びをやめられたのは、八歳になった頃だった。

静香が受けていた折檻は、性的虐待以外の何物でもない。だが片霧家千年分の淫血を凝縮されて生まれついた静香にとっては、唯一の正解である躾だった。

事実、静香は母の厳重な手腕のお陰で、性がトラウマになることもなく、自慰や躾の記憶すら忘れて、令嬢として気品あふれる人生を歩めていたのである。

──静香は、すべてを思い出してしまった。

「そ、そんな……ああ……私、お母様にあんなことをされて……ああっ」

脳髄が淫熱でどろりと溶けて、全身から愛液のような脂汗がじっとりと滲む。

狼狽する静香をさらにいたぶるように、豪蔵が残酷な真実を付け加える。

『逸治様の旧姓である京壇《きょうだん》家のことも承知しておりますよ。優れた子孫を残すための技と祈祷《きとう》術を千年もの間磨き続け、神憑りの域にまで高めた神秘の家系です。その末裔である逸治様ともなると、その神秘の技と片霧家にも匹敵する房中術を駆使すれば、精を与えた女性に思うがままの子を孕ませられるとか。――逸治様が京壇家を取り潰して、片霧家の婿養子になると聞いたときには、一体どんな淫らな娘を作ろうとしているのかと、裏社会中が色めき立ったものでしたが』

温厚でやさしい父にまで、そんな後ろ暗い秘密があったなどとは信じたくない。

だが、やはり父も否定してくれなかった。

『私の願いも妻と同じですよ。そんな醜い京壇家の古い因習を終わらせるために、妻と添い遂げると決めたのです。娘を授かるときも、片霧家と京壇家の卑しい血すらも浄化できる、高潔な女性になれるようにと想いをこめました。そうして生まれた静香は、片霧家の淫らな血にも打ち勝ち、私と妻の願い通りに、清廉とした淑女へと成長してくれました』

父の声が頭の奥で絡まり、幼い当時の記憶がまたも引きずり出される。

女中たちの面前で行われる躾の場で、性欲を嫌悪させるのが母の役割だったとするならば、羞恥を煽って慎みと恥じらいを覚えさせるのは父の役割だった。

母に幼肛を折檻されるさなか、父にはちょこんと桜色に主張する乳首や陰核を、徹底的にくすぐられた。嫌悪など微塵も感じないその愛撫は、母と同じく卓越していたが、どこまでも静香を焦らして恥じらいを煽る指使いだった。

〝静香。お母さんやお父さんに、こんなつらいことをさせないでくれ。いい子だから、

この恥ずかしさを覚えて、欲望に負けない気品を身につけておくれ〞

父の指に乳首や陰核の痼りを磨り潰されるたびに、お腹に小さな子宮の形がビクビクと浮かぶほど、胎内で恥じらいが爆発する。尿道の曲がった幼女にトイレの躾をするように尿口を押し広げられ、断続的に噴き散らす潮の立ち小便を、ジュッジュッと剥き身の陰核に当てられて、さらに辱められる。

〝お父様ぁ、静香もう恥ずかしいの覚えましたからぁ、もうお漏らしいやあぁ〞

片霧家の血の影響ばかりではない。静香の妖艶な肢体と異様な菊皺の形状は、間違いなく、そういった性折檻と苛烈な自慰の後遺症なのだろう。

拘束台の上で汗みずくの豊乳を震わせて、静香は放心してしまった。

豪蔵が態度と口調を、厳《おごそ》かなものに改めた。

『今一度、正確にお伝えします。我々はお二人の手腕を、是非とも拝見したいだけなのですよ。両家が千年もの間培った至高の性技術を、あますところなく披露して、〝我が作品〞の最終調教をしていただきたい。それこそが、私の要望です』

峰華は長く長く、瞼を伏せていた。

切れ長の目を見開いた母が、ついに決断する。

『そこまで知られているならば、もはや断る理由もないでしょう。豪蔵さんの要求を呑んで、この娘の調教を引き受けます。思惑通り下劣な見世物となって、穢《けが》れた片霧家に相応しい、この上なく淫猥な終幕を演じさせていただきますわ』

静香の心臓が、凍てついたままドクリと跳ねた。全身の毛穴が一気に開く。

『あなたも私に気遣いなど無用です。片霧家の当主が選んだ夫が、どれほど雄々しい男なのかを、この静香を騙る娘に、肉の髄まで知らしめてやりなさい』

『わかったよ、お前。私もこの狂った宴を、京壇家の花道とすることにしよう』

とうとう、父にまで了承されてしまった。静香の心が奈落へ突き落とされる。

会場中が沸き立ったが、静香の耳には絶望の音がごうごうと響くばかりだった。

3

舞台の壁から上半身だけを出して、ウェディングドレスからこぼれた豊乳を揺らして悶える静香の姿は、捕らわれた人魚のように美しく儚げだった。

淫猥な肉作品に堕とされてもなお麗しいそんな令嬢教師を、裏社会に知れ渡るほどの性技術をもつ夫妻が、愛娘だと気づかずに嬲り尽くそうというのだ。

五百人もの観客たちは、もう精臭すら香る劣情をたぎらせて狂乱していた。

「お、お母様、私静香です！　気づいてくださいっ」

白いガーターベルトストッキングで締まった美脚を爪先立ちにして、静香は純白のスカート花に飾られた裸の双臀を、なんとか逃がそうとした。

だが峰華に冷厳な手つきでひやりと豊臀を撫でられただけで、平手打ちを待つ幼女のごとく、行儀良く尻を突き出した格好で固まってしまう。

『さあ、覚悟なさい娘さん。片霧家と京壇家がどれほど穢れた家系だからといって、その歴史を舐められるわけにはいかないの。露出だけで股をぐずぐずにしていた変態娘さんに、私と夫の二人がかりの色責めに耐えられるのかしらねぇ』

モニターに映る母の初めて見る表情に、静香はぞくりとなった。女奴隷を嬲って楽しむ女帝のごとく、嗜虐性も露わに冷笑しているのだ。

『こんな下品な大尻をしているくせに、少女ぶって陰唇をくるませてるなんて滑稽ねえ。あなたの変態ぶりはわかってるから、娼婦らしく大口を開きなさいな』

陰核から始まる縦皺の始点に、人差し指の先を埋められた。そのまま尾骨まで一気にぬちゃりと陰裂《いんれつ》を撫で上げられ、「ひあンッ⁉」と尻房を開いてしまう。

静香は隠していた小陰唇と桃色の菊皺を、恥ずかしく咲き広げてしまった。

『陰唇の形は綺麗なものね。ここは静香のふりをしても問題ないわ。でもなあに、このお尻の穴のいやらしい色と形は。物心つく前からずっとお尻をいじっていないと、こうは成長しないものよ？』

放射皺が褐色に焦げそうになるほど、母の侮蔑が肛門を焼いてくる。直腸まで羞恥

の灼熱が広がった静香は、菊皺をキュッと窄めて隠そうとしたが、

『こんなお尻で、――いいえ。もう〝肛門〟と呼ぶ以外ない下品な肉ね。こんな淫売じみた肛門で静香を語ろうだなんて、厚かましいにもほどがあるわ！』

礼節を重んじる母とは思えない下品な単語を口にして、峰華がいきなり菊皺に人差し指と中指を、ぐちゅるると根元までぬめり入れてきた。

「ひぃいいぃッ⁉　う、嘘ぉ……お母様の指がお尻にぃ……や、やめてくださ――あひンンッ⁉　お、お母様！　その指使いは駄目ですッ、昔を思い出してぇ」

母の二指が怖気で締まった直腸内を、過去の性折檻と同じ指使いで責め立ててくる。過敏な肛門が幼女期の排泄性感を思い出し、黒い電流が脊椎を駆け上がる。記憶ごと脳味噌がぐちゃぐちゃにこね回され、静香は幼女返りしそうになった。

歓喜の涎を垂らす小陰唇をくちゅりと撫でてきたのは、父の逸治だった。

『確かに陰唇の形だけは合格だが、こうも淫乱ではな。あの清廉な静香を語ることがどれほどおこがましいか、陰唇と肛門から思い知らせてやろうではないか』

逸治はもう愛娘を見守る柔和な表情とは対極の、冷酷な形相になっていた。欲情すらなく雌豚を蔑むような冷眼を向けられ、静香は母以上に父が怖くなった。

「お父様もさわったら駄目ですっ、私静香なんです！　静香なんですからあっ」

静香の悲痛な叫びも、壁の向こうには届かない。

やさしかった父の指で桜花が散らされ、転げ出た痼る陰核を撫で回され、膣口にも三本もの指を埋められる。ひだまみれの肉管に詰まった蜜をぐりぐりと掃除されて、指先で子宮口を弄ばれ、陰核裏にあるGスポットをぐちぐちと抉られる。

静香は拷問じみた性感電流に、尻底から脳天まで串刺しにされた。

ビクビクと痙攣する子宮に揺さぶられて、純白の布花で飾られた豊臀がはしたなく暴れるが、母に直腸をさらに抉り回されて肛門を宙に縫いつけられてしまう。

「お、お父様っ、指とめてっ、とめてえ――ッ、お腹の中もクリトリスもとけちゃうぅ、ああんンンッ⁉ お尻もそんなにかき回さないでください、お母様ぁっ」

尻中から拒絶の涙を撒き散らす静香に構わず、患者に施術する外科医のように淡々と母と父の指が蠢き、二穴の肉具合を批評される。

『手術や薬で肉を形成したのでしょうけれど、よくもここまで片霧家の名器を再現したものね。ひだまみれの直腸が、指中を舐めるように吸いついてくるわ。これならどんなに短小な殿方でも、肛門で満足させられるでしょうね』

『膣のひだの寄り具合も締めつけ具合も、見事なものだ。だが肉が淫猥すぎて、片霧家の慎みの欠片もない。これでは、ただの淫乱な雌豚だよ』

両親の蔑みが、性感より鋭く蜜壷と直腸壷に突き刺さってきて、もう静香は申し訳ない気持ちで一杯になってしまった。

「ご、ごめんなさい……こんなに、いやらしく成長してごめんなさいっ」

瑞々しい瞳から、涙がぽたぽたと落ちる。

未熟だった幼女の頃なら、潮を噴きながらも耐えられた責めだった。

だが、一か月にも及ぶ調教でさらに過敏になった大人の陰肉を、千年もの間熟成された性技を受け継いだ両親に、手加減なしで嬲られてはひとたまりもない。

性折檻の記憶が脳裏で再生され、舞台の下から囃し立てる観客が、屋敷の女中たちに見えてくる。両親にこれ以上叱られるのがただただ怖く、心も身体も従順になってしまう。大人しく脱力して広がった蜜壺と直腸壺を、さらに自在に、ぐちゅぐちゅとこね回され、蜜と腸液で特濃のホイップクリームを作らされる。

「こ、こんなの我慢できるわけないぃ、も、もう駄目ぇ……ああんっ……お母様とお父様の指でぇ……ひいンっ……ぃくぅ——静香イクうううううぅッッ！」

あっけなく脳裏が白濁した静香は、仰け反りながら声高に達してしまった。

峰華と逸治の指が二穴からぬちゃりと抜かれると、静香はようやく絶頂から下りられた。汗でぬめる豊乳を拘束台に押しつけて、ぐったりとなってしまう。

ドレスの背中に広がる亜麻色の髪を震わせて荒い息をついていると、政財界関係者たちの下卑た喝采が押し寄せてきて、こらえようもない羞恥が再燃してくる。

暴虐に晒された膣口と肛門は、尻丘より高く盛り上がって桜色の8の字に開口したまま、白濁した特濃の絶頂蜜を太く垂らしてヒクヒクとあえいでいた。

『この程度で達するとは、だらしのない娘さんだ。よほど淫蕩なのだろう』

『本当に、なんて恥知らずな娘なのかしら。親の顔が見てみたいものですわ。こんなざまで、片霧家の手技と京壇家の陰茎責めに耐えられるのかしらねえ』

両親の蔑みに心を痛めながら、紅潮しきった美貌を上向かせた静香は、

──脳味噌に氷水を浴びせられた。

モニター越しの逸治が袴を脱いで、いきり勃つ陰茎を露わにしていたからだ。

この一か月で何百種類という男性器を見てきた静香でさえおののく、異形な巨根だった。張り詰めた亀頭は原田より肉傘が高く、血管が走る茎部も奇形病に犯された樹木のごとく瘤《こぶ》まみれで、肉塊全体がビクビクと不気味に蠢動している。

幼い頃に風呂場で見た父のものと、同じ肉だとはとても思えない。

観客たちが感嘆のざわめきを漏らし、豪蔵が低く笑う。

『さすが、京壇家の末裔である逸治様は格が違いますな。京壇家には陰茎の形を自在に操れる技があると聞き及びましたが、もしや〝我が作品〟がもっとも夢中になれる肉形を見極めて、再現したのですかな?』

『ええ、その通りです。膣内の感触と反応からこの形状を導き出したのですが、さす

がの私も、陰茎をここまで醜く変形させたのは初めてですよ』

『あらあら。こんな拷問具じみた肉がお好みだなんて、よほどのマゾなのねえ。さあ、あなた。私に遠慮はいらないわ。このマゾ娘に京壇家の男の恐ろしさを、子宮がどろどろになるまで教えてやってくださいな』

　静香はもう、両親の嘲笑に構う余裕すらなかった。父の凶暴な亀頭がくちゅりと陰唇に密着すると、命の危険すら感じる恐怖に襲われて豊臀中が凍りつく。

「や、やめてください、お父様っ。親子でこんなことは、絶対に駄目です！」

　ティアラで飾られた亜麻色の髪を振り乱し、豊乳をぶるんぶるんと暴れさせて抵抗するが、絶頂疲れした下半身は、口づけをまつ乙女のごとく動かせない。

　凍りついた小陰唇をとかし広げるように、灼熱する亀頭がミチミチと埋まっていく。原田に初めて犯されたときの嫌悪感ですら、比ではなかった。途方もないおぞましさが膣内を占拠して、静香に残っていた倫理観すら潰されていく。

「いやあぁ、お父様の物が入ってくるぅ、どんどん入ってくるうッ……あぁぅ……私はお父様が愛してくださっている娘なんですっ……私は静香なんですからあッ」

　あれだけ異形だった巨根を苦もなく、ぐぷりと丸呑みさせられ、熱固い肉頭で子宮口を押し上げられる。過敏な膣内で父の陰茎が、巨大な芋虫そのままのおぞましさで脈動しているのがはっきりとわかり、静香は恐慌状態に陥ってしまった。

「ひぃいいいいぃぃッッ、お、お父様の物が、お腹の中でこんなに脈を打ってぇ」

とうとう親子で性交までさせられ、凍死せんばかりに戦慄していたが、その悪感すら甘くとろける性感がこみ上げてきて、静香は狼狽した。鍵と鍵穴が寸分違わず合ってしまったように、異形な陰茎の肉傘や瘤の一つ一つが、膣管の急所に密着しているのだ。涼の陰茎すら凌駕《りょうが》する、病的な親密感だった。蜜壺も子宮も脳裏も魂ですらも、父の肉形のことだけで一杯になる。

「ひぃンッ⁉ こ、この形ぃ……この形、駄目えっ、お腹の中がとけるぅ」

振り乱しそうになる腰をどうにか押しとどめたが、静香の蜜壺は勝手に蠢き、桃菊を恥ずかしく伸び縮みさせながら、肉餡を愛おしげに舐め回してしまう。

『あらまあ。肛門をこんなに激しくヒクつかせていたら、膣中を動かして喜んでるのが丸わかりよ？ まったく、こんな変態娘に静香のふりをされるだなんて、不愉快の極みですわね』

母の平手で忌ま忌ましげに尻房を叩かれ、「ひゃんッ」と菊皺が窄まる。

『まあまあ、お前。この娘さんを静香だと思って楽しむ趣向らしいが、これほど過敏で恥知らずな陰肉では、すぐに浅ましい本性も露わになるさ。——さて娘さん、覚悟しなさい。あの清廉な静香とは似ても似つかない雌豚なのだと、会場の方々にもわかるよう、どこまでも淫らに踊ってもらうぞ』

父の腐肉がずるずると抜けていくと、亀頭傘や瘤に蜜壺の急所を抉られ、脳裏に白い火花が散り乱れる。巨根に引き延ばされた桜色の蜜花が何重にも捲れ裏返り、父の逃げていく肉にすがりつくように、膣口が尻丘より高く盛り上がる。

再び陰茎を突きこまれると、充足感を伴った快感が蜜壺と子宮にこみ上げ、菊皺も蜜花も窄まって幼女より深い陰裂が、キュウウッと抉れ走ってしまう。

静香はもう、一往復だけで我慢できなくなった。

始動装置の紐を引かれたエンジンのごとく、腰の前後動がぐちゃぐちゃと勝手に始まり、焦らす抽送を続ける父を尻肉で急き立ててしまう。

「や、お尻止まってっ、お尻止まってぇッ、こ、こんなの駄目よおっ、あひぃッ、お父様の……気持ちいいぃ……ああンっ……お父様のおちんちん気持ちいいっ」

肉傘でGスポットを抉られるたびに、豊臀で8の字の大円をぐりゅぐりゅと描いてしまい、亀頭で子宮口を叩かれるたびに、腰の往復で健気に返事をして、蜜袋となった子宮で、ぷちゅぷちゅぷちゃぷちゃと水風船遊びをしてしまう。

抽送を重ねるごとに、父の形が膣壁どころか魂にまで刷りこまれる。もう父の陰茎を味わうことしか考えられず、凄絶な背徳感で脳裏が白く爛れていく。

ドレスのスカート花がはためくほど、尻肉を前後左右に振り乱して蜜しぶきをあげ、下半身中で淫乱さを証明している淫乱娼婦を見て、母が哄笑した。

『もう、ただの腰振り人形ね。ほら、雌豚の分際で、片霧家の夫に腰を使わせるなんて失礼でしょう。もっと限界まで尻を振り立てて、ご奉仕しなさいな！』

母の平手による尻打ちが始まると、性折檻の恐怖が蘇った。……もっとお父様のおちんちんを気持ちよくさせないと、お父様にもお母様にも嫌われてしまう。

左右の尻房を四方から叩き回され、丸く開いた肛門を鼓のごとく鳴らされるたびに、さらに激しく豊臀をぐちぐちくちゃくちゃと踊らせてしまう。

「――ひやらあああぁッ、お、お母様っ、お尻は叩かないでっ、もう叩かないでくださいぃっ、お父様のでぇ……お父様のおちんちんで静香イクぅッッ！」

たまらず達してしまったが、母は一瞬も休ませてくれなかった。

雌馬を急き立てるように尻打ちが加速して、汗みずくの尻肌に桜色の手形を延々と増やされる。父と繋がったまま、サンバでも踊るような激しく淫猥な腰使いを強要された静香は、為す術もなく連続絶頂に陥ってしまった。

極限の快感でキュウッと窄まった膣管で、父の肉塊をより強くしごき立て、キュンキュンと押し下がる子宮口で、熱固い亀頭から滲む雄汁をすすらされる。

「イッてるのに、ずっとイッてるのに腰が止められないぃ、――ああン!? おしっこもお尻からも漏らすのが止まらないぃ……お父様ぁ、申し訳ありませんっ」

豊臀を突き出すたびに、絶頂蜜や潮どころか、菊皺から透明な腸液までビュッビュッと噴いてしまい、父を汚してしまう申し訳なさと倒錯感で朦朧となった。

雌豚ですら赤面する肉奉仕を披露する静香に、父と母が侮蔑を投げつけてくる。

『さすがは、豪蔵さんが手ずから調教した娼婦だ。絶頂し続けたまま、ここまで激しく腰を振り立てられるとは大したものだ。こんな恥の欠片もない腰使いをされては、並みの男なら二十秒ともたず射精してしまうでしょうな』

『お腹の中まで綺麗にしているようですけど、人前で腸液までこんなに排泄して、よくも恥ずかしくないものね。これは、お漏らしの躾も必要みたいねえ』

峰華の人差し指と中指が、またも肛門に根元までぬめり入ってきて、おぞましさで静香の腰振りが「あひぃぃッ」と静止する。母が酷笑を深めた。

『直腸の中は神経の壺だらけだから、片霧家秘伝の房中術を駆使すれば、お尻の筋肉の動きはもちろん、皮膚の分泌腺まで操れるのよ。――こんな具合にね』

直腸の過敏な壺を次々に指圧されると、蜜と腸液の分泌がぴたりと止まった。尿口を接着されたように尿も潮も漏らせなくなり、もどかしさが猛烈に膨らむ。

その性感を伴った疼きが、唐突に乳房へ流れこんできて静香は狼狽した。

『驚いたでしょう？　快感で分泌される粘液を、すべて乳腺へ送りこんでるのよ。ほら、変態娘さん。早く自分で乳房を搾って、乳首から粘液を吸い出さないと、おっぱいが破裂しちゃうかもしれないわよ？』

母の言葉通り、豊乳が風船のごとく張り詰め、淡桜色の胸先が乳輪ごとムクムクと二段に膨らんでくる。胸先に二つの肛門を形成されて大量浣腸されたような、拷問じみた排乳欲に襲われ、静香は悲鳴と涙をこぼした。

「や、やめてください、お母様ぁ！　胸の中にどろどろした物が、どんどん流れこんでぇ……ああんっ……私の胸も乳首も、ほんとにはち切れちゃうぅッ」

静香に残された道は、その恥ずかしい行為をすることだけだった。

拘束された上腕から伸びる純白の長手袋を、なんとか動かして、膨らんだ豊乳の根元をぎちゅりと握りしめる。もはや射精寸前の亀頭のごとく脈動する二つの乳首を唇に寄せて、その陰核以上に過敏になった肉豆を猛然と吸引する。

乳口が一気に押し広がり、潮噴きと同じ開放感を伴った絶頂が二つ分はじけた。

「むぶゅううう――――ッッ⁉　乳首、乳首イクぅっ、胸の奥でもイッてるぅッ」

熱く甘い粘液で喉奥を叩かれ、たまらず胸先を吐き出してしまう。

腫れ上がった乳首を内側から押し広げて、粘性の強い白濁蜜が、むりゅむりゅとシャワー状に噴き出してくる。乳口を無理矢理広げられているため、疼痛を伴った胸絶頂が止まらなくなる。子宮がキュウキュウと収縮するたびに、胎内にあった絶頂蜜が乳腺へ送りこまれ、どす黒い排乳欲で豊乳を一杯にされてしまう。

乳房の中に大量の毛虫でも詰められたような凄まじい怖気に襲われ、静香はもう半狂乱になった。もはやバレーボールのごとく張り詰めた双乳を、根元からぐにゅぐにゅと搾乳して、勃起しきった乳首から少しずつしか漏らせない絶頂蜜を、射精の残り汁をすするように、「あみゅうッ、ぐみゅううッ」と吸虐していく。

そのあまりに淫猥な姿は、まさに母乳自慰に夢中になる妊婦のようだ。清廉な令嬢教師が演じているとは思えない搾乳芸に、会場から狂乱じみた喝采がわく。

「胸でイクのもおっぱいも止まらないぃ、あぶうッ、こんな恥ずかしいのいやあっ、んむゅうッ、もう静香の身体をおもちゃにしないでください、お母様あっ」

静香は心の底から懇願したが、直腸で蠢く母の二指は止まらなかった。

『こんなに直腸を震わせていたら、乳首でも絶頂してるのが丸わかりよ。ほらほら、乳房に粘液を追加されたくなかったら、少しは感じないよう我慢なさいな』

『これほど淫乱な雌豚では、我慢などできるはずもないさ。――さて、この娘さんが好きな腰使いもわかったことだ。京壇家の陰茎責めを披露するとしようか』

静香を散々に焦らしていた父が、ついに本格的な抽送を開始した。

蜜が詰まった子宮袋を、餅でもつくように亀頭で叩き回され、絶頂でキュウッと幼裂が食いこんだ陰肉を、異形な巨根で8の字十字X字と抉り回される。

見かけこそ乱暴な抽送だが、愛しい恋人に性教育を施すような、やさしく繊細な肉使いだ。絶頂すら凌駕する甘い官能が、胎内で際限なく膨らんでいく。

感情すら操られ、父を親としてではなく男性として、好きになってしまう。

「こ、この動きやだあっ、ああんんんんっっ、お腹がぁ、子宮が狂っちゃうぅ、こんなに気持ちよくされたらぁ……やあン……お父様のこと好きになっちゃうぅ」

脳味噌にまでジュクリと蜜が滲み始め、亜麻色の髪を振り乱した静香だったが、乳蜜を吸っていた唇がひとりでに動き出して、「ふみゅうぅ⁉︎」と混乱した。

『どうだ、娘さん。京壇家の秘術で膣中の壺を刺激して、膣内と口内の動きを連動させてやったんだ。この恥知らずな陰肉がどれほど淫らに蠢いているのかを、観客のみなさんにも見せてやりなさい』

『それは傑作ねえ。豪蔵さんが選んだ娼婦ならば、さぞ美人なのでしょうけど、大口を開けて涎を垂れ流す顔を見れば、観客たちも静香と重ね合わせることなんて無理なくらい、興ざめしてしまうでしょうね』

美貌ごと唇が勝手に上向き、五百人の下卑た男たちと対面させられる。

淡い紅で彩られた唇がまん丸と押し広がり、口蓋垂まで露わになった桜色の口内が、透明な男根で口姦されているように、ぐちゅぐちゅと蠢いて涎を泡立てる。

膣内と口内が連動しているのが、はっきりと体感できるため、実の父に犯されながらも、心から喜んではしゃいでいる蜜壺を、見せつけているとしか思えなくなる。恥辱で気がふれそうになった静香は、涎を垂れ流しながら悲叫した。

「ひ、ひやぁッ、口の中がお腹の中とおんなじ動きをしてるぅ、こんなの恥ずかしすぎるぅ……あひぃッ……お父様、口を閉じさせてぇ……乳首も吸えないぃ」

峰華は興ざめするだろうと嘲笑していたが、専用水でしか落とせない薄化粧で彩られた静香の美貌は、少しも魅力を失っていなかった。

長い睫毛を上向けられて蠱惑的に際立てられた双眸を細め、瑞々しく澄んだ瞳を官能でとろけさせて眉尻を悩ましげに下げた目元は、いまだ気品に満ちている。紅潮しきった頬の下で淡紅色に彩られた唇は、口端が伸びきるほどまん丸と広がっているのに、その清楚な美貌はまったく色あせていない。

スポットライトに照らされた喉奥は、亀頭傘をしごき立てるようにビクビクと前後動しており、陰茎の形に膨らんだまま蠢く口内粘膜の内部では、桃色の舌が肉竿裏を舐め上げるように暴れている。小顎と拘束台を太い水柱で粘りつないだ静香は、もう自らの涎で溺れそうな有様だ。

そうして、うぶな恥じらいぶりがありありとわかるほど身悶えながらも、膨らみきった豊乳を根元から抱き潰して、もはや親指大ほどに腫れ痼った淡桜色の乳首から、白濁蜜をびゅるびゅると八方へ撒き散らしているのである。

この上なく淫らで下品なはずなのに、欲情と同じくらい愛情をかき立てられる。

搾乳しながらも健気に唇を広げて涎を垂れ流す姿が、可憐にすら思えてくる。

まさに『芸術品のごとく完璧な娼婦』を体現する美しさを目の当たりにして、会場に詰めた五百人の男たちは陶然となってしまった。

魅了されて息を詰める大人たちを尻目に、城蘭高校の生徒たちが色めき立つ。

「凄ぇ。片霧先生、自分であんなにおっぱい搾って喜んでる」

「もう、学校で精液飲んでくれるときの、とろとろの絶頂顔になってるな」

「ほら、見てみろよ親父。あれが片霧先生の便所顔だ。毎日あんな可愛らしく大口開けて、全校生徒の精液を残らず飲んでくれるんだぜ？　先生の口にチンポを入れないよう我慢するのが、どれだけつらいかわかっただろ？」

全校生徒のおぞましい子種の味が蘇り、こらえにこらえていた静香の恥ずかしさが爆発した。澄んだ瞳から大粒の涙が、ぽたぽたと涎溜まりに落ちる。

「もういやあああああぁッッ、私の口を止めてぇッ、もうトイレになってる顔を見せないでぇっ、こんな恥ずかしい見世物にされ続けるなんて酷すぎるぅっ」

涎と舌を垂れ流して必死に懇願したが、両親の性折檻は加速するばかりだった。

異形な巨根であらゆる腰文字を描かれて子宮を毬つきされると、一突きごとに達して、そのたびに父への歪んだ愛情が募ってしまう。母の二指で直腸中を指圧されると、幼児期の排泄絶頂が蘇り、まさに幼女のごとく泣き叫ぶばかりになる。

二穴で交互に達するたびに絶頂蜜で乳腺を膨らまされるため、苛烈な搾乳を続けるしかなくなる。ビュービューと蜜乳を噴くたびに胸脂肪中が絶頂で焼けつき、観客に視姦され続ける喉奥や舌でも、羞恥性感で達するようになってしまう。

絶頂の白い稲妻が全身のいたる器官で迸るようになり、静香はもう本当に気が狂いそうになった。

涙と涎と蜜乳を散り撒きながら、ティアラで飾られた亜麻色の髪を振り乱す。

「おっぱいイクっ、口の中でもイッてるぅ、子宮もお尻もイクイクイクぅッ、やらあっ、もうイクのやらあああッ、お父様お母様ぁ、もう静香は変態の雌豚だとわかりましたからぁっ、いやらしく成長してしまった静香をお許しくださいぃっ」

狂乱する五百人の男たちに囃し立てられながら、静香はそのまま二十分以上も延々と果てさせられた。

『これだけ絶頂し続けていては、さすがに気が狂ってしまいかねませんわね。豪蔵さんの大切な作品を壊すわけにはいきませんから、小休止しましょうか』

峰華の指が菊皺からぬちゃりと抜けて、逸治の抽送が停止すると、絶頂の嵐がようやく途絶えて、静香は拘束台にべちゃりと脱力してしまった。

亜麻色の髪が広がる細い背中の左右から、潰れた豊乳がぐにゅりと飛び出て、幼児の亀頭大に腫れた淡桜色の乳頭から、白濁蜜をぴゅるりと射乳してしまう。

巨根を食い締めたまま激しく痙攣する陰唇の上では、暴虐に晒された肛門が尻谷より高く上下動しながら、桃色の丸肛門と桃菊の大輪をグチャグチャと繰り返してあえいでおり、腸液の甘い湯気を立ち上らせていた。

静香と繋がったままの父が、豪蔵に質問する。

『さて、豪蔵さん。そろそろこの娘さんに、射精される本当の快楽を教えこんでやろうと思いますが、避妊薬は飲ませてあるのですよね？』

静香の背筋が、ぞわりと震えた。残酷なまでに理性が戻ってくる。

実の父親に子種を注がれると思うと、おぞましさで身悶えしてしまうが、避妊は問題ないはずだ。この宴のために調合したと説明された媚薬入りの薬剤を、昨日の朝に飲まされたのだから。

しかし豪蔵の返答は、──あまりにも残酷だった。

『いいえ。この女性に飲ませてあるのは、避妊薬ではありません。壬生嶋製薬が開発した高性能な、──排卵誘発剤です』

静香の脳天に、冷たい鉄杭が落ちてきた。

『この薬を摂取した女性は、ほとんど副作用もなく、一日半後に左右の卵巣から最も受精に適した卵子を一つずつ、計二つ排卵します。つまり、そのときを狙って子宮内に射精すれば、極めて高い確率で二卵性の双生児を受胎できるのです』

魂まで凍りついていく静香に構わず、豪蔵が得々と説明を続ける。

『京壇家の秘術をもってすれば、精を与えた女性に思うがままの子を孕ませられるはずです。——すなわち。逸治様には、この〝我が至高の作品〟を母体にして、さらに淫猥でさらに美しい、まさに生まれながらにして〝究極の娼婦〟となる、神憑ったほどに淫らな双子の娘を作り出してもらいたいのですよ』

豪蔵の悪魔じみた企みに、会場から怒濤のような喝采が巻き起こった。

あまりにも常軌を逸した話のため、静香の戦慄した脳が理解を拒んでいる。

『ようやく、豪蔵さんの真の狙いがわかりましたわ。完璧な作品であるこの娘ですら、宿願を追求するための〝素材〟でしかないわけですね。まるで競走馬の種付けではないですか。豪蔵さんらしい、人倫に悖る浅ましい企みですわね』

高笑いする峰華に、豪蔵が悪鬼のごとく酷薄な笑みで返答する。

『いえいえ。私の宿願は、この素晴らしい女性をもって完遂しております。ですが、どれほどの完璧を手にしても、より高みを追い求めてしまうのは人間の性です。人の交わりですら利用して浅ましく至高を目指してきた、片霧家と京壇家のお二人ならば、私の思いも理解できるのではないですかな？』

鼻白んだ峰華を、逸治が落ち着いた声で取り成す。

『確かに我々夫婦には、豪蔵さんを蔑む権利などありませんな。それにこの娘さんも、ここまで淫らに調教されてしまっては、もはや普通の女性としては生きられないでしょう。己より淫らで美しい双子を産んで、母子共に嬲られながら仲よく暮らせるのは、この娘さんにとっても、この上ない幸せなのかもしれませんね。……いいでしょう。豪蔵さんの思惑通り京壇家の技を駆使して、まさに究極の娼婦とも呼べる娘を仕込んであげましょう』

逸治に了承されてしまった瞬間、ようやく静香の脳裏に現実が降ってきた。

実の父親に種付けされて、子供を産まされるだけではない。美しい娘として誕生するその双子は、静香よりさらに淫惨な運命を背負わされてしまうのだ。

蜜壺に埋まった父の異形な陰茎が、ぬらぬらと鱗をぬめらせる大蛇に変じた気がした。子宮から内臓すべてがねじれていくように、とてつもないおぞましさが身の内で爆発する。背筋どころか魂にすら、ぞわぞわと鳥肌が立つ。

「い、いや……いやあああああああああああああぁ――ッッッ!!」

静香は、拘束台のベルトを引き千切らんばかりに暴れた。舞台袖で視姦に徹している涼を見て、わなわなと潤みきった瞳で心の限りに懇願する。

「涼君、お願い！　こんな恐ろしいことは、やめさせて。他のことなら、どんな辱めを受けてもいいから！　お父様との子供を作らされるばかりか、産まれてくる赤子の運命まで、いやらしくねじ曲げるだなんて……ああっ……そ、そんなおぞましい所行、人として絶対に許されないわ！」

涼の精悍な悪人顔に一瞬だけ逡巡《しゅんじゅん》が浮かんだが、すぐに感情を隠されてしまう。

「観念するんだな、静香。これは親父が長年夢想してた計画だから、今さらやめられねえよ。産まれた双子は俺の娘として、ちゃんと認知してやるから安心しな。お前と同じくらい、肉の隅々まで可愛がりながら育ててやるよ」

「心配はいりませんよ、片霧先生。美しく産まれてくるだろう娘さんたちには、物心つく前から肛門教育を施してあげますからな。私の巨根に一日でも早く肛門で座れるよう躾して、娘さんたちのベビーチェアになってあげますよ」

涼と原田のあまりに邪悪な返答を聞いて、静香は頭蓋に腐ったヘドロを詰められた気分になった。毒々しい悪寒がはち切れて、滑稽なほど豊臀が震える。

『さて。娘さんに選ばせてあげましょうか。そんな淫らな双子を妊娠したくなければ、腰を動かさず耐えてみせなさい。私は射精も自在に操れますから、娘さんから陰茎を刺激されない限り、決して精を放たないと約束しましょう』

家畜の繁殖でも決めるような冷たさで父が告げると、母が酷笑を深めた。

『あなたも意地悪ねえ。連続絶頂でどろどろになった膣内で、もっとも感じる形状にした京壇家の巨根を頬張ったままなのよ？　こんな変態娘さんに、耐えられるわけありませんわ。……このままではさすがに可哀想ですから、お尻を動かす余裕がなくなるくらい、きつい調教をしてあげましょうか』

母の二指がまたも肛門に沈んできて、静香は「ひあンッ」と美貌を跳ね上げた。人差し指と中指だけでなく、薬指小指と追加されて桃菊をピンと伸ばされ、きついゴム手袋を無理矢理はめるように、四指をぐりぐりと押し進められる。

今まで されたどんな極太アナル栓よりきつい、とてつもない拡張感に襲われ、「ひいいいぃっ、ひいいいいいいいいいぃッッ」と尻肌中に玉汗を浮かべる静香に構わず、親指まで追加された手刀がミチミチと括約筋を通過していく。

母の右手がとうとう手首まで丸肛門に埋まり、観客たちが一層どよめいた。

「お、お母様の手が丸ごとお尻に入ってるぅ……あぐぅ……こ、こんなの酷すぎますっ、お母様、手を抜いてくださいぃッ、静香のお尻の穴が壊れるぅっ」

峰華の手は少女のように華奢なため、実際には原田の巨根より一回り太い程度だ。だが、排泄性感ごと幼女返りしてしまった過敏な直腸壺に、母の片手がみっちり詰まっているのを体感すると、恐怖と拡張感で気が変になりそうになる。

手首をずるずると抜かれると、尻谷より高く粘り伸びた丸肛門が、掌の形にそって菊状に窄まり、中指一本になってもキュウッと健気に締めつけてくる。手刀を突きこまれると、またも肛肉が餅のごとく緩んで、手首を丸呑みしてしまう。

『あらあら。なんて柔軟でいやらしい肛門と直腸なのかしら。指をどんな形にしても、やさしく締めつけてくるわ。どれだけ陰茎でほぐされれば、こんな排泄器官に育つのかしら。これだけ直腸が柔らかいなら、面白い調教ができるわよ』

揃えていた母の五指が直腸の中で広がり、拡張感がさらにはち切れる。柔軟な直腸壁をぐにぐにと伸ばしながら、分厚い粘膜越しにグチリと握られたのは、

──父の陰茎の形に膨らんだ膣管だった。

「ひゃんっ⁉　う、嘘おっ⁉　お尻からお父様の物が握られてぇ──ひぃぃッ……お母様に、お尻もあそこの肉も全部一緒につかまれてるぅっ」

直腸と蜜壺が繋がった錯覚がした。粘膜越しに膣管を握られるたびに、女性として取り返しがつかないほど壊されていくような、凄絶な被虐性感に襲われる。

『さすがの変態娘さんも、膣に入った陰茎をお尻からしごかれた経験はないでしょう？　さあて。私の指で直接、膣肉の動かしかたを調教してあげましょうか』

直腸壁の手袋をまとった母の五指が、膣道を外側から直接動かしてきた。

『これが、殿方に負担をかけずに、女だけが最も感じられる膣の動かしかたよ。この膣オナニーを覚えれば、どんな下手な男に抱かれたときでも満足できるわよ』

膣管を雑巾のようにギュッと絞られ、性感帯に食いこませた五指を振動させて血潮をさらに熱くかき回される。相手の抽送ではけっして得られない利己的な快感がこみ上げ、背徳感で子宮と脳の奥が白くじゅくじゅくと爛れていく。

「ひぃぃ⁉ な、なに、この感覚ぅ……こ、こんなはしたない動きを教えないでください、お母様ぁっ……あぁン……こんな気持ちいいの癖になっちゃうぅ」

静香は蜜乳まみれの豊乳を抱き締めて、自慰欲に呑まれないようこらえた。

だが蜜壺の蠢きを止めるたびに母の手で直接うながされて、膣粘膜のはしたない動かしかたを、ぐりゅぐりゅくちゃくちゃと教えこまれてしまう。

その性感の虜になった静香は、膣管で行う自慰が止められなくなった。

自ら蜜壺を右回転左回転と雑巾絞りして、快感による痙攣すら利用して膣粘膜を振動させる。手放しで潮が噴けるほどGスポットと子宮口を蠢かすと、父の陰茎を丸呑みする小陰唇から粘液がしぶき、またも豊乳が乳蜜で張りつめてきた。

「ああンっ、またいやらしいこと覚えさせられたぁ……あひぃ……もう感じたくないのにぃ……も、もういやぁ……もう静香、これ以上変態になるのいやあッ」

『あらまあ。もうこんな上手に、膣オナニーができるようになったのね。本当に、どこまで浅ましい変態娘なのかしら。――さあ。次はいよいよ、雄の子種を絞り取る動きの調教よ。このいやらしい〝おま〇こ〟で、しっかりと勉強なさい』

母がそんな下品な卑語を口にしたのを、驚く余裕すらなかった。

陰茎で膨らんだ膣管を鷲づかみにされ、無理矢理射精に導く勢いでグシュグシュとしごき立てられる。膣口付近では肉茎の根元をきつく握り締め、亀頭へ五指を滑らせるときには、性感帯の壺を刺激しながら手を弛めて膣袋を膨らまされる。

気圧が下がった蜜壺が陰茎を吸いこみっ放しになり、父の亀頭がグリグリと子宮口を押し上げてくる。並みの男なら即座に射精してしまう激しさだ。

「こ、こんなに子宮を押されたら、お父様に中に出されてぇ……あひぃぃッ……こんなに子宮を押されたら、またお父様が欲しくてたまらなくなるぅっ」

愛する男性の精を心から受け入れようとするときの膣蠕動を、無理矢理再現されているのだ。官能を伴った性感に感情が引きずられ、父の子種が欲しくて欲しくてたまらない気持ちになっていく。

だがここで心が負けてしまったら、産まれてくる娘の人生まで終わってしまう。

静香は抱きしめた双乳の先に吸いつき、びくびくと蜜乳を漏らす二つの肉豆を「あむうっ、あみゅうン」と肉轡にして、なんとか蜜壺を動かさないよう耐えた。

『ふふっ。おま○こ中をこんなに震わせてたら、射精してもらいたがってるのが丸わかりよ？　さあ、とどめよ。子宮を直接嬲ってあげるから、淫乱な双子を孕みたくなければ、最後まで耐えてみせなさい！』

直腸奥を探られ、母の人差し指と中指をS字結腸口まで入れられた。結腸粘膜越しの二指が子宮袋に食いこみ、Gスポットと間違えているような激しい指屈伸がぐちぐちと開始される。

胎内に詰まった絶頂蜜がかき回され、多幸感に満ちた官能が子宮で爆発した。

「――駄目えええええッッ！　こんなの我慢できる女の子なんているわけないぃ……あうンッ……お父様好きぃ……ああんっ……静香、お父様の精液欲しいぃ」

声に出して認めてしまうと、もう駄目だった。凄絶な官能が、そっくりそのまま愛慕にすり替わり、親子の倫理すら無視する外道へと堕ちていく。

「お父様の精液くださいぃ……あンっ……静香、お父様との子供が欲しいのおっ……変態の静香とお揃いのいやらしい娘たちを、早く妊娠させてくださいぃっ」

静香は母に調教された子種を絞り取る動きを、蜜壺で忠実に再現してみせた。

陰茎の根元を膣口でキュウウッと締めつけて逃がさないようにして、膣管を上下に激しくクチュクチュと蠕動させて、父の逞しい肉塊を奥へ奥へと引きこむ。

とろけ下がった子宮を亀頭でギュリリと臍の上まで押し戻すと、幸せな官能が身体の芯にまで達した。父の子種を切望する気持ちが、さらに止まらなくなる。

蜜壺による子種搾りを続けたまま、母の右手が埋まった豊臀を前後左右と振り乱して、父に仕込まれた京壇家の陰茎責めすら真似してみせる。

ウェディングドレスをはためかせて、陰茎に文字通りむしゃぶりつき、貪欲に精液を吸い出そうとしている変態娘を見て、逸治が心底蔑んだ笑みを浮かべた。

『どうやら娘さんにも、種付けの了承が得られたようですな。それでは、京壇家の技で子宮口を緩ませてあげますから、亀頭ごと呑みこんで精液を味わいなさい』

子宮口周りの神経を亀頭で刺激されると、官能でとろけた肉輪が脱力した。肉頭で子宮口をグリグリと押し広げられ、疼痛が走る。だがその痛みすらも、最愛の人に処女を奪われるような、甘やかな被虐性感にすり替わってしまう。

父の巨大な亀頭が、ついに丸ごとグポリと胎内に入ってしまい、子宮口が肉傘下を締めつける。女性の大切な胎児部屋に、愛する父の亀頭が入っているのがはっきりとわかると、この上ない幸せで脳の芯までとろとろになった。

『さあ、娘さん。豪蔵さんの企み通り、神憑ったほどに淫らな双子の娘を孕めるよう、京壇家最後の男として渾身の願いをこめて、精を放たせていただきます』

父が最後の抽送を開始すると、静香のすべての理性が押し流された。肉茎の中心からビクビクと精液が駆け上がってくるのがわかり、期待感で胸がはち切れる。

観客たちの囃し立てる声が、懐妊を祝福しているようにすら思えた。

双乳にうずめていた美貌を上向け、五百人の男たちに幸せを伝える。

「気持ちいいっ、気持ちいいのおッ……ああンンンっ……みなさんっ、大好きなお父様から子宮に直接精液を注いでもらえる、幸せな静香を見てくださいぃッ」

子宮で頬張った亀頭からついに精液が、びゅるッぶびゅるるぅッと放たれた。

涼の子種より官能を煽る白濁液が、原田の射精より大量に雪崩れこんでくる。

愛する父の精液がどろどろと子宮袋を膨らませ、幾億という精子の蠢きすら子宮粘膜で感じると、静香のすべてがかつてないほど昇天していく。

「いく、イク、イクううゥッッ、精液イクうううううゥッッ！　……お父様ぁ……静香嬉しいですぅ……ああんっ……いやらしい赤ちゃん作れて嬉しいですぅ」

女性の幸せを煮詰めたような官能に呑まれた静香は、びゅるっぶびゅっと精液を追加されるたびに蜜乳を噴いて達しながら、陶然となって脱力してしまった。

そのまま理性が戻らなかったならば、どれほど幸せだっただろう。

だが絶頂があまりにも高かったゆえに、そこから落下する喪失感が心身を急速に冷やしていく。凄絶な調教で鍛えられた心が、気品ある令嬢へと戻ってしまう。

冷水を浴びたように意識を明確にされた静香は、父の子種をもらうために演じていた痴態を思い出して、気がふれそうな羞恥に襲われた。——が、

父に子宮内射精されてしまった残酷な現実が、ギロチンの刃のごとく降ってくる。

静香の紅潮していた美貌から、一気に血の気が引く。

「ひ、ひ、ひいいいいいいいいいいいいいいぃぃぃ——ッッ‼　わ、私、自分からあんな恥ずかしいことをしてお父様の精液をぉ……ああっ……お、お父様、早く抜いてくださいっ！　ほんとに赤ちゃんができちゃうぅっ」

つい先ほどまで腰と蜜壺を暴れさせて、子種をせがんでいた淫乱娘が、桃尻中に鳥肌を立てて戦慄しているのを見て、峰華が冷たく失笑した。

『今さら後悔してるようね。なんて、浅はかな娘なのかしら。ほら、京壇家の男の精液は凄いでしょう？　何億という精子が泳いでる感覚すら味わえるのだから、不思議よねえ。あなたほど感じやすい変態娘なら、受精する瞬間の感覚もはっきりとわかると思うわよ？』

京壇家が極めた神秘の技なのだろう。十億にも達する精子が、卵子を求めて頭をくねらせ、長い尾をビチビチと蠢かせているのが、錯覚でなく体感できるのだ。

子宮が孵化寸前の蛙の卵塊と化したようなおぞましさに襲われ、怖気が止まらなくなる。

『さて。通常ならば精子が卵子まで泳ぎ着くには、一時間以上もかかります。淫乱な娘さんには、さぞもどかしいことでしょう。ですので、すぐに受精できるよう、卵管の奥へ届くまで、子宮にみっちりと精液を詰めてあげますよ』

亀頭下を子宮口に引っかけたまま、逸治が抽送を再開した。

子宮袋ごと蜜壺を上下にかき回されながら、父の子種がびゅくびゅくと充填されていく。白い腹にビクビクと子宮の形が浮かぶほど、胎内を満腹にされると、肢体が極限のおぞましさで凍りついたまま、連続絶頂が襲いかかってきた。

「イクッ、いくぅっ、ひくうぅッッ、こんなにいやなのにまたイキ始めたあっ、お父様、もう精液入れないでくださいぃっ、奥……卵管まで精子が入っちゃうぅ」

冷たい官能の嵐に翻弄され、豊乳を左右別々に振り乱して蜜乳を散り飛ばしていると、——S字結腸口に埋まった母の二指が、粘膜越しの子宮をつまんできた。

精液でブクリと膨らんだ子宮をスポイトのように潰されて、胎内の左右へ細く伸びている卵管へと、ぶちゅりぶちゅりと子種を注入されてしまう。

「——い、いやぁあああああッッ！　お、お母様、子宮を潰さないでくださいっ、卵管に入ってぇ……ひぃ……卵管にお父様の精液がどんどん入ってきてますぅッ」

幾億という精子が左右の卵管をうじゅうじゅと遡上しているのが、はっきりと体感できる。静香は断崖へと追い立てられた。崖から落ちれば、すべてが終わってしまうとわかっているのに、絶頂の蜜乳を撒き散らすことしかできない。

女体の神秘とも呼べる超常的な感覚だろう。

卵巣と繋がった左右の卵管膨大部に、二つの卵子が佇《たたず》んでいるのが知覚できる。その大切な卵に幾億という子種が、飴に群がる蟻のごとく殺到する。蹂躙《じゅうりん》された卵子が、ついに一つずつの精子に卵膜を食い破られ、受精膜が張られる。

受精した瞬間、お腹の左右で二つの命が芽生えた証である、閃光のような官能が膨らんだ。絶望を体現するどす黒い絶頂が、静香のお腹で二つ爆発する。

「ひぐううううううぅ――ッッ!? ほ、ほんとに受精したのがわかるぅっ、お、お父様との子供が……できちゃったぁ……もういっそ殺してくださいぃ……」

気丈な静香が、本気で死を願ってしまうほどの衝撃だった。

瑞々しい瞳から大粒の涙をぽたぽたと落とすと、二つの受精卵が母体を元気づけようと、暖かい命の波動を伝えてくる。観客たちの狂った喝采や腹中に渦巻く受精絶頂までもが、祝福のように響いてきて、脳裏が白い泥と化していく。

子宮から亀頭を抜かれると、子種を一滴も逃すまいと肉輪がキュッと閉じた。

『お母さんになった感想はいかが? 変態娘さん。受精卵が淫らで美しい双子の娘となることは確定しましたが、どれほど淫乱に生まれつくかは母体次第よ。娘たちをあなたほどいやらしくしたくないのなら、少しは絶頂を我慢してみなさい』

母に右手を一気に引き抜かれ、静香は「ひぃぃンンッ!?」と肛門で気つけをされた。S字結腸口ごとめくれ裏返った桃菊が、尻谷より高く盛り上がったまま、最大口径の丸口を晒して硬直する。最奥で丸見えになった桃色の結腸口から、特濃の透明腸液がびゅるびゅると絞り出され、汚辱まみれの絶頂が止まらなくなる。

こらえることなく排泄絶頂に夢中になって、肛門狂いの赤子になるよう胎教している娘を見て、父が冷ややかに嘲笑した。

『さて、最後の仕上げです。もっとも感じる陰茎がこんな異形な巨根のままでは、娼婦として不十分ですからな。どんな形の陰茎に犯されても、愛情を感じて相手を好きになれるよう、膣内を再調教してあげましょう』

やさしい抽送をぐちゅぐちゅと再開した父の巨根が、次々に形状を変えていく。

手持ちの鍵を片っ端から試す鍵師のようだった。

細く曲がった陰茎。白人のように柔らかな巨根。犬のように根元が瘤状に膨らんだ陰茎。あらゆる形の肉塊で蜜壺を耕されるたびに、涼に抱かれているような幸せが膨らみ、その官能にひたる間もなく、陰茎を次の形状に変えられてしまう。

静香の心の鍵が次々に解錠され、どんな陰茎でも愛してしまうほど、蜜壺が淫乱になっていく。

「や、やだあっ、どんな形にされても気持ちいいぃ……ああン……頭もお腹も、とけるぅ……やあんっ……こ、こんなの駄目ですお父様ぁ、お腹の中をこんな淫乱にされたら、涼君やお父様以外も好きになっちゃうぅ」

『では私は、肛門の最終調教をしてあげましょうか。乱暴にしすぎたお詫《わ》びよ。片霧家の秘術で括約筋を整形して、肛門の下品な形状を正してあげますわ』

母の指で丸肛門の縁を撫でられると、肉弁がキュッと窄まった。

父にかき回されている陰唇の上で、濃い桃色の菊皺が刻まれる。その直径十センチ以上にも散り広がる肛門皺を、母が肉弁の奥へ奥へと押しこみはじめた。

過敏な菊皺を圧縮されて排泄欲が膨らむが、秘術で括約筋を整形されたせいで、肛門粘膜を吐き出せない。桃菊の大輪がみるみる窄まり、深窓の令嬢らしい淑やかな肛門へと変わっていく。露出していた長い菊皺を肉弁で引き締め続けることになり、肛門性感が永遠に止まらなくなってしまう。

「お尻の肉が中で挟まってぇ……あひンッ……こんな敏感なお尻にされたら、ずっと気持ちいいままになっちゃうぅ……ひゃぐん⁉ も、もう静香のお尻を……静香の肛門を放っておいてください、お母様ぁっ」

あらゆる形状の陰茎を愛せるよう調教を終えた父が、最後に子宮口へ、びゅるりびゅるりと追加射精した。ようやく父の肉塊を抜いてもらえると、官能でとろけきった陰肉が満足げにくるまり、豊臀の谷間に幼裂が深く深く刻まれる。

その上で大輪を広げていた肛門も、幼女のごとく窄まった形状に整形されており、排泄口とは思えないほど可憐に咲く小さな桃菊と化していた。

両親による地獄の調教が終わり、静香の意識が薄れたが、数段過敏になって窄まる幼肛に、父の陰茎をズブリュリュッと突きこまれた。

初めて肛門を犯されたような拡張性感に襲われ、亜麻色の髪がビクリとはねる。

「──ひゃむんんんんんッッッ⁉ お、お父様っ、お尻だけは、お尻だけは許してくださいぃっ……あひぃ……入り口が敏感になりすぎてつらいんですぅっ」

肛肉をキュウッと引き締めて懇願したが、父は容赦なく抽送を開始してしまう。

『ついでに、直腸も再調教してあげますよ。膣内と同じく、どんな形の陰茎に犯されても愛情を感じられるほど、淫乱な肛肉に仕上げてあげましょう』

蜜壺のときと同様に、父の肉塊が次々と形状を変えていく。

疣まみれの巨根で直腸壁を磨き尽くされたかと思えば、馬のごとく長大な陰茎で結腸のS字を真っ直ぐにしごき伸ばされ、たまらずどろどろと垂れ流しになった絶頂腸液を、いびつに曲がりくねった肉塊でホイップされて白濁便を作らされる。

原田による抽送拷問と精液浣腸の影響で、被虐性感ばかりが開発されていた排泄器官に、生まれて初めて甘やかな官能の炎が灯る。

「ひやらあああああぁ――ッッ、お尻を犯されてるのに、お父様が大好きでたまらなくなるぅっ、どんな形のおちんちんでも感じるぅッ……あンン……長いおちんちん好きぃ、曲がってるのも疣だらけなのも好きなのおっ、――ひゃん!?」

幼裂をかきわけ、母の二指が膣口にぬめり入ってきた。

『最後まで調教を耐えきった、ご褒美よ。この男狂いになった変態おま○こを、たっぷりと愛撫してあげるから、思う存分に潮を噴いて気絶なさい』

もはや静香の蜜壺は、どんな些細な刺激も陰茎と同じくらい官能を募らせてしまうほど、淫らになっている。そんな色狂いの女性器を、片霧家秘伝の房中術を駆使して愛撫されては、ひとたまりもない。

子種で満腹になって押し下がる子宮口や、絶頂を伝えて脈動するGスポットや、皺まみれの膣管に点在するすべての神経壺を、愛おしげに撫で回される。

冷厳な母から初めて受ける、やさしく慈しむような愛撫に、脳髄がどうしようもなくとろけ、陰茎狂いにされていく直腸から押し寄せる官能がとどめを刺す。

ここで心を許してしまえば、理性が永遠に戻らなくなる確信があった。

だが、もう静香の心身のどこを探しても、抵抗する力など残っていないのだ。

父の陰茎に抉り回される幼肛の接合部から、特濃の白濁腸液をぶじゅぶじゅと漏らし、母の二指を食いしめる膣口ごと盛り上がった尿口から、透明な潮をシューシューと噴きながら、二つの官能の荒波に呑まれるしかなくなる。

拘束台に伏せたウェディングドレス姿にも力が入らず、細い背中の左右から恥ずかしく飛び出た豊乳を上体で押し潰して、腫れ膨らんだ淡桜色の乳首から、白濁蜜をびゅるびゅると真横へ射乳することしかできない。

ティアラで飾られた亜麻色の髪を儚げにそよがせ、静香はとろとろになった紅潮顔を上向けた。狂乱する観客たちを見渡し、ついに最後の理性を手放す。

「イクイクイクひくうぅ——ッッ、肛門もおま○こも幸せが止まらないのおっ、お父様もお母様も大好きぃ……ああんっ……みなさんッ、お父様とお母様に、おちんちん狂いの、おま○こと肛門に作り替えてもらえましたからぁ……ひあン……あとでたっぷりと、みなさんのおちんちんで虐めてくださいぃッ」

両親に嬲られるたびに、五百人の男たちに嘲笑されるたびに、静香の官能が快感の天井を越えて昂ぶっていく。

尊敬する両親にこれほど丹念に調教してもらえるのが、幸せで幸せでたまらなかった。しかもこれから、五百人もの政財界関係者や城蘭高校の生徒たちにも、陰茎狂いとなった二穴を滅茶苦茶に嬲ってもらえるのだ。

直腸の調教を完遂させた父に最後の射精を、ぶじゅッぐじゅうううぅッッと大量浣腸されると、静香の意識が幸福で塗り潰される。

幸せの幻影に捕らわれたまま、静香はゆっくりと気絶していった。

4

袴を整えて小部屋を出た逸治は、ホテルの廊下を歩きながら、先ほどまで深く繋がっていた若い女性のことを思い返していた。

調教中は無下に扱ってしまったが、あくまで宴を盛り上げるために求められた役割を演じただけだ。彼女を侮蔑する気持ちなど毛頭ない。

京壇家の末裔である逸治の眼力をもってすれば、下半身しか見られなくとも、彼女の麗しさはもちろん健気で誠実な性根すらも見抜ける。

生来の美しさに胡座《あぐら》をかいた淫蕩な女性では、あれほど魅惑的な女体には成り得ない。張りのある白肌や瑞々しい粘膜を嬲るたびに、初々しい恥じらいや快楽に抗《あらが》う凛とした心根が伝わってきて、逸治の胸が痛んだ。

本来ならば、静香と同じく陽光に満ちた世界で、人々から敬意を払われるべき女性なのだろうとわかる。

しかしそんな立派な女性が、末期の薬物中毒者と同じくらい取り返しがつかないほど、淫猥の極致まで調教されているのも感知できるのだ。

——芸術品のごとく完璧な娼婦。

豪蔵の大言は、まさしく誇張ではなかった。

あれほど男に都合のいい肉体に変えられては、普通の女性としての幸せなど、どうやっても望めない。いや、すでに幸福の観念すらもねじ曲がって、男に嬲られる生活に喜びを感じているのだろう。

そんな末期的な容態を悟ったからこそ、逸治は豪蔵の提案に乗って、彼女に強制受精まで施したのだ。逸治が射精を拒否していたとしても、豪蔵の娼婦である以上、いずれ彼女は望まぬ妊娠をさせられる。ならば京壇家の秘術を駆使して、淫らで美しい双子を孕ませてやるのが、一番の手向《たむ》けだ。

もはや、倫理や善悪など関係ない。

あの場で語った通り、己より淫らで美しい双子の娘を産んで、母子共に嬲られながら仲睦《むつ》まじく暮らせるのは、彼女にとってこの上ない幸せとなるだろう。

産まれながらにして娼婦となる双子の娘には、あまりに悲惨な運命を背負わせてしまったが、当人たちもそんな淫らな人生を至福と感じるはずだ。

そもそも、あの女性の調教を引き受けてあそこまで嬲り尽くしたのは、片霧家の負債解消のためだけでは決してない。千年続いた名家を取り潰した逸治としては、京壇家がどれほど醜い一族だったとしても、培ってきた技のすべてを披露することで、先祖たちの歴史に報いてやりたかったのである。

誇り高い峰華があそこまで醜く責め役を演じていたのも、片霧家の千年続いた因習を断ち切った当主として、逸治と同じ複雑な思いがあったからだろう。

——とはいえ、どれだけ言い訳を重ねようとも、あの哀れな女性をさらに追い詰め、双子の娘まで妊娠させてしまったのは事実だ。

峰華の胸中も鬱屈としているのだろう。先導する豪蔵に続いて廊下を歩く妻も、威厳と加齢で凄みが増した美貌を、汚泥を飲み干した後のようにしかめていた。

披露宴の会場に入ると、異様な熱気に迎えられた。

千年培った性技をもつ逸治と峰華による調教劇は、この場にいる醜悪な男たちにとって、さぞ極上の見世物だったのだろう。目を血走らせて押し黙った男たちが、暴発せんばかりの淫欲を、冷房の風ではかき消せないほど渦巻かせている。

豪蔵からは最後にもう一度、静香と対面して欲しいと指示された。

静香は別室で休憩させていたそうなので、なにも事情を知らないはずだ。

愛娘に仮装した女性を、つい先ほどまで犯し尽くしていた両親が、本当の娘と何食わぬ顔で談笑する。

そんな滑稽な光景が、この悪趣味な宴の終幕なのだろう。

だが、豪蔵の思惑などどうでもいい。とにかく今は静香の顔を見たかった。

ウェディングドレスで着飾っているせいもあるだろうが、半年ぶりに会った静香は、神々しいまでに美しかった。

親の目ですら魅入られそうな澄んだ瞳。楚々とした小顔をさらに彩る、亜麻色の艶やかな髪。二十五歳とは思えない可憐さだったが、どんな年長者も庇護してしまいそうな包容力も感じる。

そのウェディングドレス姿は女性的な豊かさに満ちていたが、よこしまな思いなどたやすく浄化されるほどの、清涼な空気をまとっていた。

静香があの悪名高い壬生嶋家に嫁ぐと聞いたときは、心配でたまらなかったが、娘の美しい姿をひと目見ただけで杞憂だとわかった。

尊い宝石を好んで傷つけるものなどいない。

どんなに醜い宿願を抱いていようとも、静香の存在はうってつけ壬生嶋製薬の評判を向上させるには、静香の存在はうってつけのため、豪蔵にも大切にしてもらえるだろう。それに、あの見所のありそうな息子の代になれば、夫婦で協力して協力して壬生嶋家を善良な方向へ変えていけるはずだ。

会場に詰めた男たちが左右に割れた。その先に、静香が立っていた。

――奇妙な違和感があった。

豪蔵の息子である涼と下劣そうな大男に挟まれ、介抱されるように立っている静香は、見るからに朦朧となっていた。羽目を外して深酔いしたのか、その美貌は紅潮しきっており、半眼になった瞳にも澱んだ色が滲んでいる。

逸治の背筋から首筋へと、得体の知れない怖気が這い上がってきた。

神々しいまでの美しさはそのままに、静香がまとっていた清涼な空気が、酷く淫靡な方向へ様変わりしているのだ。……これではまるで、

――先ほどまで調教していた、あの女性のようではないか。

顔を強張らせた峰華も、奇異を感じているのだろう。確信めいた嫌な予感があるのに、二人とも足を止められない。手が届くほど近づくと、静香があられもない姿にな

っているのがわかった。逸治も峰華も息すらできない。

身を飾るウェディングドレスは、汗や様々な粘液で濡れて半透明になっており、乳房の形に張りつく胸布には、乳頭の形どころか可憐な桜色まで透けている。

その濡れた全身から、むわむわと立ち上っている甘い芳香はまぎれもなく、発情した雌の匂いだった。両親に気づいた愛娘が、とろけきった美貌を上向け、寒気がするほど妖艶な媚びた笑みを浮かべる。

もう残酷な答えはわかっているのに、思考が働かない。親としての心が現実を拒んでいる。口端を歪めた豪蔵の顔は、まさしく悪魔のようだった。

「さあ、親子の感動的な対面です！　もはや説明するまでもないでしょう。宴の仕立てを務めて頂いたお二方に、静香嬢から感謝の言葉があるそうです」

涼と大男に左右から背中と膝裏を持ち上げられ、静香の身体が宙に浮いた。

濡れた胸布が無造作にずり下ろされ、親ですら驚くほど豊満な乳房がぶるんとこぼれ落ちる。明らかに痼り勃った淡桜色の乳頭が、左右別々に揺れ乱れた。

ガーターベルトストッキングで締まった美脚がM字に折り畳まれると、まくれ上がった純白のスカート花の中心から、豊かすぎる大尻と局部が露わになった。

深い深い幼裂を、キュウキュウと食いこませているどろどろの陰唇は、

――逸治と峰華が、陰茎と手で散々に嬲り尽くした女性器だった。

脳髄まで凍りついて声も発せない両親へ、愛娘が心からの感謝を伝えてくる。

「お母様、お父様。先ほどは静香を念入りに調教していただき、本当にありがとうございましたっ。お陰で静香は、変態の雌豚だとわかりましたからぁ――」

純白の長手袋が、自らの豊臀を左右へぐちりと割り広げる。陰唇の縦皺が一瞬で桃色の8の字に開口して、白濁した蜜と腸液がごぼりと噴き出す。

「今からこの、おちんちん狂いに変えてもらったおま○こと肛門で、会場のみなさまにご奉仕しますからぁ……あんっ……しっかりと見守っていてくださいねっ」

羞恥でたまらず絶頂したのか、亜麻色の髪と豊乳がビクビクと痙攣する。陰肉がキュウッとくるまって粘液が断ち切れると、静止していた時間が動き出した。

眼前で痴態を演じる愛娘と、調教していた女性の姿が一致する。

逸治と峰華の脳天に、死へ至らんばかりに重い現実が落ちてきた。

「わ、私たちが嬲っていたあの娘は……本物の静香だったというの？　そ、そ、そんな……そんなことって――ああああああああぁッ！　静香、静香あッ！」

峰華が頭をかきむしり、目を見開いたまま卒倒する。

崩れ落ちた妻の身体が、豪蔵の部下に支えられた。駆け寄ろうとした逸治も、黒服の男二人に羽交い締めにされてしまう。

「豪蔵さん！　あなたは私たちに、なんてことをさせてくれたんだッ！　わ、私は、実の娘だと気づかずに、あんなむごいことを……あんなにおぞましい……」

逸治は愛娘が、恍惚《こうこつ》とした顔でお腹を撫でているのに気づいた。その腹内にあるのは父娘相姦で作られた、――淫らでおぞましい双子となる受精卵だ。

「うおおおおおおおおおおおおおおおおおぉ――ッッ!!」

感情が焼き切れた逸治は、気が狂ったように暴れたが、男たちの拘束を外せなかった。


心地よい虚脱感に包まれた静香は、夢うつつとなっていた。

意識も視界も曖昧なのに、性感だけが鮮明に子宮へ染み入ってきて、羞恥にひたるたびに甘くあえいでしまう。もう理性や体裁すら、どうでもいい。

静香は命じられるがままスカートをまくりあげ、仰向けになった男の腰へ豊臀を下ろした。熱い亀頭が膣口にぬちゃりと侵入してくると、脳が甘く痺れる。

朦朧となっていてもわかる。この官能を否応無しに煽る肉は、涼の陰茎だ。

両親による調教を耐えきったご褒美として、ようやく涼に抱いてもらえるのだ。

静香は、むしゃぶりつくように陰唇を開いたが、肉塊は柔らかなままだった。

「ああんっ……涼君、そんなに意地悪しないで……早くご褒美をちょうだいっ」

もう恥も外聞もない。親から教わった蜜壷の動かしかたを駆使して、陰茎に吸いつき、肉餡を無茶苦茶に咀嚼する。たまらず陰茎が膨らむと幸せがこみ上げた。

「涼君のおちんちん、やっと大きくなったぁ……気持ちいいっ、気持ちいいのぉ」

深い官能で心を刺激されたせいか、意識が徐々に戻りはじめる。周囲を取り囲む政財界関係者たちの顔や、囃し立てる声が明確になっていく。

まだ披露宴の会場にいるのだとわかって静香は落胆したが、もはや涼に抱いてもらえるならば、衆人環視の中だろうと構わない。恥ずかしさで美貌をさらに紅潮させながらも、騎乗位で繋がった豊臀をクチャクチャと激しく振り立てていく。

「――――ッ!!」

この場に似合わない、女性のヒステリックな声が聞こえた。その声が呼び水となって通りのよくなった耳腔に、女性――峰華の叫びが突き刺さってくる。

「静香、しっかりなさい！　片霧家の大令嬢ともあろう淑女が、なんというはしたないまねをしているのですかッ！」

脳のすべてのスイッチが、いきなり入った。

静香は会場の中心にある丸卓の上で、男の陰茎に跨《また》がっていた。怒濤のごとく羞恥が押し寄せ、おろおろと周囲を見回してしまう。取り巻く男たちの最前列で、椅子に縛りつけられた峰華が、厳めしい美貌を凍りつかせていた。

もう二度と戻らないと思っていた静香の理性が、残酷にも再構成されてしまう。

「――ひぃッ⁉　お、お母様、どうして……い、いやあああっっ、見ないでください、お母様あっ」

亜麻色の髪を振り乱した静香は、すぐに気づいてしまった。峰華の隣で嘲笑しているのは、豪蔵と原田と――涼だった。

……ならば、この跨がった陰茎は、誰の物なのだろう。

静香の心臓が凍りついていく。わなわなとうつむいて丸卓を確認すると、小柄な中年男性が大の字に縛りつけられていた。静香が騎乗位で繋がっていたのは、

「……し、静香……くぅ……意識が戻ったのか？」

――実の父親である逸治だった。衝撃で、膣管がキュウッッと窄まる。

「い、い、いやあああああああぁッッ、お、お父様、お父様あッ」

周囲の男たちに、どっと笑われた。静香は猛然と腰を引き上げたが、肉傘で膣管を抉られるとすぐに脱力してしまう。ぶちゅんと尻餅をつくと、父の亀頭で子宮口を叩き上げられ、凍りついた胎内が一瞬で沸騰した。

子種で膨れた子宮を、「ひいいっ、ひいいいっっ」と跳ね回らせて絶頂すると、もう静香は身動きすらできなくなった。父の陰茎だとわかってもなお、息をするたびに子宮が官能で焼けつき、繋がった相手が愛おしくてたまらなくなる。

本当に、誰の陰茎でも愛情を募らせてしまう、変態女にされてしまったのだ。

取り返しのつかない女体にされた身の程を思い知らされ、静香の脳が激情と官能でぐしゃぐしゃになった。父の肉椅子に深く着席したまま、べちゃりと伏せた上半身を起こせず、豊乳を押しつけた父の顔を蜜乳まみれにしてしまう。

「こ、こんな仕打ち、あまりにも酷すぎるわっ、あんな調教をさせたうえで、両親と対面させるだなんてっ……あぐぅ……もう親子でなんていられないぃ……」

揺れる瞳から熱い涙がぽたぽたと落ちて、苦悶に歪む父の顔を濡らしていく。

狼狽を露わにしながらも、峰華と逸治が詰問してくる。

「静香がどんな目に遭っていたのかは、豪蔵さん――いえ、この壬生嶋豪蔵から、すべて聞きました。どうして私たちに、助けを求めなかったのですか！」

「そ、そうだぞ、静香。聞けば学園中の生徒たちに……くッ、一か月も手籠めにされていたそうじゃないか。だが、どれほど辛い目に遭おうとも、お前は脅しに屈する弱い女性ではなかったはずだ。いくらでも逃げ道はあっただろうに……」

静香は涼に屈服した後も、理性が戻るたびに全力で抵抗した。

だが、外部との連絡手段を絶たれたうえに、壬生嶋家に逆らってまで味方をしてくれる者など一人もいなかったため、助けを求めようがなかった。

それでも涼たちの目を盗んで三度も脱走を企てたが、いずれも兎狩りのごとく娯楽混じりに捕らえられ、特濃の浣腸液で臨月の妊婦姿にされて原田の陰茎でアナル栓をされたまま、延々と輪姦されて仕置きされた。

どうしようもなかったのだと弁明したかったが、静香はもう「すみません、すみませんっ」と、手淫が見つかった幼女のように泣きじゃくることしかできない。

峰華が威厳を弱めて、初めて聞くような温和な声をかけてくる。

「静香、落ち着きなさいな。もう片霧家と京壇家の悪しき歴史も、知ってしまったのでしょう？　あなたが色責めに耐えられなかった理由も理解できます。あなたがどんな姿になろうと、私たちは決して見捨てません」

「お父さんも同じ気持ちだ、静香。お前への愛情は、なにも変わらない。壬生嶋家に敵わなくとも、片霧家にも力はある。事をおおやけにできなくとも、静香を救うことくらいはできる。まだ、いくらでもやり直せるんだ」

丸めた背中をやさしく撫でるように、父があやしてくる。情けなさと申し訳なさと心地よさで静香の心が一杯になり、しゃくり上げが止まらなくなる。

まだやり直せるのだろうか。絶望の中に一筋の光が差したが、

——ふと静香は、取り返しのつかない事実に気づいてしまう。

激情の波が凪ぎ、心が急速に冷えていく。

静香は両親へ、冷ややかに問いかけた。

「お母様とお父様は、本当に私が、普通の女性に戻れると思っているんですか？」

峰華と逸治の顔が硬直した。まるで余命宣告をされた娘が、両親に病気が治るのか問いただしたかのような沈黙。

卓越した性の知識をもつ両親ならば、わかってしまうのだろう。もはや静香の女体にはびこる淫猥な病魔は、どうやっても完治できないということを。

乾いた笑いがこみ上げてきた。

「ほら、お二人ともわかってるじゃないですか。こんな身体にされてしまっては、もう、どうやっても私はやり直せないんですよ！　……なにを勝手なことばかり、いってるんですか」

静香は泣き笑いをしながら、豊臀をグチャリと割り広げて幼肛を露わにした。

「この、お尻にまで……肛門にまで手を丸ごと入れて、お腹の中から静香を、もっといやらしく作り替えたのは、お母様ではないですかっ！　感じるたびに母乳を漏らしてしまう、恥ずかしいおっぱいにまでされてっ」

桃色の窄まりに四本も指を挿入して、直腸をぐちゅぐちゅとかき回し、達するたびにビクンビクンと張り詰める豊乳を片手で絞って、蜜乳を噴いてみせる。

「お父様もです！　実の娘を滅茶苦茶に犯して、私のあそこを……おま◯こも肛門も、おちんちん狂いの変態に変えてしまったのは、お父様ではないですかっ」

豊乳の根元と直腸を揉み抉りながら、腰を上下左右に振り乱した。蜜壺で父の陰茎を雑巾のごとく絞りあげて、ぐちゅぐちゅくちゃくちゃと仕返しをしてやる。

「しかも、あんなにたくさん射精して、私より淫乱な双子の娘になる、赤ちゃんまで妊娠させるだなんて……どうやって、責任を取ってくれるんですか！」

蜜乳と潮と腸液を漏らしながら、静香は渾身の怒りを絞り出す。

「静香をこんないやらしい身体に産んだのは、お母様とお父様ではないですか！」

会場が、しんとなった。すぐに男たちが下卑た笑い声を上げたが、峰華と逸治は詫びる言葉すら見つけられなかったのか、蒼白になって黙りこんでいる。

両親を完膚なきまでに傷つけてしまったのがわかり、静香の心がさらに軋む。

「もう放っておいてください……もう私には、嬲られながら生きていく未来しかないんです。そんな蔑んだ目で見て、私をこれ以上虐めないでくださいっ」

静香がすがれる救いは、もう快楽だけだった。周囲から囃し立てられるがまま、豊乳と直腸を揉みこみ、父の肉椅子が壊れるかと思うほど腰を暴れさせる。

娘の苦しみを察したのか、逸治がやさしい抽送を開始した。醜さを含めた愛娘のすべてを抱擁するように、蜜壺の隅々まで愛おしげにこね回される。

激情すらもとろけ落ちる官能がこみ上げ、静香は豊乳ごと父の顔を抱き締めた。

「ああんっ、お父様好きっ、お母様も大好きなのっ、さっきのは嘘です……静香、こんないやらしい身体に産んでもらえて幸せですっ——静香イクうぅぅッッ！」

脳裏が白濁した瞬間、娘への愛情を体現するように熱い精液が、びゅるっどびゅるっと子宮口へ注入され、子種まみれになった胎内がさらに幸福で満たされた。

静香は黒服の男たちに四肢を持ち上げられ、逸治から引き剥がされた。無造作に放り投げられた女体が、すぐ隣に設置された巨大な円形ベッドに沈む。

悲惨な親子対面で理性を戻されたせいで、忘れていた羞恥と恐怖が再燃してしまう。純白のウェディングドレスで着飾った半裸を四つん這いにして震える姿は、狼の群れに放りこまれた白兎そのものだった。

ずり下げられた胸布の上で、華奢な胴体に実っているとは思えないほどの豊乳が、搾乳をせがむように、痼り勃った桜色の乳頭をツンツンと上向かせている。

腰までまくれて白薔薇状になったスカートからは、細腰から急角度で膨らんだ豊臀がむっちりと突き出され、幼裂をキュウッと深く走らせては、小陰唇と幼肛を息み広げて桃色の8の字を晒してを、くちゃりくちゃりと繰り返している。

それほどまでに淫猥な雌肉を晒しながらも、ティアラで飾られた亜麻色の髪の艶やかさや、なおも深みを失わずに澄み渡った瞳や、清純そうに紅潮した美貌の印象が重なると、儚げなまでの美しさはさらに際立つばかりだ。

甘い蜜を女体中からあふれさせた白梅の精霊がたたずんでいるような、あまりに現実離れした妖艶さに、ベッドを取り囲んだ男たちが一様に息を呑んだ。

「さあて、待たせたな皆の者。峰華様と逸治様の念入りな仕込みのお陰で、静香嬢の女体も極上にとろけきっておる。我が至高の作品を存分に堪能するがよい！」

豪蔵が高らかに宣言すると、喝采が巻き起こった。

黝る順番も決められているのだろう。五百人の男たちが欲情をたぎらせながらも整然と押し寄せてきて、静香はベッドに沈めた半裸を尻ごみさせた。

前方に群がったのは、城蘭高校三年の未姦淫である生徒七人だった。

「最初は俺だぜ、片霧先生。三年A組の奴ら以外は、チンポを押しつけるの厳禁だったからな。精液飲んで貰えるだけじゃ、欲求不満が半端なかったよ。さあ、一か月我慢して破裂寸前になったチンポを、たっぷり味わって貰うぞ」

ズボンとトランクスを脱いだ七人が、そそり勃つ陰茎を露わにしていた。

いずれの男性器も大人並みに雄々しく、今にも暴発せんばかりに先汁でぬめって、ビクビクと脈動している。雄の生々しい精臭を、今日初めて嗅がされた静香は、それだけで子宮がじわりと熱くなり、口内にどろりと涎が溜まってしまう。

淡い紅に彩られた唇を、キュッと噤んで恥じらうと、生徒がいきなり、肉塊を喉奥までグポリと突きこんできた。

「ふみゅううぅッッ!?」と羞恥に襲われた静香は、美貌をそむけようとしたが、左右の頬にもぬめり香る亀頭を、ぐちゅりと押しつけられて顔枷をされてしまう。

雌にとって天然の媚薬となる、濃縮された男臭と先汁の味わいが、鼻腔と口内粘膜を透過して脳に直接浸透してくる。毎日どれほど精液を飲まされようとも、この汚辱感には慣れるはずがない。口蓋垂まで亀頭傘で磨かれる長い抽送を、ぐぽりぐぽりと開始されると、陰茎枷をされた美貌が苦悶と口内性感で紅潮した。

「い、いきなりそんなにされたら、むぐっ、喉の奥まで変になっちゃうぅ、――んむゅッ!? こ、これ、違うのっ、口の中と舌が勝手に動いてるだけだからぁ」

実の父による調教で、蜜壺と口内の蠢きを連動させられた影響で、雄肉の魅了に負けた口内粘膜が勝手に奉仕を始める。唇が生徒の陰毛に埋まるほどの猛吸引を続けたまま、ぐじゅぐじゅと舌と喉奥を暴れさせて肉餡をしゃぶってしまう。

消え入りそうになった静香は、弁解するように瞳を可愛らしく上目遣いにした。

「口に入れた早々にバキュームフェラかよ。先生、どれだけチンポ好きなんだよ」

「先生の頬っぺたも柔らけえ。こんな美人の顔を犯せるなんて夢みたいだぜ」

吸いついた男性器を強引に引き出されるたびに淑やかな唇が、はしたなくめくれ伸び、亀頭で喉奥を叩かれるたびに、ぶじゅッぐじゅッと満足げな涎が噴く。

凹んだ両頬に亀頭を押しつけた二人の生徒も、肉茎を猛烈にしごき立てて、悪臭を放つ雄汁を鈴口からどろどろと湧き出させている。

見知った生徒の陰茎三本がかりで美貌を犯され、静香の背筋がわななく。

と、純白の長手袋をつけた両手にも、新たな生徒の昂る肉塊を握らされた。光るナイフ五本で脅されているような恐怖に襲われた静香は、すぐに肉茎をしごき始めてしまう。どっと笑われると、とうに失せた教師の誇りがさらに汚れた。

振り乱した豊乳も別の生徒二人に鷲づかまれ、自らの陰茎をしごきながら、過敏な両乳首をじゅるじゅると吸虐される。乳腺の形に、猛烈な性感が走った。

「ひやあッ、あむっ、乳首は吸っちゃ駄目ぇ、んぶぅ、母乳が止まらなくなるぅ」

胸脂肪を根元から搾られると、微細な乳口から粘性の高い蜜をむりゅむりゅと噴いてしまい、尿道から潮を直接吸われるような排出絶頂に襲われる。愛に飢えた生徒二人に授乳しているような、倒錯的《とうさくてき》な母性本能が湧いて朦朧となる。

「先生、ほんとにおっぱいに本気汁が溜まるようになったんだな。この母乳、凄ぇいやらしい味と匂いしてやがる。これが片霧先生のおま〇この味か」

「こんなにそそる、いい香りしてるまん汁なんて存在するんだ。こりゃあ、みんなで母乳タンクから直飲みできるよう、おっぱいに精液かけるの厳禁だな」

腫れ痼った胸先を吸虐する二人に絶頂蜜の味を褒められ、胸脂肪中が羞恥に染まる。口内で肉塊がビクビクと蠢動して、静香は「むぐぅ⁉」と怯えたが、

「おっと。簡単に出したらもったいないからな。交代でチンポ責めにしてやるよ」

射精寸前の陰茎を引き抜かれてしまった。雌を狂わせる肉餌をおあずけされた静香は、陰茎の形に広がる口内を丸見えにして、どろりと涎を垂らしてしまう。

その切なそうに大口を開けた唇に、頬を犯していた生徒の先汁にまみれた亀頭が押しこまれた。男汁を綺麗に舐め取るまで、ぐじゅぐじゅと猛烈に口姦されると、すぐに三本目四本目と新たな昂った男肉と交代されてしまう。

この一か月で精液の虜にされてしまった静香の喉が、飢餓の悲鳴をあげる。

「みんな、そんなに焦らさないでっ、んむゅっ、ひと思いにぃ——ああっ⁉」

立ち膝になった両脚の間に、老年の男が仰向けの裸体を潜りこませてきた。年齢に似合わず凶悪な男根を直立させて、騎乗位で繋がろうとしてくる。

「生徒の陰茎を頬張りながら、わしたちの相手もしてもらうぞ。あの片霧家の大令嬢を犯せるとは夢のようだわい。さて静香ちゃん。わしは誰だかわかるかい？」

静香は家柄上、社交場に顔を出さざるを得ないため、政財界関係者の顔と経歴は一通り覚えている。その性悪そうな皺にまみれた老年のことも当然知っていた。

「狒島《ひひじま》商事の狒島雅臣《まさおみ》会長です。——あひぃっ⁉　い、いきなりは駄目ですッ」

陰裂に亀頭を押しつけた狒島が、静香の両膝を左右に割り広げた。とろけきった小陰唇が散り開き、老年の肉椅子に膣口で、ぶちゅんと勢いよく座ってしまう。

「ひあンッッ」と子宮口わきの最深部まで到達されると、生徒たちに犯されるのとは別次元の陵辱感に襲われた。昂っていた子宮が、おぞましさで凍りつく。

と、冷えた蜜壺が、愛する人へするような媚びた蠕動を始めて狼狽した。

膣管にびっしりと寄った肉皺が、幾本もの舌と化したように陰茎へ絡みつき、肉塊すべてを愛おしげに舐め回してしまう。先汁をせがむように、子宮口で鈴口にチュルチュルと吸いつくと、こみ上げた官能に感情が引きずられていく。

「い、いやあっ、またお腹の中がはしたない動きしてるぅ……こ、こんなの狒島さんのことまで好きになっちゃうぅ……あむンっ……わ、私ほんとに誰でも愛してしまう身体にされてるぅ……」

どれほど静香が心をごまかしても、怖気で冷える暇もないほど蜜壺がコトコトと煮こまれ、豊臀の下敷きにしている狒島が愛おしくてたまらなくなってくる。

すがりつく売女《ばいた》を引き剥がすように、狒島の陰茎が強引な抽送を開始した。

切ない官能と被虐性感が渾然となり、ひと突きごとに淡く達して「ふむゅぅッ、ぐぶゅぅッ」と陰茎轡から悲鳴を漏らすと、口内が蜜壺の蠢きと連動してしまう。

「お、凄ぇ。俺のチンポしゃぶる動きが、もっと淫乱になったぞ。見ろよ、この口の中。片霧先生、今こんなグチャグチャにおま○こ動かしてるんだろうぜ?」

口から陰茎を引き抜いた生徒に、左右の指四本を唇に入れられた。唇をグチリと四角形に開口されると、だらりと飛び出てのたくる桜色の舌も、男根の形になったままぐちゅぐちゅと蠕動する口内粘膜も、丸見えになってしまう。

観客たちの下卑た視線に喉奥まで焼き尽くされ、静香の脳裏が沸騰した。

「ひやらああ――ぁッ、お口の中見せないれぇ、早くおちんちんで塞いでぇっ」

羞恥に耐えられず叫んでしまうと、観客たちにどっと笑われた。ようやく陰茎で口内を隠してもらえたが、口姦が再開されると涙と涎をこぼすばかりになる。

愉悦を浮かべた小柄な老紳士が、静香の豊臀を左右にくつろげてきた。

「静香お嬢様との対面は十数年ぶりですが、私のことは覚えておいでですかな？」

その粘つくいやらしい視線には覚えがある。片霧家の執事だった鷹塔《たかとう》だ。

幼女の頃にされた公開性折檻の場には、父以外の男性はもちろん立ち入り禁止だったが、鷹塔だけは毎回盗み見をしており、ついには幼い静香の風呂やトイレまで覗くようになったため、この老紳士は片霧家を解雇されたのである。

「大昔に執事をしていた鷹塔さんです。……あぁっ……お尻も一緒にするの？」

「もちろんですよ。静香お嬢様の肛門を犯せるなど夢のようです。幼い静香お嬢様が和式便器に跨がって、不浄をひり出していた艶姿は、未だに忘れられません。静香お嬢様は肛門を動かすのが大変お上手で、いつも便より二回りは大きく肛肉を開いて、奥の肉穴まで露わにして不浄を噴き出しておりましたな」

感極まったように幼肛を視姦され、静香は直腸の奥弁まで凍りついた。

「これほど豊満に育った桃尻に、あの頃と変わらぬ淑やかな肛門がついているのですから、――ああ、たまりませんっ。先ほどまでの肛門皺が異様に広がった肛肉に戻るくらい、私の十数年分の情欲を叩きつけてあげますよ」

鷹塔が老木のごとく節くれ立つ男根を、幼く窄まる桃菊にあてがった。歪な肉塊を一息で根元まで押しこまれ、S字結腸口をぐぷりゅりゅと突き上げられる。

腐った肉を詰めこまれたような、おぞましくも性感に満ちた異物感が爆発した。

「ひぁぁッ」と仰け反った静香は、押し開かれた丸肛門を菊状に戻そうと、狒島の肉塊に吸いつく膣口ごと、括約筋の8の字をキュウキュウともがかせてしまう。

と鷹塔が、まさに十数年分の澱んだ情念をこめて、直腸壺をこね回してきた。

幼女時代の静香と重ね合わせて、肛姦しているのだろう。庇護しながらも見下すような、歪んだ幼児性愛が直腸粘膜からぞわりと染み入ってくる。

たまらず直腸壺が幼女返りしてしまい、幼児期特有の排泄性感に襲われた。

「そんなにお尻をくじらないでください、鷹塔さんっ、ひぃッ、お尻が子供の頃に戻ってるぅ、あぐぅ、こんなのお尻の穴がとけちゃうぅ――ひゃあんっ⁉」

陰茎襷でくぐもった静香の嬌声に、場違いなほど甘えた叫びが混じった。

蜜壺と同じく直腸壺でも、相手の男根が愛おしくてたまらなくなってきたのだ。

直腸粘膜の細かなひだが、まさに幼女の細指のごとく鷹塔の陰茎に絡みつき、ぬちゃぬちゃと愛情を伝えてしまう。愛する人を迎え入れるように息んでしまうと、押し下がったS字結腸口に亀頭が、ぐぷんと呑みこまれた。

息むのをやめると、亀頭を咥《くわ》えた奥弁が持ち上がり、鷹塔の肉塊をさらに深くぐぷりゅりゅりゅと丸呑みしてしまう。静香の排泄官能が、切なさで爆発した。

「あああンンンッ、お尻の奥、気持ちいいっ、気持ちいいのぉ、鷹塔さんのことまで好きになってぇ……あぁン……お尻が……肛門がおま◯こになっちゃうぅっ」

大好きな陰茎飴を吐き出してまで、亜麻色の艶髪を揺らして仰け反り、肛肉で陰茎を何段にも締めつけて愛情を伝えてくるお嬢様を見て、鷹塔は胴震いした。

「私の陰茎をこれほど深く呑みこみ、これほど愛情を感じていただけるとは、なんとはしたなく愛おしいお嬢様だ。さすがは、私の人生を狂わせた肛門ですな」

幼児性愛の籠もったこね回しをしながら、鷹塔が苛烈な抽送を開始した。

陰茎を食い締めた丸肛門が餅のごとく粘り伸び、肉杵で直腸壺を突き上げられるたびに、奥の肉弁も豊臀も、ぶちゅぶちゅぐちゃぐちゃと尻打ち折檻される。

「ひいいいンンっ⁉ お尻速いぃ、そんなにお尻の奥を叩かれたら、鷹塔さんのおちんちんが忘れられなくなるぅっ……あぐぅ……鷹塔さん好きぃ、大好きぃ」

「おっと、静香ちゃん。わしのことも忘れるなよ？ そら、可愛らしく鳴け」

狒島が嫉妬するように抽送を過熱させた。静香の柔らかな腹内で、二本の男根が競うようにゴツゴツとぶつかり、蜜壺と直腸壺で交互に官能がはじける。

「ひぁあああぁ――ッッ、狒島さんも好きなのおっ、鷹塔さんも好きぃ、お二人にこんなに愛されて、静香のおま○こも肛門も幸せですぅっ――ぶみゅぅ⁉」

生徒の陰茎で再びグチュルルと口を塞がれた静香は、もう三つの唇で味わわされる男肉の、雌を否応無しに屈服させる雄々しさに、陶然となってしまった。

「クッ、もう限界だ、片霧先生！　このグチャグチャに動かしてる口まんこに、みんなでたっぷり射精してあげるから、いつもの可愛い便所顔になってッ」

口内を膨らます生徒の肉塊が蠢動した。驚くほど大量の精液が喉奥に、びゅくッびゅるッと放たれる。喉に絡みつかせながらもゴクリと飲みこむと、凄絶な青臭さが脳天にまではじけた。精液便所にされていた一か月間の記憶が蘇る。

またも正気に戻ってしまった静香は、蜜壺と直腸壺で爆発する官能絶頂で白濁した脳裏を、猛烈な羞恥とおぞましさで「ひぃ、ひぃいいぃっ」と灼熱させたが、

「わしも達するぞ！　子宮の中に注いでやるから、存分にイキ果てるがよい」

「静香お嬢様の肛門に、精液を浣腸できる日が来ようとは。さあ、幼い頃と同じく従順に肛門奥の肉弁まで開いて、私の愛情すべてを飲み干してください！」

子宮口を押し上げた狒島と、S字結腸口に亀頭を埋めた鷹塔に、びゅるるッぶびゅるるゅッと同時射精された。四十歳以上も離れた老年の古びて腐った子種が、胎内と

結腸でどろどろと父の遺伝子と混ざり合う。

圧倒的なおぞましさが体内の三カ所から押し寄せ、静香の心が押しつぶされる。

「もう精液いやあああぁっ、あそこもお尻も、イクううううぅ——ッッ」

官能の幸福すら黒く穢れる汚辱絶頂へ追い遣られた静香は、淑やかな唇をぽかりと開いたまま硬直してしまった。その精液便器と化した桜色の口内へ、残った生徒たち六人が、ぶゅるッぶぶりゅッびゅぶりゅりゅッッと大量射精していく。

「——んぶゅううううっっ⁉」と静香は美貌を背けようとしたが許されず、舌を摘ままれて大口を開けたままにされてしまう。口内が白い陰茎の形に膨らむほど白濁餌を注ぎこまれ、つままれた舌に次々と生臭い亀頭を押しつけられる。

残り汁をすべて舌で雑巾拭きされてから、ようやく唇を閉じさせてもらえた。

吐き出したら、どんな肉拷問をされるのかわからない。静香は涙ぐんだまま、噤んだ唇を男汁でぬめる両手袋で押さえ、大量の精液をゴクリと飲み干した。

頭蓋が揺さぶられるほどの男臭さがこみ上げ、まさに男子用の小便器になってしまったような汚辱感に襲われる。たまらず豊臀の底から戦慄すると、肉椅子にした陰茎二本に蜜壺と直腸壺をかき回された。豊乳がぶるんぶるんと揺れ乱れ、蠢動する両乳首から絶頂乳を、びゅるびゅると上下左右に噴き散らしてしまう。

その精液便所姿を観客たちに嘲笑われ、死にたいほどの羞恥が再燃してしまう。

果てた九人がようやく離れたが、その後ろからにじり寄ってくる男たちは、五百人もいるのだ。白く焼けた脳裏に、絶望の汚泥が雪崩れこんでくる。

静香の地獄は、まだまだ始まったばかりだった。


会場に設置された円形ベッドの上で、静香は肢体の柔らかさを確かめられるようにあらゆる羞恥姿勢を取らされ、あらゆる体位で交わらされた。

どろりと透明になった両手袋はもちろん、ハイヒールを脱がされたストッキング越しの両足にも陰茎を握らされ、柔肌中に亀頭を押しつけられる。

口や膣口や肛門には絶えず陰茎を埋められ、粘膜中を蠢かせていじらしく慈悲を請う令嬢教師に構わず、挿入から果てるまで全力で抽送されて、三穴の精液便器に次々と、ビュクッビュルッビュブルルッッと子種を排泄されてしまう。

もはや蜜壺や直腸だけでなく、口腔を犯されるだけで官能が募り、陵辱者が愛おしくてたまらなくなる。そうして体内に精をもらえるたびに、ひときわ高い絶頂に打ち上げられ、精液のおぞましさで愛情が冷えて理性と羞恥を戻される。

その残酷な仕打ちが何十と繰り返され、驚くほど早く百人を越えてしまう。

静香の亜麻色の髪房にも、男たちの陰茎が何本も巻きつけられ、絹糸のような柔らかさを堪能しながらグシュグシュと苛烈な自慰をされて、八方からぶゅるッぶぶゅッぶびゅるるぅッッと大量に白濁液を噴きかけられる。

残り汁を絞り出す亀頭を十個近くも頭皮に押しつけられ、ぐりゅぐりゅと髪を洗われる行為は、精液でトリートメントでもされるような気持ち悪さだった。

女性の命とも呼べる大切な髪を徹底的に汚される汚辱に耐えられず、絶頂乳を8の字にビュルビュルと噴き乱して泣き悶えると、両親と目が合ってしまう。

椅子に拘束された峰華も丸卓に縛りつけられた逸治も、その泣き濡れた瞳には、恥知らずな娘を蔑む色など微塵もない。自らの大罪を受け止めんとするように、血が滲む口端を噛み締め、陵辱の限りを尽くされる愛娘をじっと見つめている。

そんな両親の悲痛なやさしさがなおさら心に染みて、静香はもう恥ずかしさだけで死んでしまいそうになった。

もはや子宮は、陰茎の雄々しさに屈服するたびに絶頂を伝えるだけの発情器官となっている。左右の卵巣前に佇む二つの受精卵も、そんな淫猥すぎる胎教を喜んでいるのか、新たに二つの子宮ができたような官能を、明確にわかるほどキュンキュンと母体に伝えてくる。

そのまま、精液を拭く雑巾のごとく粗雑に扱われていたならば、心が先に息絶えて楽になれただろう。だが陵辱者たちは、変態趣向の愛妻をできる限り喜ばせようとするように、やさしくやさしく責め立ててくるのだ。

官能と汚辱の濁流《だくりゅう》に負けて気絶してしまっても、静香は許してもらえない。

会場に設置されたシャワーブースに連れこまれ、原田の巨根に肛門で座らされて、三年A組の担任生徒たちの何十という手で全身を泡だらけにされるのだ。

猛烈な愛撫をされながら洗われるのは、柔肌や髪房だけではない。

媚薬と栄養補水成分が入った腸管洗浄剤を大量に飲まされ、すべての汚れを排泄させられて、口内から腸管まで綺麗にされるのである。

そうして意識と気力を回復させられた静香は、亜麻色の髪をふわりとセットされて薄化粧を直され、新しいウェディングドレスを着させられてから、ふたたび淫獄へ送り出されるのだった。

「さあて、お待たせしました。片霧先生の三回目のお色直しが終わりましたぜ」

原田がウェディングドレス姿の静香を横抱きにして、シャワーブースから出てくると、宴のアンコールを待ちわびていた男たちが沸き立った。

ティアラで飾られた亜麻色の髪は、ハーフアップにまとめられて上品に結われており、薄化粧で彩られた美貌にも楚々とした気品がすっかり戻っている。

しかし静香は、すでに会場にいる五百人全員に、二周は輪姦されているのだ。

円形ベッドに寝かされると、すぐさま陵辱者たちがにじり寄ってきて戦慄する。

存在すべてが本当に壊されてしまう確信がして、静香は泣き叫んだ。

「もう、もう許してくださいっ！　心も身体も本当に限界なんですっ。みなさまには後日、ご奉仕させていただきますから、もう屋敷に帰らせてくださいっ」

恐慌状態に陥った静香は、心の底から懇願してしまう。

「胸もあそこも……おっぱいもおま○こも肛門も、もうぼろぼろなんですっ。こんなに腫れ上がって血まみれになってぇ……ほら、見てくださいっ」

肉穴が限界に達したときは、どうやって慈悲を請うのかも調教されている。

静香はベッドに仰向けになって、おずおずと胸布をずり下ろした。

ぶるんと豊乳がこぼれ出ると、肢体を綺麗にされたせいで回復してしまった理性が悲鳴をあげ、美貌が耳たぶまで朱に染まる。静香は脳裏を焼けつかせながらも、純白のストッキングで包装された美脚をM字に開いた。

ベッドに寝転んでいるため、男たちが全方位から視姦しているのがはっきりわかる。

羞恥で歯を鳴らしつつ後転するように両脚を上向けると、純白のスカート花が裏返り、細腰から急角度で膨らむ桃尻が丸見えになる。

静香はそのまま両膝が頭の両側につくほど、肢体を窮屈に折り畳んでみせた。

豊臀の谷間を掲げ見せる究極の羞恥姿勢をとると、会場の淫熱がさらに沸騰する。

むちりと頂点に晒された豊臀に、何本ものスポットライトを浴びせられ、五百人の熱視線が集中した。

光熱で焼かれて甘い湯気が立つ陰肉には、やはり縦皺が深く走るばかりで、小陰唇はもちろん肛門までキュウッと幼裂に隠れている。静香は羞恥でわななく両手を尻肌に食いこませ、餅塊の中身を暴くように尻たぶをぐちゃりと割り広げた。

五百人もの亀頭傘でこすり回されたせいで花弁が咲き増えた、小陰唇がめくれ飛び出し、長く大量に散り広がる菊皺に戻ってしまった肛門が頂点に晒される。

だが二穴の表面を晒したくらいでは、輪姦拷問は許してもらえない。静香は消え入りそうになりながらも、尻房をさらに割り広げて渾身の力で息んだ。

陰核包皮がむちりと剥けるほど肉花を散らすと、膣口がポコンと開口して、菊皺の大輪が一重の丸肛門と化す。８の字を晒した二穴が尻谷より高く盛り上がり、陰茎大に広がった肉管の奥から子宮口とS字結腸口が、肉穴近くまで迫り出した。

体内を洗浄されていなかったら、間違いなく二穴から粘液を高々と噴いていただろうほどの、あまりにも恥ずかしい息みぶりだった。

強烈なライトと観客たちの下卑た視線で、子宮口とS字結腸口までジュウジュウと焼かれ、静香は「あぁ、ああんっ」と白肌中を紅潮させて身悶えてしまう。

周囲がしんとなったので、静香の二穴が爛れてぐずぐずになっているのも、わかってもらえたはずだ。羞恥で死んでしまいそうだったが、とにかくこれで輪姦をやめて

もらえるだろう。静香は心を落ち着かせようとしたが、

——間近から豊臀を見下ろしていた涼に、嘲笑された。

「はっ、その肉穴のどこが腫れてんだ？　まったく、呆れたおま◯ことと肛門だな。これだけの人数で六時間は犯してやったのに、まだチンポを咥え足りないのかよ」

そんなはずはない。静香は羞恥でつむっていた瞼を、おずおずと開いてみた。

窮屈に折り畳んだ肢体の豊乳や陰唇がすぐ目の前にあるうえ、あらゆる角度から接写する映像が天井にも投影されているため、女体の状態は鮮明にわかる。

両頬に重く垂れ落ちる豊乳は半球状に張り詰めており、乳輪ごと二段に膨らんで、ビクビクと苦しげに肉芯を脈動させている。だが、吸虐で皮膚が裂けているかと思っていた胸先は、なおも搾乳をせがむように淡桜色を保ったままなのだ。

乙女の唇のごとく可憐な色艶が健在なのは、乳首だけではなかった。

あれほど常識外れの陵辱拷問を受けたというのに、めくり広げた二輪の蜜花はまるで傷ついておらず、刺激に弱いはずの陰核も尿口も、露わになった膣管も直腸も子宮口もS字結腸口も、どこも腫れ上がっていないのだ。

ジクジクと血が滲むような痛みが、実は性感による疼きなのだとわかった瞬間、桃色の8の字を描く二穴から、ご馳走を待ちわびる幼女のごとく涎があふれた。

女性のデリケートなはずの器官を、いつの間にかここまで雄に都合よく、頑丈に作

り替えられていたのだ。頂点に掲げた豊臀が、滑稽なほどわななく。

「俺を愛してるなどといってたが、随分と薄っぺらい愛情だな。おま○こどころか口や肛門を犯されただけで、簡単にそいつらのことを好きになりやがって……。こんなに尻軽な淫乱女が俺の妻になるとは、お笑いだぜ」

その涼の嘲りには、黒い憤怒の炎が見えるほどの嫉妬が混じっていた。

輪姦が始まるとすぐ退室されてしまったため、涼には興味をもたれていないのかと不安になっていた。だがちゃんと、やきもちを焼いてくれていたのだ。

静香の胸奥に温かい波がじわりと広がる。旦那様を見つめて必死に弁解した。

「ち、違うの涼君っ。これは調教されたせいで、私が本当に愛してるのは涼君だけなの。それに、薬漬けにされて身体が丈夫になってるだけで、他の人に犯されるのはもう限界なのっ。こうして触られるだけで、心も身体も痛くて痛くてぇ」

つらい惨状を伝えようと、無造作に蜜花へ中指と薬指をつっこんだ。だが、激痛をこらえようと噤んだ唇から、「ひゃあんっ」と甘えた悲鳴が漏れてしまう。

痛みなどまるでない。ふっくらとした膣粘膜をかき回すたびに、子宮の底まで白い電流が走るばかりだった。――そんなわけはない。肛門にも二指を挿入して、両手で両親の調教をまねて、二穴を上下左右とグチャグチャに虐めてみる。

もう性感など苦悶になっているはずなのに、涙がこぼれるほど切なさが膨らみ、あれだけ嫌悪していた男根が欲しくて欲しくてたまらなくなってしまう。

「そんなぁ……もう身体は壊れてるはずなのにぃ……あぁン……気持ちいいぃ」

とうとう蜜と腸液だけでなく、高々とめくり見せた尿口からシュワワ――ッと潮まで噴いてしまい、甘い粘液が美貌を直撃した。と、静香の唇が精液便器に戻ったように勝手に開き、その恥液をコクコクと飲み始めてしまう。

どっと観客たちに笑われ、子宮の底まで羞恥で焼けつく。そんな恥辱までも、心地よく感じている自分に気づいて、静香は唐突に悟ってしまった。

――そうなのだ。壊れているのは心や身体ではなく、

「そうだったんだ……私もうとっくに……女の子として壊れてたんだっ」

静香の女体はもう存在すべてが、ただの性処理用の肉人形に堕ちていたのだ。

肢体が頑丈なのも、嬲られるたびに感じてしまうのも、どれだけ辱められても恥じらいがなくならないのも、どんな性拷問を受けても心が壊れないのも。

そのすべてが、雄を喜ばせるための自動的な反応なのである。

むなしさで気が狂いそうになり、絶望の涙がとめどなくあふれる。

ならばもう、心を守る意味すらない。静香は残った理性をすべて投げ捨てた。

「私はみなさまのための、ただの肉人形です。おもちゃに心なんていりませんからぁ……ああんっ……もっと滅茶苦茶に犯して静香の心を壊してくださいぃっ」

豊臀をさらにぐちゃりと割り広げて誘惑すると、男たちが群がってきた。

朝から始まった淫猥な披露宴は、夕刻をすぎて夜が更けてもまだ続いている。十回目のお色直しを終えてシャワーブースから送り出された静香は、もう女性としてはもちろん、肉人形としても壊れる寸前になっていた。淫熱がはびこる肢体にはまるで力が入らず、脳裏も絶頂で白く焼けついたままなにも考えられない。

それでも静香は、肉人形らしく性奉仕を再開しようとするが、ストッキングで締まった美脚がカクンと折れてしまう。ウェディングドレス姿が崩れ落ちる。

男たちを強引に押しのけて駆け寄り、細腰を抱きとめてくれたのは、

「……あぁ……涼君なの？」

亜麻色の髪房を揺らして美貌を上向けると、涼の精悍な顔が間近にあった。その鋭すぎる眼光を射こまれただけで、空虚だった胸腔に幸せが満ちてくる。

彼らしくもなく慌てて、駆け寄ってくれたのがなおさら嬉しかった。

「よくもここまで耐えられたものだな、静香。これで親父主催の宴は終わりだ。おま○こや肛門が爛れるより先に、五百人全員を枯れさせるとは呆れたもんだぜ」

すべての男たちが五回は射精しただろう。立食しながら猥談に興じる観客たちは、精魂尽き果てつつも満足げな顔をしていた。

「名目上は俺たちの結婚披露宴だからな。最後に、ご褒美として抱いてやるよ」

涼に顎を持ち上げられ、熱い口づけをされた。静香は溺れた幼女が父親にすがるように、純白の両手袋をなんとか動かして涼の首筋に抱きついてしまう。

たまらず舌を絡め合わせると、脳の後ろが熱く痺れ、粉々になった静香の心が愛情で再構成されていく。丸一日演じてしまった痴態が脳裏に瞬いて、魂が恥辱で押し潰されそうになったが、流れこんできた涼の激情が心を救ってくれた。

今感じている涼の愛情はまやかしなのだろうし、官能で翻弄されたうえでのこの熱い想いも、肉人形としての自動的な感情にすぎないのだろう。

だがこの快感に浸れるならば、もう理屈などどうでもよかった。

まさに花嫁のように、涼の力強い腕で横抱きにされると、胸の奥が切なくねじれる。これほど大勢の前で涼に抱かれると思うと、今さらながら羞恥で真っ赤になってしまうが、彼にご褒美をもらえるならば、もはや衆目すら気にならない。

「そら、これがご褒美用の肉ベッドだ。尻穴で別れの挨拶をさせてやるぜ」

涼に連れられた先にある専用ベッドを見て、静香は短い悲鳴をあげた。抱き上げられた肢体のすぐ下に、逸治が大の字に縛りつけられた丸卓があったのだ。

「そ、そんな涼君……お父様にお尻を犯させながら、私を抱くつもりなの？　い、いやよっ、これ以上お父様と身体を重ねたら、本当に親子じゃなくなっちゃうぅ」

外殻だけ修復された心のひび割れに、途方もないおぞましさが雪崩れこむ。

精神がまたも砕けそうになった静香は、かぶりを振って涙を散らしたが、

「静香、もういいんだ。お前がなにをしようとも、お父さんもお母さんも蔑んだりなどしない。静香を心から愛している父と母のまま、変わることはないんだ」

惨苦でやつれきった父は、愛娘のすべてを受け入れるような笑顔を浮かべていた。

横を見ると、椅子に縛りつけられた峰華も同じ悲愴な表情で頷いている。

両親の愛慕が染みてきて、静香の心の均衡が保たれた。

「静香が楽になれるならば、お父さんはなんだってするぞ。どうして欲しい？」

娘の苦しみを取り除きたい父の心がありありと伝わり、素直に答えてしまう。

「お、お父様のおちんちんを、長くて細い形にしてください……あの形でお尻を……

肛門を奥までぐちゃぐちゃに虐められるのが、一番気持ちよかったんですっ」

耳たぶまで真っ赤にして肛虐を求めると、取り巻いた観客にどっと嘲笑された。

静香の脳裏が羞恥で焼けつくが、父の陰茎がむくむくと細長く変形していくと、待ちわびたおもちゃを与えられた幼女のように、胸が高鳴ってしまう。

静香の肢体が下ろされ、父の腰に背面座位で座らされた。

豊臀の底で大きくヒクつく桃菊に、四十センチにも達する異形な細肉が、ずるずるとぬめり入ってくる。過敏な直腸壺が窄まるが、父の肉塊は巣穴を拡張する蛇のごと

くのたくり、結腸のS字を真っ直ぐに矯正しながら侵入してくる。ついに亀頭がぐぽりと大腸まで達して、父の肉椅子に根元まで着席してしまった。

とてつもない排泄性感が押し寄せ、静香の脳味噌に快感の麻薬がどろりと滲む。

「――ひぃぃ、ひぃぃぃぃぃッッ、気持ちいいっ、お父様のおちんちん、やっぱり気持ちいいのおっ、腸のこんな奥まで虐めてくれるのは、お父様だけですぅっ」

涎と舌を垂らして肢体を仰け反らせた静香は、ふと両親の反応が怖くなる。だが逸治も峰華も悲しげな涙をこぼしながら、やさしい笑みを浮かべたままだった。

衰弱した心では、両親の悲愴な思いなどわかるはずもない。

どんな恥行為も許してもらえると錯覚した静香は、たまらず快楽に呑まれた。

もっと羞恥を味わおうと、張り詰めた豊乳をぶるんと露わにする。父の膝上ではしゃぐ幼女のごとく豊臀を暴れさせ、桃菊と腸管をぐちゅぐちゅと抉り回す。

透明な腸液を漏らしながら美貌を上向けると、涼がタキシードを脱いでいた。

ズボンだけを下ろすのではなく、妻に恥をかかせまいとするように、上着も脱ぎ捨てて全裸になっていく。高校三年生だとは思えないほど雄々しく逞しい、胸板とそそり勃つ陰茎が露わになると、静香の期待が最高潮に達した。

純白のストッキングに包まれた美脚をM字に開いて、スカート花を腰までまくり上げ、父の細肉を激しく出し入れする桃菊と、キュウキュウと縦筋を深めて待ちわびる幼陰唇を丸見えにする。

両膝裏の後ろから両腕を通して、さらに恥ずかしくM字開脚をきつくした。桜色の両乳首を摘まんで射乳を封じてから、胸脂肪をぐにゅぐにゅと揉みしだく。

豊乳中と腸管中で渦巻いた性感を吐き出すように息むと、陰肉が陰核包皮ごとめくれて、膣口どころか裸の陰核も尿口も、尻谷より高くぐちりと迫り出した。

まん丸と開いた膣道の底からヒクヒクと子宮口を持ち上げ、愛しい夫を誘う。

「涼君、おま○この準備ができましたっ。静香に頑張ったご褒美をくださいぃっ」

周囲から囃し立てられたが、涼は笑うことなく頬を撫でてくれた。

熱固い亀頭が蜜花にくちゅりと埋まると嬉しさがこみ上げ、彼の灼熱する肉塊を押し進められると、さらに幸せが膨らんだ。根元まで挿入されて子宮口を臍まで突き上げられると、愛を体現したような深い官能が押し寄せてくる。

誰の陰茎でも愛してしまう肉穴に調教されてしまったが、やはり涼とのセックスは次元が違った。心の隙間をすべて埋めてもらえるような、途方もない充足感。

暴力的なまでに熱い抱擁感に魂ごとくるまれ、切ない涙が止まらなくなる。

「肛門を犯してる父親に、俺たちの仲の良さを教えてやろうじゃねえか。いつも以上に虐めてやるから、静香も好きなだけおま○こと肛門を暴れさせて楽しみな」

涼の抽送が始まると、もう静香は慎みを保てなくなった。

両腕で膝裏を抱えたまま乳首の指栓を外して、愛しい夫の首にむしゃぶりつく。涼の胸板で豊乳が押し潰されると、左右に飛び出た淡桜色の乳頭から白濁蜜がぴゅッと噴いた。二穴を満たされる性感に射乳絶頂が重なり、子宮が白く焼けつく。

大腸まで真っ直ぐにされた腸管が抉り回されるのも構わず、豊臀を右回転左回転と踊らせ、上下左右とくじられる二穴から蜜と腸液を垂れ流しにして、新婚夫婦の仲の良さを粘膜越しに、ぐちゅぐちゅくちゃくちゃと父へ伝える。

「ほらお父様ぁっ、あんっ、私、涼君のことがこんなに好きなんですっ、お尻を動かすのも、おっぱいを漏らすのも止まらなくなるほど大好きなんですっ、ご褒美っ、おちんちんのご褒美嬉しいぃ……ひゃん⁉　お、お父様も動いてるぅっ」

父の細肉が餌を舐め取るアリクイの舌のごとく、長く素早い抽送を開始した。亀頭傘を肛門近くまで引き出されて、菊皺を餅状に粘り伸ばされたかと思うと、S字に戻ったばかりの結腸を、ぶじゅるるぅッと大腸まで真っ直ぐに貫かれる。

魔女裁判で行われる肛虐拷問にしか見えない凄絶な抽送だったが、痛みなどまるで感じない。絶妙な柔らかさを保った細肉が、痒みで苦しむ愛娘の背中をやさしくかくように、どこまでも繊細な肉使いで腸管すべてをかき回してくれる。

すっかり受け身になった静香は、もっと父親に虐めてもらおうと、渾身の力で息んだ。下行結腸から直腸まで一直線になった肉樋《にくどい》で、ホイップされた半固形腸液を延々と製造されて、ぶじゅッぐじゅッと恥ずかしく排泄させられてしまう。

「お父様に愛されてるのがわかるぅ、長いの凄いぃ、長いおちんちんで虐めてくれるお父様大好きぃ……え⁉　涼君も、そんなにやさしく動いてくれるの？」

妻の関心を引き戻そうとするように、涼の腰使いが温和な熱を帯びた。

昨日も涼に延々とされた、静香が一番好きな愛されかただった。最愛の女性へ想いを伝えるような、やさしくも情熱的な抽送で、子宮口と膣道を撫で回される。

前後から同時に押し寄せる愛情で、静香はもう魂までとろとろになった。

「おま○こも肛門もとろけるぅッ、いくっイクイクイクイクイクぅッ、涼君にやさしく抱かれるの気持ちいいのおっ……嘘でもいいから、このまま静香を愛してぇ」

淡く達しっ放しになった静香に構わず、涼と父は愛慕の深さを競うように、二本の陰茎を熱く絡みつかせてくる。意識を刈り取られるほど深く絶頂すると、そのたびに二人とも陰茎責めを和らげて、さざ波のような愛撫で休ませてくれる。

何度目かの深い絶頂から目覚めると、涼に愛おしげに唇を吸われた。

「静香……愛してるぜ」

胸奥が締めつけられた。悲しい痛みが心の芯まで走り、涙が止まらなくなる。

「涼君、酷すぎるわ……こんなにやさしくされた後で、愛してるだなんていわれたら、どうやっても勘違いしちゃうじゃないぃ」

静香は亜麻色の髪を振って抗議したが、涼のきつい双眸には、思いの丈を煮詰めた真剣な光が満ちていた。耳元に口を寄せた涼が、そっと告白を重ねてくる。

「本当に……俺は静香を愛しているんだ」

胸に秘めていた異物を吐き出すような、その苦しげな告白を聞いた瞬間、静香のすべてが彼の中へと、二度と戻れないほど深く深く堕ちていった。

もう、まやかしでも構わない。ずっと気にかけていた幼馴染みの少年に、ようやく愛を伝えてもらえたのだ。子宮が官能すら越えて熱く潤み、胸が一杯になる。

「嬉しいぃ……やっと涼君の心がわかったぁ……私、涼君に愛されてるのね？　私を愛したうえで結婚してくれるのね？」

涼は頷くかわりに、静香の小さな頭を強く抱き締めることで肯定してくれた。

幸せがはち切れた静香は、とうに動かせなくなった腰のかわりに、二穴中の粘膜を蠢かせて、愛しい夫と大好きな父親の陰茎に誠心誠意の奉仕をしていく。

涼と父に、ぶゅるッぶゅぶりゅッと射精されると、愛する人たちの子種をもらえた子宮と大腸が歓喜して、絶頂すら上回る幸福に包まれる。左右の卵巣前に佇む二つの受精卵も、夫婦の仲の良さを喜ぶようにビクビクとはしゃいでいる。

顔を近づけた涼と父が、深刻な声色でなにやら話し合っていたが、幸福と官能にひたりきった静香の耳には届かなかった。

二回三回と射精した涼と父が、同時に最奥を突き上げてきた。ありったけの愛を注ぐように最後の精を、びゅぶりゅッびゅぐぶりゅッッと大量に注入してくる。

「静香イクぅぅ——ッッッ！　あああんんっ、嬉しいのぉ、心の底から嬉しくてたまらないのおっ、お父様お母様ぁ、静香は涼君と結婚できて幸せですっ」

二人の愛慕が心身に雪崩れこみ、官能絶頂で魂すら白くとけていく。

この一か月で最も深い愛情に包まれながら、静香は幸福な眠りに堕ちていった。

終幕

　ようやく、涼にとっても地獄である宴が終わった。

　愛しい新妻の裸身を一刻も早く、下卑た衆目から隠したくなった涼は、逸治の肉べッドから静香を引き剥がして横抱きにした。そのまま男たちの人垣を割り進み、会場の壁際に置かれたソファーに寝かしつけてやる。

　この宴で披露したのは、二人の結婚と静香の肢体だけではない。

　涼が次期当主としてふさわしい気質に成れているのかどうかを、壬生嶋家の支持者たちの前で証明するよう、豪蔵に命令されていたのだ。

　あの片霧家の麗しい大令嬢だった静香を、ここまで籠絡してみせたのである。老獪《ろうかい》な政財界関係者たちだけでなく豪蔵も、涼の悪党ぶりを認めたはずだ。

　用意させた蒸しタオルで静香の患部を拭いて、ウェディングドレスを整えてやっていると、中年の男数人が声をかけてきた。壬生嶋家の跡取り息子に媚びを売りながら、その男たちが汚い手を静香の柔肌に伸ばそうとした瞬間、

「もう宴は終わったんだ！　気安く静香に触れるんじゃねえ！」

　涼は吠えていた。凶悪な眼光に怯えた中年男たちが、鼻白んで退散していく。

苦笑交じりにざわめかれたので、娼婦でしかない新妻に執着している、色ボケ息子とでも思われたのだろう。――ならば好都合だ。

明日からは嫉妬深い馬鹿息子を演じて、他の男に静香を嬲らせることに、苛立ちを露わにしてやろう。今はまだ豪蔵の命令に従わざるを得ないが、徐々に統率力を奪って間男たちをはねのけ、涼以外は静香に触れられないようにしてやる。

――そうなれば、ごく普通の夫婦になれるのかもしれない。

そこまで考えてしまってから、涼は自身の身勝手さに打ち震えた。

なにが普通の夫婦だ。聖女にも等しいほど心も姿も清らかだった幼馴染みの女性に、ここまで陵辱の限りを尽くしてきた悪党がなにをいっている。

いまさら、幸せな夫婦になどなれるわけがないだろう。

生ゴミのごとく汚臭を放つ自己嫌悪が臓腑一杯に膨らみ、自らをくびり殺してやりたい衝動に駆られる。魂まで黒く焼き爛れるほどの憎悪は、静香の安らかな寝顔を見るとさらに悪化した。

ウェディングドレスをふわりと膨らませてソファーに横たわる静香は、まさに夢見る少女のようなあどけない顔で、すうすうと幸せそうに寝息をたてている。

少女時代の静香に形成されてしまった良心が、罪の刃で切り刻まれてぐずぐずの血塊になっていく。涼は静香に土下座をして詫びたくてたまらなくなったが、そんな自己満足の極致である衝動に駆られている己が、なおさら許せなかった。

逸治と間近で交わした最後の会話が、涼の脳裏をよぎる。

「壬生嶋涼。お前を呪い殺したい気分だが、もう静香はお前がいなければ生きられないだろう。私の愛しい娘をここまで壊した大罪、一生かけて償ってもらうぞ。これからなにが起ころうとも、生涯静香と連れ添うことでその罪を贖え」

「元よりそのつもりで、ここまでのことをしたんだ。俺は本気で静香を――」

涼の回想が途切れた。

会場の中央で縛りつけられていた逸治と峰華が、縄をとかれて解放されたのだ。

黒服の男たちが身構えたが、二人とも暴れる気力もないようで、蒼白になった顔をうつむかせて死人のように消沈していた。

周囲の気配が安堵で緩み、観客たちがまた雑談に戻る。

だが最後に間近で話した逸治の、感情すら凍るほど押し殺した憤怒を目の当たりにしていた涼だけは、彼らから目が離せなかった。

逸治と峰華が力なく寄り添い、抱き合っている。と、夫になにかを告げられた峰華が、きつい美貌を慄然と凍りつかせた。棒立ちになった峰華の懐から、逸治が細く小さななにかを抜き取る。涼の心臓が粟立った。

逸治が豪蔵へ向かって歩いていくが、あまりにも無気力な体だったため、黒服の護衛たちですら警戒していない。逸治の覚悟を悟ったが、涼は動けなかった。

最後に浴びせられた凄絶な憤怒が脳裏で蘇り、脚も喉も凍りついているのだ。

夫に背を向けた峰華が足早に会場を横断していく。大扉の前で向き直った峰華が、背筋を正して黒留袖を深く折る。永別する夫へ向けるように悲愴な面持ちで最敬礼をした峰華は、口端をキュッと噛み締めると扉から出て行った。

観客たちが見守る輪の中心で、逸治と豪蔵が対峙した。

「壬生嶋豪蔵さん。最後に一つだけ質問があります。あなたはこれまでもあらゆる悪行を重ねて、数多《あまた》の恨みを買ってきたことでしょう。今回の仕打ちには私も妻も、魂が焼け溶けんばかりの憤りを感じています。人に恨まれるばかりの、そんなむなしい人生。あなたは後悔しておりませんか？」

逸治の声色は、あまりにも穏やかだった。豪蔵が口から瘴気を撒き散らす。

「この壬生嶋豪蔵に人生を問うとは笑止千万ですな。私は常に己が欲求のためだけに動き、人々を支配してきました。その行いが善か悪かなど、そもそも考えすらしませんん。我が道の後ろから聞こえる怨嗟《えんさ》など、気にもとめませんよ。そしてついに、我が宿願である完璧な娼婦を、静香嬢を素材とすることで作り上げたのです。この満ち足りた絶頂感の前では、あなたがたの恨みなど些末なものですな」

醜悪な小顔をさらに歪めた豪蔵が、悪行すら誇るように冷笑する。

挑発された逸治は、しかし止水のように静穏としていた。

「それを聞いて安心しました。心置きなく、すべてを終わらせられます」

感情の水面に波紋すら浮かべず、逸治が動いた。穏やかな気配をまったく揺らがせなかったため、豪蔵も黒服たちも反応できなかった。

袴の袖に隠していた、峰華から抜き取った小物——介錯用の小刀が、白刃を閃かせる。豪蔵の首から噴き上がった血柱を見ただけで、もう助からない傷だとわかった。会場が凍りつく。豪蔵が仰向けに倒れて絨毯に血染みが広がっていくが、観客たちは静まり返ったままだった。

血染めの小刀を握った逸治の、殺意すら凍るほど凛烈とした憤怒に呑まれたせいで、会場にいる全員が涼と同じく金縛りにあっているのだ。

裂けた喉からごぼごぼと血の泡を吹く豪蔵は、なんと悪鬼のごとく笑っていた。一片の悔いすら見えない醜顔。逸治に殺されることすらも、本懐を遂げた証明だといわんばかりに、血まみれの唇を歪めて肩を揺らしている。

豪蔵が事切れると、場がようやく騒然となった。

「あなたはやはり、最後の瞬間までも壬生嶋豪蔵なんですな。——さて。豪蔵さんの断罪は終わりました。次はあなたがたが、今後の振る舞いを決める番です」

逸治が周囲を牽制すると、飛びかかろうとした黒服たちが尻込みする。

「悪名高い壬生嶋家に愛娘が嫁ぐと聞かされて、なんの警戒もしないほど愚かではありません。もしも静香に不都合があったならば、豪蔵さんと交渉できるよう、これまで壬生嶋家が行ってきたすべての悪事を調べ上げてあります。今ごろは妻が片霧家の人脈を駆使して、その裏情報を流布していることでしょう」

穏やかな口調で逸治が続ける。

「その噂をもみ消せる権力をもつ壬生嶋豪蔵は、もういません。現当主が死んだ情報が伝われば、警察やマスコミも容赦なく動くでしょう。壬生嶋家の腐った汁を啜って、同じく悪行を重ねてきたあなたがたも無事ではすまないはずです」

ざわめきの種類が変わった。政財界関係者たちが別の意味で顔色を失い、視線を交錯させる。保身を図ろうと、携帯電話越しに部下へ怒鳴り始めた男もいた。

「ですが私の目的は、復讐ではなく静香を守ることです。あなたがたは保身のための筋書きを、好きなだけ捏造してください。——自分たちは壬生嶋豪蔵に逆らえず、悪事に無理矢理荷担させられていた。壬生嶋家へ嫁ぐことになった片霧静香も、その悪事を手伝わされると知らされた片霧逸治は、思い詰めた末に豪蔵を討つ決断をした。

——とでもすればいいでしょう」

人が殺された直後とは思えない、身勝手な安堵が会場に広がる。

だが逸治が冷たい激情を初めて露わにして、凍りついた釘を刺した。

「しかしながら、あなたがたが静香へ行った非道は断固として許せません。もし形だけでも詫びる気持ちがあるならば、この会場での出来事は一切口外せず、今後も静香に礼儀を尽くしてください。静香にはできる限り近づかず、片霧家を陰から支えてやってください。それが、あなたがたに求める贖罪です」

豪蔵亡き後も、壬生嶋家に忠誠を誓う義理はない。むしろ片霧家に取り入らなければ、悪行を告発されて破滅させせられてしまう恐れがあるのだ。

目配《めくば》せをする政財界関係者たちの胸中が、ありありとわかるようだった。

しかし涼には、薄汚い大人たちの変わり身に憤る余裕などなかった。

憎みつつも心の高みに君臨していた実の父親が、血まみれの肉塊になっている現実が受け入れられない。人生の目標を唐突に消されてしまった涼は、ただの十八歳の少年に戻されたように、茫然自失となってしまった。

逸治に対する怒りすら湧かないのは、彼が次になにをするのか、もうわかっているからだ。魂すら溶ける憤怒を己が内へ叩きこむように、逸治が吠えた。

「そしてこれが、私が犯した大罪の清算だ！」

背後で「ひっ」と息を呑む声がして、涼はようやく我に返った。

いつの間にか目覚めた静香が、まなじりが裂けんばかりに目を見開いている。その瑞々しい瞳の鏡に映るのは、血だまりに沈む豪蔵と、――実の父親だ。

「見るんじゃねえ、静香！」

涼は静香に覆い被さったが、遅かった。黒い瞳鏡《どうきょう》の中で、小刀を構えた逸治が自身の首を、深く掻き切ったのが見えた。おびただしい量の血柱が噴き上がる。

静香の瞳から光が失せた。彼女の精神に、致命的な亀裂が走ったのがわかる。

「――い、いやあああぁぁッッ!!」

そのあまりに悲愴な叫びは、静香の心が粉々に壊れた音のようでもあった。


新興商社の小さな事務所の窓から見える冬空は、今日も鉛色に曇っている。

疲れ果てた心にまで隙間風が吹きこんだ気がして、佐々木《さ さ き》涼は温和そうな双眸をしかめて、エアコンの温度を二度上げた。

惨劇で幕を閉じたあの狂った宴から、もう半年が過ぎていた。

涼はあの後、半狂乱になった静香を薬で眠らせ、狼狽する部下をどやしつけてリムジンを走らせて、彼女と二人で屋敷へ引き上げた。

そのまま涼が当主の座を引き継いで、日和見に入った政財界関係者たちを、あらためてまとめ上げていたならば、片霧家の情報攻撃にも対抗できただろう。

だが豪蔵の死と逸治の自害を直視してしまった涼は、もう壬生嶋家を相続する気概などなくなっていた。悪党の鎧はすでに壊れ、半人前の少年が剥き出しになっているのだ。

空っぽになった涼に残っていたのは、魂が焼き爛れそうな自己嫌悪と、静香に懺悔したい気持ちだけだった。警察に自首することや、逸治と同じく自害することすら考えたが、そのどちらも身勝手で楽な逃げ道にしか思えない。

正解がわからなくなった涼は結局、一番卑怯な道を選んだ。すなわち、静香を屋敷に置き去りにして、一人で逃げ出したのである。

そうして涼は、佐々木という姓を名乗り、整形手術で顔を変えた。目尻を少し下げた程度の軽い整形だったが、それだけで異様に鋭かった眼光が和らぎ、別人のように温和な印象になった。

怠惰に生きるのも許せなかった涼は、この住居兼事務所を借りて輸入小物の取引を始めた。インターネットで完結できる一人会社だったが、やはり商才があったのか、この半年で取引先も増えて逃走資金も増えるばかりになっている。

そして涼が去った後の壬生嶋家は、瞬く間に崩壊していた。

裏社会の人間たちと片霧家の間で、密約が成されたのだろう。

世間にはおおむね、逸治が提案した通りの筋書きが発表された。

——日本の裏社会を牛耳る壬生嶋豪蔵。その黒い権力には政財界の重鎮ですら逆らえず、悪事に荷担させられていた。そんな日本の将来を憂いて、まさに命を代償にして決起したのが片霧逸治だった。

懇親会に出席していた豪蔵に天誅を下した逸治は、その場に集まる政財界関係者に日本の裏社会の改革を訴え、自決してみせたのだ。

逸治の覚悟に心を打たれた政財界の重鎮たちは、清廉潔白な名家である片霧家を旗頭として日本の裏社会を浄化して、戦後から続く悪しき慣習をついに終わらせたのである――。

豪蔵にすべての罪を押しつける、なんとも都合のいい美談だった。

関係者のほとんどが実刑を免れ、真実は闇に葬られている。権力者たちが裏で悪事を働く現状は、なにも変わっていない。

夫を亡くして娘を手籠めにされた片霧峰華には、到底許せない結末ではあるが、静香を守り、淫らな噂を封じこめるには、こうする他なかったのだろう。

涼以外の跡取りがいない壬生嶋家の財産も会社に分配され、壬生嶋製薬の社名も変更された。そうして、壬生嶋家は事実上消滅したのである。

乗用車のブレーキ音が聞こえた。

事務所の窓から一階下の道路を見下ろすと、黒塗りのリムジンが停車していた。

涼の顔面が凍りつく。その車から、原田と丸亀と矢島が降りてきたからだ。

張り詰めた黒服を着た原田と丸亀は、嗜虐趣味ごと枯れ果てたように、やつれている。長い茶髪を揺らして疲れ顔を上げた矢島と、ガラス越しに目が合った。

整形していても、すぐに涼だと気づかれたようで、皮肉な笑みを返される。

そして三人にエスコートされて、車から優雅に降りた女性を見た瞬間、

——涼は、臓腑を丸ごと握り潰された。

動揺で視界が霞み、寒風にそよぐ亜麻色の髪房しか認識できない。

側仕えに命令するように、目配せだけで三人の男をその場に残らせた女性は、この事務所がある建物に入ってきた。涼の腑抜けた心臓が、恐怖で暴れ出す。

二階へと上がってくる靴音が、処刑されるまでの秒読みのように響いた。

ついに来たのだ。涼を断罪してくれる人間が。

事務所のドアがノックされた。唾を一つ飲みこんでから返事をする。

「開いてるぜ。勝手に入りな」

涼の脳裏には、最後に見た静香の悽愴な瞳の色が焼きついている。

間違いなく精神まで壊れてしまったとわかるほど、一切の色が失せた虹彩。

あの空虚な瞳のまま、静香は原田たち三人を脅して、奴隷のごとく従えているのだろうか。それとも、父と自身の敵とばかりに憤怒を瞳に宿して、復讐の鬼女と化しているのだろうか。

その変わり様を全身で受け止めようと、身構えた涼だったが、ドアが開いた瞬間、息を呑んでしまった。

事務所に入ってきた静香の姿が、まったく色あせていなかったからだ。

腰の下まで絹艶を散らす亜麻色の髪をふわりと揺らし、二十五歳とは思えないほど清純そうに整った卵形の小顔を上向けてくる。一目で涼だと見抜いたようで、上品に通った鼻筋の下にある淑やかな唇を、嬉しそうにほころばせた。

「ようやく見つけたわ、涼君。半年ぶりに逢えたわね」

穏やかなアルトの声も、以前と変わらぬ気品に満ちている。

弓形の眉の下で、長い睫が感慨深げに伏せられたかと思うと、艶々とした黒目が、涼を真っ直ぐに見つめてきた。心の健在ぶりを証明するような、どこまでも澄み切った、日だまりのように温和な瞳。

半年以上前の教室で十年ぶりに再会した情景が重なる。初夏の匂いと熱気が鼻腔に蘇り、涼の喉がカラカラに渇いていく。この美しい女性が陵辱の限りを尽くされていたことなど、幻だったのではと思えてくる。

——だが静香は、

「目尻を少し整形したのね。でも、瞳の鋭さは変わってないから、すぐに涼君だってわかったわ。——私に散々酷いことをした、悪党の目のままだわ」

双眸を細めて、現実を突きつけてきた。あなたから受けた恥辱は一つたりとも忘れていないし、許すつもりもないと、清廉とした眼光が声高に訴えている。

完敗だった。彼女はあれだけ凄絶な陵辱を受けたうえで、さらに実の父親の自害まで目撃しながらも、ここまで心身を回復させてみせたのだ。

そのあまりにも尊く気高い力強さに、背筋が慄然となって伸びてしまう。

「久しぶりだな、静香」と軽く笑ってから、涼は処刑人の前に首を差し出した。

「もう逃げるのにも疲れた。こんな場所まで追いかけてきたんだ。俺になにかして欲しいんだろ？　いってみろよ。静香が願う通りの行動をしてやるぜ？」

原田たち三人を使って、半殺しにしてくれても構わない。自首しろといわれれば、彼女の体面を汚さない範囲で警察に悪事をぶちまけよう。この世から消えてくれといわれたならば、彼女の見ていない場所で腹を裂いて悶死してやろう。

聖女に断罪を請うように、静香の返答をまった涼だったが、

――今度こそ本当に、心臓が凍りついた。

ドレスコートをはらりと落とした静香が、赤いロングワンピースの裾を両手でつまみ、劇の緞帳《どんちょう》のようにスカートを持ち上げ始めたからだ。

黒いストッキングで扇情的に締まった美脚が露わになり、前から見ても尻肉がわかるむっちりとした下半身が丸見えになる。窓から差しこむ冬日が臍を過ぎて豊かすぎ

る美乳にも当たり、首筋までスカートをたくし上げたところで止まる。

もはや当たり前のように、ブラジャーもショーツも身につけていなかった。

はち切れそうに張り詰めた豊乳の先端で、限界まで痼り勃った淡桜色の乳頭が、搾乳をせがむようにツンツンと上向いている。ふっくらとした裸の恥丘には幼裂が深く深く食いこんでおり、トイレに間に合わなかった幼女のごとく、縦に潰れた恥液がぶゅるぶゅると漏れ出ていた。

静香の甘い香りと淫らな気配が、どろりと事務所内に満ちていく。

澄んだ瞳に狂気とも呼べる欲情の光を滲ませて、静香が妖艶に唇を開いた。

「本当に涼君は意地悪ね。私がなにをして欲しいのかくらい、わかってるくせに。ほらぁ、半年もおあずけされて私のおっぱいもおま○こも肛門も、こんなにどろどろになってるのよ？　涼君は私の夫で——残酷な悪党のご主人様なんだから、今日からまた恥ずかしいことをいっぱいして、うんと虐めてくださいねっ」

静香がまちきれないというように、乳首と幼裂から粘液をビュッと噴いた。

欲情で一時的に錯乱しているわけではない。

これが今の静香の——壊れてしまった静香の正気なのだとわかってしまう。

当たり前ではないか。あれほどの目に遭わされて、心が壊れてしまわない人間などいるはずがない。いや。あれほど気丈で尊い心根をもっていた静香が、完膚なきまでに破滅するほど、涼は非道な性暴力を与えてしまったのだ。

その性暴力を働いた張本人が、なにを勝手に静香を女神扱いしていたのだろう。

大罪の鉄杭に脳天から足元まで串刺しにされる。

涼は震えながらも問いかけた。

「静香……中絶しようとは考えなかったのか?」

静香のほっそりとしていたお腹は、臍を中心として大きくいびつに膨らんでいた。浣腸で孕み腹にしたときの外見とはまるで違う。本物の生命が宿っている神秘的な存在感が、ありありと感じられる。

「まあっ、中絶だなんて。いくら涼君の命令でも、それだけはできないわ。お父様が遺してくれた、こんなに可愛くていやらしい娘たちを堕ろすだなんて」

母性を露わにした静香が、胎児を尊ぶように孕み腹を撫で回した。

「産婦人科で調べてもらったら、やっぱり双子の娘だったわ。もう六か月目に入って母子共に健康そのものよ。でも妊娠したせいで、学校ではみんな私を気遣って手すら触れてくれなくなったの。つまらないから、あれからすぐに教師を辞めてしまったわ」

親に反対されても続けていた教職を、静香はあっさりと捨ててしまったのだ。

「それからは、私に酷いことをした男の人たちを雇って、毎日虐めてもらってるのだけれど、原田先生ですら遠慮がちにしか犯してくれないの。私の肛門専用の肉椅子なのに、いつも私に詫びながら精液浣腸をしてくるのよ？　お母様を説得して、片霧家の屋敷の中だけなら、好きなだけいやらしいことをできるようになったのに、みんな意地悪だわ。やっぱり悪党の涼君がいないと駄目ね」

なくしていたお気に入りの玩具をようやく見つけた幼女のように、静香があどけない笑顔を浮かべる。

　母親の峰華ですら愛娘の淫蕩を許すしかないほどに、静香は壊れているのだ。

臓腑のすべてがねじれていく。重い重い罪悪感が、腐った土砂のごとく天井から落ちてくる。涼はもう、すべてのことに耐えきれなくなった。

「すまない！　本当にすまなかった、静香ッ!!」

　大罪に頭を押しつけられるがまま、涼は土下座をしていた。額から血が噴かんばかりに頭を床に打ちつけて、激情のままに詫びてしまう。自己満足でしかない卑怯な言い訳が、吐瀉物《としゃぶつ》のように後から後から吐き戻される。

「俺はお前を――昔から、ずっと好きなだけだったんだ！　初恋だっただろうし、お前以外に好きになった女なんていない。俺はその感情を認められずに、ガキ臭い反抗心のままお前を追い詰めて、――お前をそこまで壊してしまったんだ。俺はお前を愛している。気が狂いそうになるくらい、静香を愛しているんだ！　だから正気に戻ってくれ！　お前はそんな淫売じみた行為をするべき女じゃ――」

戦慄するほど冷たく嫌な気配が降ってきて、涼は言葉を切って顔を上げた。

静香は目を見開いたまま、氷像になっていた。逸治の自害を目撃した瞬間と同じ、絶望すら生ぬるい空虚な瞳になっている。唯一の帰るべき家を見つけて満面の笑みで駆け寄ったのに、目の前で冷たく扉を閉ざされてしまった少女のよう。

なんとか形を保っていた静香の精神に、致命的な亀裂が広がるのがわかる。

涼は己を絞め殺してやりたくなった。剥き出しになった良心が焼き切れる。

どこまで俺は卑怯なんだ。これ以上、静香を苦しませてどうする。己が楽になりたいがために薄っぺらい懺悔をして、彼女をさらに破壊するつもりか！

涼は噛み切った口端の血を啜りながら、まさに渾身の力で良心をねじ伏せた。

「おいおい、静香。なにを本気にしてやがるんだ」

「……え？」

崩れていく静香の心に刺されとばかりに、整形で垂れた双眸をしかめて無理矢理に悪人顔を作り、ギラつかせた眼光で酷薄そうに睨み上げる。

「忘れたのか？　俺がお前に愛を伝えるときは、動揺させていたぶるときだけだ。俺がお前を愛してるのは、いやらしい性玩具としてだけに決まってんだろ。案の定、こんなにおま○こをどろどろにして喜びやがって。まったく可愛い雌豚だぜ」

涼はわななく膝を叱咤して立ち上がり、静香をやさしく壁へ押しつけた。

豊乳と幼陰唇をぐちゃりと鷲づかみにして、二つの柔肉を心臓マッサージのごとく揉みしだいて、性感による活力をぐちぐちくちゃくちゃと与えてやる。

静香の空虚だった瞳に淫らな光が戻り、精神の傷が欲情で塞がるのがわかる。

「涼君だ……やっぱり残酷な悪党の涼君だぁ。もうっ、びっくりしたじゃない。涼君がどこかに消えてしまったかと思ったわ。そんな悲しい意地悪はやめてっ」

静香が甘く悶えながら、嬉し涙をぽろぽろとこぼす。涼は悲鳴をあげる心を握り潰して、冷血そうな低い声を重ねた。

「半年も焦らしただけあって、肉中が極上に熟れてるじゃねえかよ。今日からまた、変態の雌豚にふさわしい責めで虐め抜いてやるから覚悟しな。――そうだな。まずは俺が片霧家の婿養子に入って、結婚し直すことから始めるか」

静香を救うための思いつきを口にすると、彼女が涙を止めてきょとんとなった。

「え？　また私と結婚してくれるの？　それに片霧家に来てくれるだなんて」

「壬生嶋の姓は捨てちまったからな。片霧家に乗りこんで形だけの夫になって、つきっきりで虐めてやろうじゃねえか。腑抜けた原田たちにも気合いを入れ直して、毎日クラスの男三十人がかりでどろどろに犯してやるよ。嬉しいだろ？」

最愛の静香をまた他人に犯させると考えると、嫉妬で悶死しそうになる。だが肌に突き刺さってくる危うい気配で、確信できてしまうのだ。

もはや輪姦を含めた苛烈な責めで被虐性感を満足させてやらないと、静香の精神は均衡を保てなくなっているのである。

まさに求婚をされた乙女のように満ち足りた笑顔で、静香が抱きついてきた。

「また涼君と一緒になれるだなんて、嬉しいっ。涼君なら私に遠慮なんてしないわよね？　子宮に精液が入ると早産の危険があるらしいけど、この娘たちは精液が大好きだから大丈夫よ。うんと精液のミルクを飲ませて、喜ばせてあげてっ」

その淫蕩にまみれた姿をおぞましいと思うことすら、涼には許されないのだ。

静香の欲情と愛らしさとおぞましさで、廃油のごとくどろどろになった脳裏に、逸治の言葉が呪いのように蘇った。

――これからなにが起ころうとも、生涯静香と連れ添うことでその罪を購え。

ああ、わかっているさ。悪魔めいた顔で自嘲した涼は、覚悟を決めた。

生涯、静香の求める残酷な夫を演じきってやろう。今度こそ悪党に殉じて、静香と産まれてくる娘たちのためだけに生きて、一緒に淫獄へ堕ちてやろう。

両手で愛撫を続けると、もはや本当の母乳となった白濁液が乳頭から噴いて、幼陰唇から潮が散り撒かれる。涼は愛しい妻に口づけして舌を絡め合わせた。

「静香、愛してるぜ」

心からの愛慕を伝えたが、もう静香は動揺しなかった。

「ええ、わかってるわ。性玩具として愛してくれてるのよね。それでも嬉しいわ」

「ああ、その通りだ。俺は一生、静香を逃がさないからな。お前はもちろん、産まれてくる双子の娘も一生愛して、俺の生涯をかけて虐め抜いてやるからな」

己への煮えたぎる怒りを下半身に集中させると、ありがたいことに陰茎が勃起してくれた。ズボンから引き出した肉塊を、静香の蜜花に深く深く挿入してやる。

「半年ぶりの涼君のおちんちん嬉しいぃ――ひゃんっ⁉ 涼君、いきなりそんな激しくしてくれるの？ あああンッ、気持ちよすぎてすぐにイッちゃうぅっ」

情愛のままに最初から全力で抽送すると、二人の肉と心がとけあった気がした。

「あ、この娘たち凄いぃ。赤ちゃんも子宮の中で動いてオナニーしてるぅ。いくっ、静香イクぅッ――やあん、この娘たちもイッてるのがわかるぅ。胎児なのに絶頂できるだなんてぇ……なんて可愛くていやらしい娘たちなのかしら……涼君、旦那様の精液ミルクを静香とこの娘たちに飲ませて、たっぷり愛してくださいぃ」

子宮口をわななかせる静香と、その奥ではしゃぐ胎児たちが、ただひたすらに愛おしくて悲しくなった。

涼は静香と二人の娘たちに、精液を噴きかけた。

リアルドリーム文庫の既刊情報

リアルドリーム文庫201

ネトラレノトリコ

文学少女淫蕩録

クラスで浮いていた地味な文学少女・架純は初めてできた彼氏の親友に寝取られてしまう。過激なセックスの快楽を知った少女はいつしか普通の情交では満足できない身体になり——。（もっと、もっと————溺れさせてぇ……）純粋な少女が男の虜になり、淫らに咲き乱れ堕ちていく。

089タロー　原作・挿絵／SOYOSOYO

全国書店で好評発売中

詳しくはKTCのオフィシャルサイトで **https://ktcom.jp/rdb/**

リアルドリーム文庫204

令嬢教師静香の淫獄

2021年12月30日　初版発行

◎著者　水坂早希

◎発行人
岡田英健

◎編集
鈴木隆一朗

◎装丁
マイクロハウス

◎印刷所
図書印刷株式会社

◎発行
株式会社キルタイムコミュニケーション
〒104-0041 東京都中央区新富1-3-7ヨドコウビル
編集部　TEL03-3551-6147／FAX03-3551-6146
販売部　TEL03-3555-3431／FAX03-3551-1208

ISBN978-4-7992-1582-1 C0193

本書は『二次元ドリームマガジン』Vol.68,Vol.69 に掲載し、
書き下ろしを加えて書籍化したものです。